PANTHÉON

Yann Moix est romancier et cinéaste. Il a publié chez Grasset *Jubilations vers le ciel* (1996, bourse Goncourt du premier roman), *Les cimetières sont des champs de fleurs* (1997), *Anissa Corto* (2000), *Podium* (2002), *Partouz* (2004), *Panthéon* (2006) et *Mort et vie d'Edith Stein* (2008).

Paru dans Le Livre de Poche :

Anissa Corto
Les cimetières sont des champs de fleurs
Partouz
Podium

YANN MOIX

Panthéon

ROMAN

GRASSET

ISBN : 978-2-253-12166-4 – 1re publication LGF

A Maria.

NON SOLVM IN MEMORIAM
SED IN INTENTIONEM

Non seulement à la mémoire
mais à l'attention de
Mademoiselle Claude DALLA TORRE
(1941-2006)

« Entrez dans mon Panthéon, Claude. »

Yann MOIX.

Je vous le dis en vérité, si vous ne vous convertissez et si vous ne devenez comme les petits enfants, vous n'entrerez pas dans le royaume des cieux.

MATTHIEU, 18,3

Quiconque reçoit en mon nom un de ces petits enfants me reçoit moi-même.

MARC, 9,37

Le Verbe est devenu chair et il est caché devant nous sous la figure d'un enfant nouveau-né.

Edith STEIN

PREMIÈRE PARTIE

10 Mai 81™

1

Ian Moaks

Biologie

Je suis sorti du seul ventre possible : celui de ma mère. Je me souviens plus comment c'était à l'intérieur : il faisait chaud, comme dans toutes les mères. Dans les pères en général il fait plus froid : on viendrait au monde enrhumé. Ce n'était ni une bonne ni une mauvaise mère : une simple mère, toute bête, biologique et humaine, qui fait des grimaces à la clinique, vous impose des manies, vous façonne une vie pour la vie.

Je ne suis pas mort à la naissance, du coup je mourrai à la : mort. Mon nom est Ian Moaks, Johann Mohaqs, Yan Moixe, Hans Moïse, Jean Moâ. Igrékem. Johannes Climaxus... Johannes Climoixus. Yannemoixe, Ian Moax, Johannes Moixus, Johann Mohaks... Pas facile de trouver un pseudo : si ça continue je vais prendre « Yann Moix ».

Je n'ai pas d'enfants ; je ne me suis pas fait avoir par eux non plus. D'un strict point de vue biologique, je *sais* que j'ai la capacité de donner vie à un embryon humain. C'est psychologiquement que je suis pas « cap ». Je ne suis pas assez adulte pour fabriquer de futurs adultes. « Tant que je n'aurai pas d'enfant, je serai toujours un fils » (Sacha Guitry). Alors mes enfants sont là, bloqués dans la glotte de mon corps, à l'état de latence imbécile, ils habitent une hésitation.

Je n'ai pas eu d'enfants, j'ai eu des parents – deux. Une fille (ma mère) et un garçon (mon père). Ils n'ont pas beaucoup changé. « J'ai cent fois répété à mes amis que j'étais un adepte de la morale d'Epictète, explique François Mitterrand au micro de France Inter le vendredi 14 octobre 1977. Ce sur quoi je peux agir, j'agis. Ce sur quoi je ne peux agir, je n'agis pas. »

A la clinique, ils m'ont tellement tiré sur la tête que je : hurle encore. Quand tu viens, c'est mauve et attaché. Les bébés arriveraient sans cordon, une fois hommes ils penseraient peut-être moins à se pendre. Naître, ça donne des idées qu'on n'aurait pas eues sinon.

— Il a pas l'air bien beau.

Moi, je n'ai pas été mauve. J'étais bleu en sortant ; bleu outre-mère. Puis j'ai repris des couleurs. J'ai pris ma couleur. Je suis devenu rose moi. (En réalité), je n'ai pas crié tout de suite. Alors ma mère :

— Il m'a pas l'air bien futé non plus.

— Sgruiuhahhauuuahhahharrahh.

— Et un con de plus sur terre.

Dans les ventres de mères on a tendance à être un peu coupé des réalités ; il faut sortir au plus vite : on aurait la tentation de rester.

A la sortie

Si on passait sa vie dans les mères, il n'y aurait plus de place pour les suivants. Et plutôt crever que de naître à plusieurs ! On meurt un par un : je ne vois pas pourquoi je serais né en groupe. On naît mieux à l'unité.

— Ça va être un con tu vas voir.

Des mains te tirent par la tête en faisant la grimace, ta mère gémit en faisant la grimace, tu hurles en faisant la grimace : il n'y a que ton père qui rigole. C'est parce que ton père (excuse-moi), mais c'est parce que ton père (tu le sais bien), c'est parce que ton père, (réfléchis-y), c'est parce que ton père (c'est pas ta mère qui dira le contraire), c'est parce que ton père : est un con.

— Gggarraaauuhhuuuiiiiiiiaaahhh.

Tu es sorti. Te voilà donc à l'abri de : rien. Parmi tous les hommes déjà nés. Te voilà avec une vie devant. Le ventre de ta mère n'est pas vide : il est rempli par ton absence. Barbouillé. Saturé. Tu es encore dedans, mais en négatif. Tu existes en contour. Elle est enceinte de ton emplacement. Il lui faudra faire le deuil de ta masse (gravitationnelle). Tu remplissais bien. Tu rendais son ventre important. La voilà avec une existence en moins sous son pull.

— Il est carrément laid tu veux dire.

Mais ça y est, c'est fait, tu es : né. Félicitations. (A chaque fois que tu nais, tu as remarqué : ce sont tes parents qu'on félicite ; alors que c'est quand même toi qui viens au monde.) Ça y est, c'est fait, tu es né. La prochaine étape, c'est la mort. Entre les deux, tu te demanderas pourquoi tu es né et quand tu vas mourir.

Le macaque

Avoir une mère, déjà, au départ j'étais pas très chaud. Mais un père, c'est simplement pas possible. Une mère, c'est ce qui rend la vie possible ; un père, c'est ce qui la rend impossible. En même temps, moi, ma mère m'a donné la vie, mais elle n'a de cesse de vouloir la reprendre (« Je vais te tuer », hurlait-elle en me poursuivant dans la salle à manger avec un couteau de boucher). Donner c'est donner, reprendre c'est voler.

— Tu es atroce, physiquement. Tu n'es pas beau du tout : tu es laid.

— Mais maman.

— Laid, oui : laid. Je n'ai pas pu mettre ça au monde, jamais. Ce n'est pas vrai... Ça n'est pas possible. Tu descends trop du singe.

— Mais.

— Tu es très étonnant dans le laid... C'est complètement fou cette affaire : qui m'a trouvé ça dans le bide ? Ecoute, ce n'est quand même pas compliqué à comprendre : tu ne peux *pas* être de moi : d'une maman macaque, oui. Mais de moi non.

— Mais.

— Tu descends trop du con.

Je me faisais cette remarque (hier vendredi) : qu'une mère, ça te met au : monde ; mais qu'une mère, c'est aussi celle qui t'empêche de ne pas venir au monde. Ma mère, c'est celle qui a rendu impossible l'impossibilité de ma naissance ! Ma mère, c'est la fille à cause de laquelle il ne m'a pas été possible d'éviter de naître. Une mère, c'est quelqu'un qui fait tout pour que tu naisses pas pas.

Ma petite espérance est celle
qui s'endort tous les soirs,
dans son lit d'enfant,
après avoir bien fait sa prière,
et qui tous les matins se réveille et se lève
et fait sa prière avec un regard nouveau[1].

1. Charles Péguy, *Le Mystère des saints Innocents*, 1912.

2

Maman salope

La capitale des poissons

En attendant, lecteur, toi et moi, nous voilà sur (la planète) terre... L'heure est venue. Nous voudrons bouffer des chattes. Nous aurons des boutons sur la gueule, des crises mystiques. Nous aurons digéré des : tomates, fait du : ski, appris des : règles de : grammaire et détesté les : hommes plus que n'importe : quoi au : monde, avant de se faire croire, pour aller mieux soi-même, que finalement (les hommes) on les aimait bien.

Dans les corps de mères on se branle pas encore (rien n'est moins pornographique que cet intérieur-là) : on flotte dans un océan d'eau de mère. Terre mouillée, matrie. La mère est la capitale des bulbes des poissons, des anémones et mollusques. De toutes méduses. Très salé, une mère. Des branchies des courants des ouïes. Des flux bleus de vagues vertes. La mère du Ciel, c'est Marie. Le Ciel des mères, c'est l'océan.

Qui n'a déjà traité sa mère de : pute, de : connasse, de : salope ou de pauvre : merde ? Moi je l'ai fait (nananère). Et je plains tous ceux qui, une fois au moins, n'ont pas communié avec leur mère par l'insulte. Ce sont des païens. Aucune religion n'éclôt sans guerre : ce n'est pas le père qu'il faut tuer, c'est la mère. Le meurtre par la grossièreté, l'insulte ou l'ignominie ne porte pas atteinte à son intégrité physique : cette profanation du territoire de notre sang finit par nous donner, dans la croyance de l'amour filial, une énergie dont le soleil est incapable.

QI

— Je suis désolée : mais tu n'es pas un enfant très intelligent. Tu as le plus petit QI de la famille... Tiens, fais voir, ah oui non non : ce QI-là n'est pas de chez nous. Je ne veux pas de ce QI-là chez moi. Tu vas te débrouiller pour changer de QI, hein, moi je te le dis tout de suite : sinon, c'est la porte. C'est l'usine ! A la chaîne chez Renault.

— Mais.

— Tu as eu combien en maths ?

— 15.

— Et le premier, il a eu combien ? Mon Dieu que tu es sale – et cette laideur. A laquelle, il faut que tu le saches, hein, il est temps que tu le saches, cette laideur à laquelle je ne peux vraiment pas *m'habituer*. Il a eu combien en maths le premier ?

— 16 et demi.

— Il est plus intelligent que toi, lui. Il bosse, lui. C'est pas une feignasse, lui.

— Mais.

— Il aurait pu être mon fils, lui. Il aurait dû être mon fils, lui. Il est mon fils, lui. Spirituellement. Tiens, demain, tu lui diras : je le prends comme fils. Intellectuellement tu lui annonceras qu'il est mon fils. Lui. Il fera Maths sup, lui. Et Maths spé aussi, lui. Toi tu feras Auchan sup et après tu feras Auchan spé.

— Mais.

— Lui il ne passe pas ses journées à se masturber, lui – mais oui, tu te masturbes, hein. On le sait, avec ton père : monsieur se branle, mais oui. Monsieur profite qu'on ait le dos tourné pour : se tripoter... Seulement, celui qui a eu 16 et demi en maths, pendant que toi tu te tripotais dans la salle de bains (on t'a vu, on t'a vu), lui il travaillait. Ses maths. Pour avoir 16 et demi. Continue comme ça, vas-y. Tu finiras à la plonge... Chez Flunch.

— Mais.

— Y a pas de « mais » : et va te laver. Tu pues. C'est une infection. Je ne sais pas comment tu fais pour te supporter...

L'éternité

Ces mères, putes, salopes, connasses hier, et aujourd'hui si paisibles furent nos mères. Je connais des amis qui aimeraient bien (à nouveau, derechef) se glisser à l'intérieur de leurs mères...

Les mamans font des enfants pour entrer dans une espèce d'éternité. Un ciel à part. Où elles continueront de vivre : mieux que quand elles vivaient. Une fois qu'elles accouchent, c'est parti : elles peuvent démarrer une vie qui se superpose à leur existence. Elles ont la biographie qui se démultiplie. Ta mère t'a donné la : vie. Ce qui veut dire ta vie + la sienne. Dans les prises de sang, on prélève un peu des mères. Nos mères dans les urines...

O mère, un jour tu connaîtras l'ensevelissement. Retombée dans la nuit même d'où je viens (passage lyrique). Mère que je ne reverrai (jamais). (Si ça se trouve.) Mère que je reverrai dans mon éternité. Que j'avais connue à la maternité. Mère je te vois encore : tu avais donné un peuple à mon corps. Tu avais donné une poitrine à mes côtes, des cœurs à mon poumon, et grâce à toi, plusieurs milliers de jours après être arrivé dans cette vallée de larmes, j'ai pu baiser un paquet incommensurable de filles plus jeunes que toi.

— Ça te fait rire, (hurle ma mère, prête à me cogner), dis, que Mitterrand ait été élu ? Ça le fait rire, lui, non mais regarde ça. Mitterrand président moi ça me fait pas rire figure-toi... Tu veux notre mort avec ton père dis, c'est ça que tu veux ? Qu'on crève à cause des Mitterrands qui vont tout nous prendre ?

> Quand vous voyez tant de force et tant de rudesse le petit bourgeon tendre ne paraît plus rien du tout.
>
> C'est lui qui a l'air de parasiter l'arbre, de manger à la table de l'arbre.
>
> Et pourtant c'est de lui que tout vient au contraire[1].

---

1. Charles Péguy, *Le Mystère des saints Innocents*, *op. cit.*

3

François Mitterrand

Pas Zorro

J'avais pris depuis peu Mitterrand comme héros. On était en 81. Il était la grande figure de mon Panthéon spécial (PS). Un Panthéon de survie, sur mesure, pour l'évasion parentale provinciale, noire et : grise et : triste. Si François Mitterrand n'était pas né, je serais déjà mort.

D'autres, c'est Zorro qu'ils prennent. Ou des acteurs, James Dean, Delon, Belmondelon, Brando. J'ai pris Mitterrand : allez savoir ce qui se passait dans ma : tête. Je passais ma vie à faire et lire des bandes dessinées et à suivre la carrière de Mitterrand, dont je connaissais tout.

— Allez, tu dégages, (renchérit mon père, ce con). Tu bouffes pas ce soir. Tu bouffes pas. Tu te tires dans ta chambre... T'iras demander à tes copains socialos de te donner à bouffer.

— Déjà que t'es pédé, voilà que t'es socialo.

— Mais.

— Si. Si, t'es pédé. Elle est où ta copine ? C'est qui ta copine ? Pas vue. Moi, pas vue. T'as une photo ? Elle s'appelle comment ? T'es pédé je te dis. Pédé. Allez, tu te barres dans ta chambre, je nourris pas un communiste. Un rouge.

— Ouais (hurlancorplufort mon père), c'est ça. C'est les cocos qui te nourriront maintenant. C'est plus nous ! T'es trop con.

— C'est magasinier que tu vas finir. A la sortie d'Auchan sup et spé.

— Pauvre con.

— Le petit con.

— Quel sale con.

— Non mais tu as vu ce con ?

— Ce grand con.

Tuer le père : fastoche

Une mère, ça ne peut jamais s'arrêter à la femme qu'elle est : il faut que ça se prolonge (*en toi*). Que ça déborde des limites d'une femme. Tu vis dans la place qui te reste, au milieu des os qu'elle te laisse pour t'exprimer, aimer à ta façon, pas à la sienne. C'est dur. Pour certains, c'est : impossible : il faudrait qu'ils se suicident pour tuer la mère. Tuer le père, c'est facile : pistolet, mépris, poison, crachat, le mec est mort. Tuer la mère, il faut soi-même se passer sur le corps ; il faut se jeter à l'eau avec. Quand tu te tues, on retrouve toujours un peu de ta mère dedans. Qui bouge encore... Saloperie.

— Faut le frapper. (A mort.)

152— Toute la journée : branlettes.
— C'est pas très normal.
— C'est vrai.
— Il faut qu'il voye un médecin de la bite.
— Un psy spécialisé.
— Ce fils est un con.
— Frappe-le.
— Ça peut pas.
— Frappe...
— Etre notre fils.
— C'est vrai.
— Ça ne peut carrément pas.
— Du tout.
— Ça peut pas non...
— Du tout du tout.

La mère est une étoile sur le déclin : un jour viendra où ta mère, qui s'écartèle entre l'amour qu'elle a reçu pour te donner la vie et l'amour qu'elle t'a donné pour que tu donnes un sens à la sienne, un jour ta mère s'éteindra comme dans les combustions achevées. Avant ce terme fatal (où elle rejoindra, qu'elle le veuille ou non, des mondes parallèles), à l'emplacement qu'aura choisi pour elle la mort (autoroute A 6, hôpital Bichat, clinique des Ormeaux, escalier de la salle de bains, etc.), l'humanité aura déjà recommencé : tu auras engendré, à ton tour, le *corps coulant de source* d'un petit enfant.

— Je le frappe ce con.
— Hé.
— Mais c'est qu'il a la tête dure.
— Hm.
— Pourtant dedans y a rien. Rien ! Que des BD...

— Ha oui ?

— Ouihoui, holahouihoui... Monsieur Branletoman, monsieur Con veut faire de la BD... Ça rime avec PD... C'est PD pour les enrhumés. De la BD. Il veut reprendre Spirou. Les Gotlib, tout. Il fait des Gotlib. Toute la journée : des têtes de Gotlib. Des coccinelles. Des rats...

— C'est un malade.

— Il ferait mieux de faire des maths.

Dalipicassodalibraque

Maman, que seras-tu (*toi*) dans cent ans, qui fus la chair femelle où ma chair a commencé ? Avant d'être amalgamé au reste du monde, j'étais amalgamé à ton seul sang, ton sang maternel et mondial ; ton sang universel. Je n'avais presque peur de rien dedans tes os : les éboulements de mères, ça n'existe pas. Les tsunamis de mères... Il n'y a pas d'attentats terroristes à l'intérieur de ma mère ; Al Qaïda ne frappe qu'à l'extérieur – à l'extérieur des mères, à l'extérieur des ventres des mères. A l'intérieur des mères, il n'y a jamais de guerre mondiale, de mouvements sociaux ; pas de déchets nucléaires. Que seras-tu dans 4 123 ans, ma Mère, ma Man ?

— Je refrappe ce con.

Le monde qu'on traverse, le monde qu'on subit est saturé de mères mortes : les passants qui passent, dans leur similitude parfaite, ont/vont pleurer, le plus souvent avec complaisance, la disparition de celle dont ils furent la fille le fils. Mère (n.f.) : celle qui a fait de toi une vie (la vie est la phase approximativement estimée à sept décennies) qui sépare ta figure d'hydrogène de ta gueule de granit.

— J'ai déchiré toutes ces BD de PD. Celles qu'il a dessinées... Et les autres que je lui ai achetées je ne sais pas pourquoi... Quel con. Il dessine des cafards, des culs, des saucisses qui parlent et des caniches qui s'enculent.

— Il fait pas des maths ?

— Il devrait mais non : c'est les Spirou les Tintin les Pif. Tous les gadgets : poubelle. Les Hergé PD : au feu. Juste je garde ce qui est livres de mathématiques. Je jette tout ce que je vois qu'il y a un dessin...

— Les courbes mathématiques ?

— Je jette : dessin. Dessin je jette.

— Les figures de géométrie dedans ? Quand y en a.

— Du dessin. C'en est encore du dessin : géométrie dessinée je jette. Au feu. Poubelle. Dans la benne. Aux chiottes.

— Cartes de géographie dans les livres où il y a des cartes parce que ce sont des livres de géographie géographique ?

— Cartes ? Si c'est des cartes par satellite je garde : je suis pas non plus une folle. Si c'est dessiné comme cartes alors je jette au feu poubelle. Je jette au feu chiottes. Je fais le tri je jette : ce qui est de l'ordre du dessin, de la PD BD, je jette : ce qui est pédé je jette au feu. Je n'aime que ce qui est de la photo, du domaine de la photo, de la légende intelligente, de la gravure du Moyen Age : dessin je jette.

— L'art avec Dalipicasso ?

— Dalipicassodalibraque je jette. C'est du dessin. Ce qui est crayonné peint, colorié je jette au feu.

— Fusain ?

— Chiottes poubelle feu.

— Esquisse ?

— Je jette esquisse crobards ébauches. Morceaux de lithos, Tintin, Picasso Spirou, Spip Watteau, Marsupilami Giotto je balance. Fra Angelico Tigre du Bengale poubelle : Fantasio Fragonard : sacs-poubelle. Ça part. Il est prévenu ça part. Giraud ça part. *Fluide glacial Pilote Echo des savanes Revue du Louvre* dehors poubelle éboueurs boueux ça s'en va. Beaux arts feignasse BD Angoulême ça part... Arts plastiques je le cogne.

— Oui, frappe-le : s'il ne fait pas de géométrie sans dessins dedans, frappe-le.

— Si y a crayonné je deviens folle.

— Croquis de sciences nat ?

— Je le frappe. Mais si la grenouille est photographiée je dis rien. Je dis pas. Il ne faut pas exagérer... C'est important, quand c'est une photographie documentée.

C'est nous qui accouchons de nos mères : c'est nous qui faisons de femmes, des mères. Nous donnons la vie à des mères. Dès que tu nais, il y a mère. C'est inéluctable. Dès qu'elle meurt, il y a fils – on n'est le fils que des mères mortes. Avant, nous sommes de sales petits connards prétentieux.

— Je rerererefrappe ce recon.

Tant que tu as une mère, tu n'es pas un fils ; dès que tu n'as plus de mère, au moment précis où tu cesses d'avoir une mère, tu deviens un fils. Et non seulement le fils de ta mère, mais le fils de toutes les mères qui ont eu un fils. Tu deviens le fils unique de toutes les mères.

— Et tant qu'il sera con je le frapperai.

— Il sera toujours con.

— Alors je le frapperai toujours.

> Je voudrais être aux premiers jours
> De mon enfance
> Et revenir
> M'en aller de l'autre côté
> Pour repartir[1]

1. Pierre Reverdy, « Les yeux inconnus », *Pierres blanches*, 1930.

4

Saint François d'Assise

Naissance de mon héros

La femme humaine est susceptible de mettre au monde quantité de choses très différentes : experts-comptables, tenanciers de bar, directeurs de zoo, top-modèles foireux, informaticiens ou petites frappes anonymes. La mère de François Mitterrand (qui met parfois au monde des enfants qui ne survivent pas) mit au monde François Mitterrand. Elle s'appelle Yvonne ; c'était à Jarnac, Charente, le jeudi 26 octobre 1916. 22, rue Abel-Guy.

Le médecin qui était là était un docteur de village et s'appelait Jules Hubert. François Mitterrand vient au monde : ça y est cris. Hurle déployé tympans. Stridence plis cordon. Nourissondes. Lorsque le docteur Hubert demanda à Yvonne Mitterrand comment elle comptait appeler son fils, celle-ci répondit sans hésiter. Jules Hubert eut un sursaut :

— François Mitterrand, oh ! oh !

Le soir, au repas de la famille, il ajouta au menu

ordinaire « deux bouteilles de vin vieux », comme dirait Erik Orsenna, de l'Acabotinerie française. Comme sa femme, madame Hubert et ses enfants, les petits Hubert, semblaient étonnés de ce luxe :

— Nous pouvons bien faire un petit extra ce soir, car je viens de mettre au monde François Mitterrand, notre plus grand président de la République.

Le vendredi 3 novembre 1916, François Mitterrand est ondoyé. Le baptême est un sacrement et ne peut être donné qu'une fois, mais l'ondoiement permet de sauver l'âme du nourrisson en la lavant du péché originel, sans accomplir toutes les étapes du baptême. Un *in extremis* pour le Ciel avant même d'avoir touché terre. Il y a des vies tellement courtes qu'on les baptise au cimetière. D'autres, on leur donne l'extrême-onction à la maternité.

Le prêtre a versé un peu d'eau sur sa tête nue : « Je te baptise au nom du Père, du Fils et du Saint-Esprit. » Si François Mitterrand trépasse, comme ses petits frères mort-nés, il ira au Ciel et pourra être inhumé normalement, chrétiennement.

— C'est bleu ciel le Ciel ?

— Non : c'est bleu Ciel. C'est le ciel qui est bleu ciel.

Ysengrin

Le prénom « François » a été choisi en hommage à saint François d'Assise, l'idole absolue d'Yvonne Mitterrand et de Roberto Rossellini. Comme le saint, le Président sera un fou d'Egypte. Comme le saint, le

Président ne supportera pas les doctrinaires ni les écoles de pensée. Comme le saint, le Président entamera une lutte sans merci contre la maladie. Et la vie de Mitterrand, n'est-ce pas la conversion perpétuelle, non pas du renard multidécrit, polydécrit par les journalistes – mais d'un loup ? Mitterrand (François) n'a jamais été un renard ; il a toujours été un loup. L'inventeur du loup, chez les saints, c'est François d'Assise ; l'inventeur du loup, chez les hommes d'Etat, c'est François Mitterrand.

Un renard, après tout, ce n'est jamais qu'un renard : un renard, ce n'est jamais qu'une entité (animale) qui est rusée comme un renard. Le renard, c'est l'intelligence au service de la tactique ; le loup, c'est la tactique au service de l'intelligence.

Le loup, ce n'est pas seulement un mammifère comme le renard. Le loup c'est un masque. La ruse n'est pas un masque : le renard se déguise, puisque la ruse se déguise ; le loup, lui, est le déguisement même. Il n'est pas l'art de se déguiser ; il est ce qui déguise.

La langue française adore les « jeunes loups » et les « vieux renards ». Elle délaisse deux catégories : les jeunes renards (aucun intérêt) et les vieux loups. Mitterrand était un vieux loup – un vieux loup de terre – du milieu des terres.

Jésus

J'ai toujours aimé ceux qui vivent les choses « à la lettre » : saint François a vécu les Evangiles. C'est la nuance qui tue la foi : suivre l'Evangile « à la lettre », c'est *décider sa vie une fois pour toutes*, en finir avec ce qui rend médiocre le quotidien humain : indécisions, choix, virevoltements, retours à zéro, cases départ, rebrousse-chemins. Saint François, au moment même où il attache sa ceinture en embarquant dans sa vie évangélique, sait qu'il met son hasard en berne. Sa liberté à demeure : chaque seconde de son existence (mystique) est désormais codifiée, prévue, acceptée, libérée de toute liberté. Le temps est constitué, ce qui est à vivre est ordonné... La sainteté n'est pas de se libérer des contraintes : c'est de se libérer de sa liberté, car la liberté est la première des contraintes.

Se greffer corps et âme à l'Evangile, c'est s'attacher à une fusée. François d'Assise va voler. Très, très haut.

Une vie à la lettre, les écrivains le savent, c'est une vie inventée. La vie des saints, c'est d'abord la vie qui s'écrit ; et si on peut l'écrire (si Voragine peut l'écrire) c'est parce qu'ils ont vécu une vie à la lettre ; ils n'ont pas lu un texte comme si c'était de la vie : ils ont vécu une vie comme si c'était un texte. Et c'en est un ! La vie d'un saint, c'est une vie vécue au pied de la lettre de l'Evangile. Toute vie sainte est la vie évangélique d'un homme qui, vivant l'Evangile, ne fait que s'écrire lui-même sa vie de saint en vivant celle de Jésus. Les saints sont des nègres à l'envers.

Ce qu'on appelle, ce qu'on nomme « hagiographie », ce sont ces petites différences, à la fois infinies et infimes, infinimes, entre la vie d'un saint et la vie de Jésus. C'est le décalage entre l'immuable vie de Jésus et l'existence, autour du référentiel christique absolu, d'un imitateur de Jésus. D'un sosie... Le saint échange sa liberté humaine contre la liberté infinie, totale, inconnue, dangereuse de ne rien faire qui ne fût pas de Jésus ; de ne pas faire un geste qui n'eût pu être de Jésus et même qui eût pu ne pas être un geste de Jésus.

Un saint, ce n'est pas l'équivalent de Jésus : c'est l'équivalent de la vie de Jésus dans un homme, dans une femme qui n'est pas Jésus. Toute vie de Jésus non vécue par Jésus lui-même : c'est ça qu'on nomme la vie d'un saint.

Eternité ! pardon. Je le vois, notre terre
N'est, dans l'universel hosannah des splendeurs,
Qu'un atome où se joue une farce éphémère[1].

1. Jules Laforgue, « Farce éphémère », *Premiers Poèmes*, 1903.

5

23 572 jours

> L'homme n'a pas la manie de la vie. Il a le soin maniaque de son avenir.
>
> Henri MICHAUX.

10 Mai 1981™

L'enfant qui était sorti n'avait pas la tête d'un Président : (il restait tout à faire) ni un coude, ni des coudes, ni des genoux de Président. De la République. Ce n'était pas un bébé présidentiel qui naissait.

Il lui faudrait attendre encore 23 572 jours pour entrer à l'Elysée. Le 10 mai 1981™ n'était pas encore un aboutissement de carrière, ni le sens de toute une vie : c'était une date imbécile, fade, perdue dans le futur, en flottement, en gratuité, en latence, en vacance, en lévitation, en flottaison, en apesanteur, en disponibilité, une date sans histoire.

François Mitterrand, c'est la Charente : il reviendra souvent ici, palper les murs, les meubles, à la recherche d'une sensation, d'un (morceau de) fantôme de sa mère, d'une odeur précise ou d'une tristesse dans un recoin de chambrette.

Ses jambes (présidentielles cette fois) ont arpenté, soixante ans plus tard, les mêmes escaliers, et en arpentant ces escaliers ses jambes se souvenaient ; et ses bras, en se pliant de la même manière qu'en 1920 sur la rambarde, étaient des bras (des bras désormais présidentiels) qui se souvenaient. Les jambes, les bras de François Mitterrand, sous forme de pliure, de courbature, faisaient alors jaillir de leur fonctionnement des souvenirs qui, depuis cinquante ans, étaient cachés dans les os, dans les nerfs, dans les muscles, dans le sang. Des souvenirs de 1920 se libéraient sous ses pas, comme des personnages familiers, des lutins imprécis qui se précisaient.

André Gide

Un autre des dieux de mon Panthéon personnel d'alors fut André : Gide. J'adorais, j'ai tout lu, *tout*. Plus jeune membre de France (14 ans) de l'AAAG (Association des amis d'André Gide). Dirigée, en 82, par un certain Claude Martin...

— Gide ? me lance Mitterrand.

Je sais aujourd'hui (j'ai su plus tard) ce que c'était que Gide : une chose érectoire, un projectile homo-érectile, pédobandant, envoyé à toute allure à travers l'espace pour se planter dans un gosse : oh, pas très enculeux, pas très pénétratoire. Plutôt branlatif, masturbartiste, faisant des tours de Luxembourg pour aguicher le petit cœur blond perdu dans la poussière. Gide toujours sans cesse tremblant, suant, les yeux tournés texaveryquement vers un petit doux nubile corps : extrêmement prêt à saliver, à se faire chatouiller une chose, deux.

Lancé sans pilote dans la nature, dans le ciel, dans votre jardin, toujours en vitesse, en accélération de son Gide absolu, inguérissable, saoul fou de jeune verge à constater, célérité de Gide transi devant une jambe, un coude, un pied, des orteils, un seul orteil mais très jeune, un plexus une hanche mais une hanche d'enfant, une hanche enfant, Gide à genoux devant des mollets. En devanture gidienne de tibia. Regardant de plus près un genre de scrotum. Analysant ivre d'ivresse la perfection grecque d'une cheville. Gide qui panique quand la beauté arrive, elle ne prévient jamais : il faut qu'il s'en empare et la tâte, la toutouche goûgoûte. Y emploiera ses forces et sa subtilité mûre : tout son âge et sa folie, sa culture et Goethe au service d'une intention. Insatiable dans les morceaux de jeunes humains pas formés, perdu dans les possibilités des milliers de petits organismes humains.

Pédonymphogide : et tandis que sa femme et cousine crevait dans les solitudes, incrustée dans la pierre normande, à Cuverville, à pleurer tous les soirs dans des draps qui grattaient, qui piquaient, avec la nuit des bruits de bêtes qui faisaient peur et le jour, pour toute compagnie, une vieille bonniche poilue et un peu de pluie, avec pour plaisir seul celui de regarder des crucifix et de s'abîmer les yeux à relire des lettres anciennes écrites par son jeune cousin devenu vieux pédéraste, lui, le grand immense écrivain, pendant ce temps, écumait toutes les Afriques possibles à la recherche d'anus à humer. Sa femme sévère s'enfonçait dans les automnes, la dépression, et une amorce de mort, et lui, bronzé des couilles et du casque, rigolant sur les photos en compagnie de ses amants glabres et naïfs, qui pose pour la postérité avec des singes, des girafons, des oiseaux rares, un fusil...

« Madeleine » avait l'esprit étriquétroit, bien entendu : et lui la largesse voyageuse, découvreuse, aventureuse. A peine arrivait-il dans un lieu du monde, une beauté de l'univers, une ville à la lumière orange, il courait (à toute berzingue en pleine marc-allégresse) vers les bars et les docks, faire jouir ses vieux gidiens plis avec de la jeunesse, avec de la candeur, blancheur. En frénésie touristique, aimanté du soir au matin, bavant suant de partout, par les fesses plates des commodores de sept ans. Gide n'a même pas eu les couilles d'annoncer à sa femme cousine abandonnée au lierre et aux orties qu'il éjaculait sur les enfants qu'il n'a même pas voulu lui faire : non, il a attendu que, depuis sa retraite forcée, sa Normandie prison, elle « percute », elle « finisse par comprendre » (quant aux enfants, il a fait une fille à une bonne vieille copine). Paix à l'âme de cette femme qui essaya, toute sa vie, de trouver un sens à sa vie au moment même où son mari, enchaînant les romans gidiens (mais il ne pouvait faire autrement), lâchait sa sénilité dans la nature, sans tenue, sans retenue, sans dignité. Ejaculant dans les trains, palpant des bébés, tournibulant alentour des crèches et des maternelles, Goethe ou Virgile en poche. Le vieil hystérojouisseur aura surtout joui aux dépens des autres.

Interrogation présidentielle

— Ce qui est proprement à gerber, chez Gide, monsieur le Président, c'est qu'il est sempiternellement en train de nous prendre à témoin (en les relativisant, en les déguisant, en les édulcorant) de ses hystéries.

— Ça n'est pas très clair, me répond Mitterrand : vous l'aimez, ou pas ?

— Il aimait Jules Renard, ça le sauve.

— Je sens que vous l'aimez bien, Gide... reviensurlesujette Mitterrand.

— Il était « maladroit au chagrin »... C'est ça que je retiens de lui.

— Moi, j'ai bien aimé *La Porte étroite*... reprend le Président. Une de mes premières lectures marquantes. Et puis il parlait de « sincérité renversée de l'artiste ». Très bien trouvé. Non ? Gide... C'est ma jeunesse. C'est des souvenirs... Saintonge... Gide a dit quelque chose de fondamental au moment de mourir. Preuve qu'il avait quand même tout compris... *Le grand secret*, il savait... « Seigneur », dit Gide au moment de mourir, « je viens à vous comme un enfant ; comme l'enfant que vous voulez que je devienne ; comme l'enfant que devient celui qui s'abandonne à vous ».

> Un pan de ciel bleu, un peu de fumée comme un duvet de cygne : des anges en voyage[1].

1. Max Jacob, « Le coq et la perle », *Le Cornet à dés*, 1916.

6

Apostrophe

Jeanne d'Arc

Je suis né pendant la 13e semaine de l'année 1968, le dimanche 31 mars. Le 30 Areg 1417 sur le calendrier arménien. Année Wu-shen, du singe (ce qui me va à ravir). Entre l'âge de quatre ans, 1972, et l'âge de dix ans, 1978, je me suis presque exclusivement nourri de carambars (voir photo ci-dessous). 740 millions de carambars sont aujourd'hui produits par an dans le monde. Les emballages jaunes... Entre 1972 et 1978, le carambar coûtait toujours un nombre *rond* de centimes : 5 en 1954, 10 en 72, 20 en 78. J'aimais aussi les fourrés aux amandes de chez Connus.

Moi le 21 mai 1981 : je suis à Orléans. J'assiste pas à ça sous la pluie : mais à la télévision. Je ne suis pas rue Soufflot : il n'y a pas (tu peux vérifier si tu me crois pas) la *moindre* rue Soufflot à Orléans. Et à Orléans, il n'y a pas, non plus, la plus petite trace d'un Panthéon orléanais : il y a la statue de Jeanne d'Arc, place du Martroi. Le lieutenant Péguy adorait passer devant avec ses hommes : il présentait sa section à Jeanne.

— Jeanne dessinée je fous en l'air. Par écrit je veux bien, Jeanne d'Arc. Mais crayonnée c'est non. Mais caricaturée c'est le feu. Au bûcher les dessins de Jeanne.

Je suis né dans une ville très mitterrandienne, Nevers (virgule) mais j'ai vécu dans une ville très orléanaise, Orléans (points de suspension). Pas La Nouvelle-Orléans, la Vieille. Celle des *vrais* ouragans : Jeanne d'Arc, Péguy, Bataille. J'aime les batailles de Jeanne d'Arc, la *Jeanne d'Arc* de Péguy : je suis sûr que j'aurais adoré le *Péguy* de Bataille.

Rachmaninov

Je voulais devenir dessinateur de bandes dessinées : je me suis faifrapper – j'ai changé d'idée. Je me suis recycloté dans écrivain. Je voulais aussi faire ça. J'ai appris à jouer du Bic. Et pour ramasser un peu d'argent, j'ai essayé de placer des textes remplis de génie (précoce) dans *La République du Centre* (qui n'en a pas voulu). Je rêvais de passer à la télé avec une canne, un costume (peau de bête tralala), et l'arrogance d'un air. Trélevé menton : et si possible le plus prétentieux des invités. Le plus imbuvable et le plus suicidé : avec des cernes sous les yeux (violets). Le type le plus intelligent du plateau.

— Aviez-vous l'intention d'être un grand écrivain ?

— Oui, répondje au Président.

— Moi, me quasicoupe Mitterrand, si j'avais eu une ambition, elle aurait été celle-là.

Musique consacrée du générique (Rachmaninov) : l'écrivain Jean Moisc, géniduroman, accompagné par vingt-sept groupipeuses, porteuses de gros seins gros, de porteu-jarreutelles, rouge vif et vert cru, des lesbiennes hétéros et des sado-douces. Assis sur les autres fauteuils, surmaquillés autour de moi : des écrivains qui ne sont pas moi. L'insignifiant Pique-au-lit : mot très haut /front très bas, survolté de la gestuelle, fou de plaire, ignoble à force d'émouvance neuneu, d'éloquence-bave : démagogol. Il hirsute des choses pompeuses : sur ses enfances ras de malheur, les cités de son cœur. Il y a encore (poisseux auprès de mes divins os), et tout en bêtise exclamée rose candeur, petit idiot porcinet blond gentillet, Didier van Causelaert, le Goncourt des cieux. Et aussi le fort peu géant Tiralaligne, le surpayé Polygraf, le lunettard bafouilliste Arrogan, le collabo journalistueux Geronimus Kommandantur, de *Je couche partout*... Il y a aussi l'octogénaire touche-à-tout (surtout pipi) à l'œil paquet de gitanes implacable, multipige et polynazi. J'oubliais : le charmant débile Gégé de Courtoisy, qui publie les Mémoires de son slip chez Boitagoncourt éditeurs et frères (depuis 1827). Il y a, il y a (j'ai noté ça dans un recoin) : le jeune vieux jeune vieux jeune vieux romancier de l'amour fol et de la galipette matrimoniale Alexander von Fissdemonper, duc de Jardinet-lès-Esbouiches. Et qui est là, oui ! elle : avec son chapeau et ses chicots, sa tête blanche de morte, sa pourriture amie des fruits : Amélie Pourrie, égérie des aéroports. Et lui là : un « ami », M. Moqueur Meilleurventes...

Mais c'est vers moi que les regards de Mamaman sont fixés. C'est moi The One, Jehan de Mohâ. Regarde, ami lecteur, si tu veux rester mon ami, regarde le corps humain prostré de Madame Mère – n'est-ce pas une brindille qui tremble pour moi de trac, et en même temps, dans le même mouvement, une limace qui bave de fierté de voir Messire Sonfils trôner seul, la fourrure repassée et la canne lustrée (quel pommeau !), au milieu des farfades.

Il y en a une qui ne m'aime pas du tout sur le plateau : c'est une écrivaine qui voudrait bien être une écriveine mais qui hélas (ô !) n'a pas la littérature dans le sang (qu'elle a arabe). On ne peut quand même pas aimer toutes les Arabes (me dis-je *in petto*). Elle me regarde avec un œil noir parce que je déconne avec la « littérature », que je godille et slalome sur des pistes « humoristiques », arpentant les façades allaisiennes, trissant un schuss depuis le haut du col du Guitry... Eprouvant avec sueur la face Jules Renard de l'ascension du mont Joyce.

— Et Joyce ça veut dire « joie » je te signale, Mademoiselle Nina Sériosahoui !

— Faux, répond la gourde (qui se croit belle alors qu'elle est laidissime de scolaire) : le vrai nom de James Joyce est en réalité « James Pain » – tout le monde ici le sait. Les vrais écrivains le savent. Daniel Bigoudy le sait : et vous, Wilhelm Durand, vous vous le savez mieux que n'importe qui... Et France-Olivia Gilberte également le sait... Et Nanard Pipive... Et Sexy Lolo...

— Il fait quoi le con ?

— Il dessine des guêpes.

— Connard ?

— Oui M'man.

— Au lieu de rêver de passer à la télé comme un con des guêpes (car je te considère moins désormais comme mon fils que comme le con des guêpes) pour des mauvais livres nuls que tu n'écriras pas et que ton père et moi nous n'achèterons jamais en cas de parution (impossible), c'est prêt : le dîner.

— Laisse il bouffe pas c'est tout.

— Tu entends ?

— J'arrive.

— Bon mais je ne veux pas de toi en face de moi à table je te préviens. Tu me dégoûtes des ongles. Tu as les ongles qui sont trop longs et qui sont des ongles de pédé. Tu es homo des ongles.

— Il bouffera après.

— Bon, tu bouffes pas. Comme ça c'est réglé.

— Lui ça va se terminer en pension. Ses ongles, tout ça. En pension. En pension les ongles.

Dans ta chambrette à idées noires, les idées blanches sont pas très littéraires, tu rentres et tu te dis : la vie n'est pas : belle, c'est dingue ça, la vie est pas belle du tout du tout : moi, je... voulais... être un ogre à la Proust, un célinien proustatique devant Mère Madame ébaubie, un Céline confonproustant, avec giclées sonores de génie des reparties, mais mamaman, elle ne voit que cette chose que je ne serai jamais écrivain mais qu'en revanche, je serai le con des guêpes. Je vais écrire pour les éditions de Mongrasset, heu : des contes de guêpes, Bibip la guêpe, ennemie jurée de Tût-Tût l'abeille. Ensuite, j'irai dans les boîtes de nuit parisiennes parler de dards, de miel, de piqûres d'abeilles, de fleurs, de bégonias où ces bestioles se posent.

J'ai sauté de mon lit bordé d'aubépines.
Pieds nus, je parle aux enfants[1].

1. René Char, "[Novae]", "Le météore du 13 août", « Le poème pulvérisé », *Fureur et Mystère*, 1962.

7

Ceux qu'on emmène (1) : Sacha Guitry

Pantoufles et pyjama

Quand j'avais été « insupportable », mon père m'emmenait en pleine nuit dans la forêt d'Orléans. M'y laissait, pour la nuit, en pyjama et pantoufles. J'étais une sorte de déporté. Je sentais bien les fois où on « venait me chercher », où on « venait pour m'emmener ».

Je voudrais bien écrire un livre sur ce : sujet : ceux qu'on emmène. Une biographie des emmenés. Des sonnés à leur porte au petit matin. Des emmenés, transportés, escortés, transbahutés, obligés, menacés, déportés. La description précise, écrite au dard de guêpe, de l'arrestation, les mots exactement dits. Le temps qu'il faisait ce jour-là. Quelle date c'était... Charlotte Corday. Louis XVI. Desnos, Chénier, Edith Stein... Sacha Guitry. Comme moi, on était venu l'emmener alors qu'il était en : pyjama et : pantoufles.

« Entre ici, Sacha ! » Guitry, ce sont ses chevilles qui n'entraient pas. Je déconne ! Ce qui n'entrait pas (je ne plaisante plus), ce qui ne voulait pas entrer, c'était la réputation dégueulasse qu'on lui avait fabriquée. Accolée à sa gloire. Les gens sont atroces : ils passent des vies à poser des post-it haineux sur les génies : collabo, pédé, facho, pédophile, caractériel, communiste, stalinien. A croire que dans la nature y a plus de mots que de tares.

Ils sont venus à très nombreux, par une belle journée d'été, fusils chargés, le chercher en pyjama, pour l'humilier. Dans son hôtel particulier. Son bureau sans fenêtre où, entouré de tableaux de maîtres, il avait une ouverture maximale sur le monde. Aux pieds il avait ses pantoufles. C'est en pantoufles qu'ils ont *préféré* l'emmener. Il est passé devant les Invalides : en pyj devant Napoléon qu'il avait aimé et interprété. Il avait un chapeau de paille sur la tête, cow-boy idiot pantoufle. Sous le soleil de Paris, promené trimballé. Sacha savait raconter les histoires. Il n'a pas fait d'histoires. Il n'a pas eu la force d'avoir peur ; il a écrasé sa cigarette.

Les FFI ont orienté Guitry, le corps enpyjamé de Guitry du côté des regards de foule et du côté du plus de rires possible. Ses pantoufles frottaient le sol. Ça faisait comme du crin sur le trottoir. Le ciel est bleu (le soleil, jaune). Ce n'était pas très pratique d'avancer « plus vite ». Guitry est au milieu de Paris, seul au monde : il n'est pas rasé. C'est bien le même Guitry que dans les journaux et les films ; le visage n'est pas celui que montrent les journaux et les films. Lui qui n'a jamais été antisémite n'a jamais été aussi juif. Sacha souffre et se tait. Les insultes le blessent. Ceux qui ont vu sa gloire sont venus assister à son supplice. Il pense à des femmes qu'il n'a pas encore eues. Qu'il n'aura plus jamais. Il traîne des pieds, on le pousse, il claudique : il vient de perdre une mule.

Tu as bien vu/regardé ? Rincé ton salopard œil salaud ? Cette masse en sueur à fleurs et soie sous la canicule avec un morceau de métal froid qui s'enfonce en son mollusque bide d'armoire à glace fondante : ceci est le corps de Sacha. C'est un corps sacré qui s'avance vers le Golgotha des hontes, mais c'est un pléonasme : tous les Golgothas du monde sont l'épicentre des hontes. C'est là que les hommes fabriquent de l'humiliation envers ceux qui leur sont supérieurs. Ceux de leurs semblables à qui ils crèveraient d'envie de ressembler. Alors ils les font crever à leur place. Oui, c'est bien le corps de Sacha qui se meut, flotte là dans la chaleur, forme ondes et courbes. Mais son esprit (il en a beaucoup) est ailleurs.

Ceux qui « l'escortent » vers le malheur et la prison sont des hommes jeunes (vingt ans et des poussières, surtout des poussières). Ils ont la vie devant eux, des centaines de milliards de moments de joie à connaître, autant de jeunes corps dansants de jeunes femmes roses et bleues, orange, jaunes, à soulever, d'horizons sur lesquels se vautrer : mais non, ils sont déjà aigris. Ils sont déjà *dans* l'aigreur. Ils ne supportent pas qu'un homme qui a le triple de leur âge ait dix milliards de fois plus d'énergie, de talent, de joie, de gaieté, d'optimisme, d'avenir, qu'eux. Ce sont des gens de 23 ans tellement déjà persuadés qu'ils rateront leur vie qu'ils emmènent Guitry vers un endroit (Conciergerie, puis camp de Drancy) dont ils se persuadent – à tort, évidemment – qu'il commencera *enfin !* à y rater la sienne. « Les ratés ne vous rateront pas » (Bernanos).

Ils vont jeter Guitry aussi dans l'aigreur : pas dans les flammes mais pire. Guitry dans la gueule des acidités. Des maux d'estomac et des indignités. Dans l'enfer des tubes digestifs rongés par leur néant, leur rien, leur nullité roteuse, leurs ulcères, leur puage puant de gueule. J'ai une théorie là-dessus : je suis persuadé (à un milliard de mille pour cent) que les gens qui sentent de la bouche (pour rester dans l'extrême politesse) sont des ratés. Ils pourrissent de l'intérieur ; la haine de soi les dévore du dedans – leurs renvois dégueulasses, leurs haleines polymouches, c'est l'odeur en réalité de leur propre cadavre. Ils se rotent eux-mêmes.

Guitry n'avait rien fait : à part du cinéma, du théâtre, des livres et des triomphes ; il n'avait pas collaboré, sauf à ses propres films, comme acteur et à sa seule œuvre, en tant qu'auteur, d'une part, et génie à l'état pur, d'autre part. Ce n'est pas la Résistance qui est venue arrêter Sacha : c'est la jalousie qui est venue arrêter le succès de Sacha – je veux dire : qui a voulu faire en sorte que le succès de Sacha s'arrête.

— Vous êtes bien le succès de M. Sacha Guitry ?

— C'est bien moi...

— Nous sommes venus vous arrêter. Veuillez nous suivre.

— Impossible : on ne peut plus arrêter mon succès... En outre un succès de Sacha Guitry ne peut suivre qu'un autre succès de Sacha Guitry... (Il se met à éclater de rire).

— Oh ! Vous êtes dément ou quoi ?

— Oui ! J'avoue ! Je suis un succès vraiment dément.

— Succès de Sacha Guitry, je vous arrête ! Les mains en l'air ! Tout ce que vous pourrez dire à partir de maintenant pourra être retenu contre vous.

— Les mains sont faites pour applaudir les comédiens ou saluer le public...

— Stop !

La vieille ironie du sort toute pourrie, c'est que non seulement Sacha n'avait pas collaboré pendant la guerre, mais qu'en plus il avait commencé à résister avant : toujours, depuis 14, il a interdit que ses livres soient traduits en schleu. Et il n'a jamais (François Mitterrand le sait) accepté la moindre invitation à se rendre en Allemagne... Et Mitterrand qui entre au Panthéon le sait : qu'il faut faire du tri dedans les très grands petits hommes, les très petits grands petits hommes pas très grands face à Guitry qui n'est lui au Panthéon de rien ; mais si ! au Panthéon de sa tombe fleurie et large, avec Lucien son père et Lana Marconi sa dernière femme et son jeune frère mort prématurément. Si Sacha y va, sûr que Lucien voudra l'imiter...

A Orléans

A Orléans il y avait des plaques partout : les noms de ceux chez qui *on* s'est rendu (je ne suis plus près de me rendre à Orléans).

A Orléans, on trouvait : les rues d'Orléans, les places d'Orléans, les boutiques d'Orléans et, également, dans une certaine mesure, des Orléanais. Quand on habitait un peu en dehors d'Orléans, on allait à Orléans-centre. Dans les boulangeries d'Orléans, au bureau de poste d'Orléans. Au lycée d'Orléans ! C'était la folie pure – une fête permanente : c'était Orléanland. Lorsque les Orléanais vivants (les Orléanais morts étaient enterrés, les veinards – mais seulement s'il restait de la place sous cette bonne terre meuble, grasse et fertile d'Orléans – au cimetière d'Orléans situé sur la route de Paris qui, lorsqu'on quitte Paris et qu'on revient *sur* Orléans, s'appelle logiquement route d'Orléans), lorsque les Orléanais vivants, disais-je, quittaient Orléans, ils savaient qu'ils reviendraient à Orléans. A Orléans, on trouve des filles, comme à peu près partout : des filles d'Orléans...

On se sent toujours trop obligé de partir, de se mouvoir. De « voyager ». C'est un tort : on peut tout aussi bien rester à Orléans, et lire Voltaire. Proust est un plus grand voyage que les Maldives. Je n'aime pas l'expression, je n'aime pas le mot « Maldives ». Allez, on va tous là-bas (à Orléans).

— Frappe-le.

— Pas besoin de me faire un dessin : 12 en maths.

— Tu veux que je fasse quoi ma chérie ? Que je le frappe ?

— Oui mon chéri je veux bien : je suis occupée. Et pis tu es plus fort que moi.

— D'ac. Mais à quoi ?

— Martinet ?

— Non il commence à s'y faire. Il a le vice dans la peau ça lui fait plus rien. Faudrait trouver mieux. Et surtout qu'après il en dessine des martinets. Il en croque. Il fait des BD de PD de martinets croqués sur des croquis de Gotlib.

— Avec Spirou ?

— Et Fantasio. Moi Fantasio ça me donne envie de frapper Fantasio.

— Au lieu de faire des maths ?

— Fantasio au lieu de faire des maths.

— Non là faut sévir. Fantasio là je dis non.

— Je suis d'accord mamour. Fantasio c'est grave. Très grave.

L'idée du chien n'est pas canine, je sais : mais l'idée d'Orléans est orléanaise. Tandis que l'idée de Paris n'est pas parisienne ; Paris est parisienne, Orléans orléanaise, l'idée d'Orléans est orléanaise, mais l'idée de Paris est orléanaise aussi ; l'idée de Paris est provinciale. A force d'artistes provinciaux, à force d'Orléanais venus lui donner de l'art (et du fil à retordre), Paris finira par être provinciale, Paris finira bien par être orléanaise.

— Con.

— Laid.

— Sale.

— Masturbateur.

— Long des ongles.

— Petit.

— Bref un minus.

— Bref un.

— Bref.

— Br.

Taille

Je mesure 1,73 m. Cela me place dans la moyenne exacte des Orléanais, premièrement, et des Français, deuxièmement. « C'est vexant, la moyenne. Surtout quand on est en dessous », comme dirait François Weyergans, de l'Académie de l'humour (et puis il se lancerait dans la description d'une tortue pour remplir des pages tortueuses).

— Je suis né rageur, dit Péguy. Je suis devenu rageur. Je suis rageur. Si j'avais un mètre quatre-vingt-quinze et les muscles que j'ai toujours vainement souhaités, je ragerais moins.

A un centimètre près je méprisais mon prochain sans complexe... Vingt et un centimètres séparaient de Gaulle de Mitterrand. Entre Yasser Arafat et Boris Eltsine, il y avait un gouffre de 24 cm. Sur la photo prise à Verdun où Helmut Kohl et François Mitterrand se donnent la main, on peut mesurer que, si dix ans de guerre mondiale les rapprochent, dix-huit centimètres les séparent. Je bats François Mitterrand d'un centimètre.

Oussama Ben Laden mesure 1,98 m, comme Michael Jordan. Charlemagne mesurait 1,93 m comme Clint Eastwood. Orson Welles mesurait 1,92 m comme Bernard Farcy. Gary Cooper mesurait 1,90 comme PPDA. Tarantino mesure 1,89 m comme Giscard. Saddam Hussein mesure 1,88 comme Grégoire de la *Star Ac 5*. Georges Marchais mesurait 1,87 m comme Ringo. William Burroughs mesurait 1,85 m comme Zidane. Jésus mesurait 1,83 m comme Jean-Paul II. Jim Morrison mesurait 1,82 m comme Lukas de la *Star Ac 3*. Mao Tse Toung mesurait 1,80 m comme Jean-Marie Bigard. François Mauriac mesurait 1,79 m comme Stéphane Collaro. Benjamin Franklin mesurait 1,78 m comme Serge Lama. Rimbaud mesurait 1,77 m comme

Benjamin Castaldi. Albert Einstein mesurait 1,76 m comme Carla Bruni. Julia Roberts mesure 1,75 m comme Laurence Boccolini. Frank Sinatra, 1,74 m, comme Jacques Martin. Fernando Pessoa mesurait 1,73 m comme Loana. Quant à Léopold Sédar Mitterrand (1912-1912), il aurait dû atteindre la taille d'1,75 m, un centimètre de plus que John Mitterrand (1910-1910), deux de moins que Paul Mitterrand (1913-1913), trois de plus que Ringo Mitterrand (1914-1914), et un de moins que George Mitterrand (1911-1911).

Je suis pas hypermégagigatétragrand, « force est d'en convenir », comme dirait Maurice Druon de l'Agagadémie française. En revanche, je suis tellement intelligent qu'à chaque fois que j'ai mesuré mon QI, j'ai eu l'impression de me mesurer à lui (tellement il m'en imposait). Dans un dîner, une réunion, une soirée, un spectacle, c'est toujours moi le plus intelligent – et quand ce n'est pas le cas, je m'en vais aussitôt – et alors je redeviens le plus intelligent dans le taxi qui me ramène chez moi.

Anges à la robe d'azur,
Enfants des cieux au cœur si pur,
De vos ailes couvrez ce joyeux sanctuaire
Chantez, célébrez tous en chœur
La joie et le bonheur
Des enfants de la terre[1] !

---

1. Stéphane Mallarmé, *Cantate pour la première communion*, 1858.

8

Rose poussière

Pluie de roses

Il pleut. Il pleut aussi sur François Mitterrand. C'est une pluie spéciale qui est en réalité dirigée contre la société capitaliste. La rose à la main sous cette pluie spéciale devant foule et Panthéon, on ne sait plus si c'est au socialisme ou au surréalisme que François Mitterrand, Président et trempé, se réfère.

Si c'est au socialisme, « Mitterrand » incarne un mythe personnel, il est tout seul dans sa mythologie : le socialisme, à l'inverse du communisme, est toujours individuel. D'abord parce qu'il y a un socialisme par socialiste : Jaurès (Panthéon, promo 1924), Blum, Mendès (recalé, session 2000) ou Mitterrand, ensuite, parce que le socialisme reconnaît l'homme dans son unicité, quand le communisme (qui est toujours scientifique, *toujours* !) se détermine par le devenir de l'homme considéré dans sa totalité.

Si c'est au surréalisme que vous comptez vous référer, lui avait expliqué André Breton, alors vous « travaillez non plus à la création d'un mythe personnel mais bien au mythe collectif propre à notre époque ».

Trempé Mitterrand gouttes. D'habitude un socialiste c'est sec... Là il mouille sur les dogmes. Rigidités délavées : on se prépare à des mollesses. A des souplesses. A des fuites d'eau. Mitterrand est étanche de corps : d'esprit moins. Il se plie aux pluies ; il utilise les déluges. C'est un endurateur d'intempéries. Intime avec toutes sortes de giboulées. Regarde les photos de lui, en noir et blanc en couleurs technicolor : François kodakisé dans des gadoues, sous des bruines, sur les chemins les routes. Devant l'église d'un bled : en casquette imper, ciels noirs au-dessus. Arpenter les hameaux pour une voix de plus, deux, peut-être trois. Pendant toutes ces décennies. A force, il est gravé dans les flaques.

Panthéon

François Mitterrand s'avance. C'est le Panthéon qui lui fait face – pas le contraire. Il intimide des pierres. Des pierres qui l'ont bien connu, quarante-cinq ans auparavant lorsque, sur cette même place du Panthéon, il avait manifesté, à vingt ans, devant la fac de Droit ; sur la photo il est hilare et tient un gros livre et crie « Les Français aux Français ! » avec ses copains, qui relancent, en chœur : « Dehors les métèques ! » C'était il y a : longtemps.

A présent élu, François Mitterrand est en train de devenir un homme nouveau, non pas nouveau en ce sens qu'il deviendrait différent de ce qu'il était avant, mais nouveau en ce sens que des parties entières de son talent, de son génie, de son caractère, de son âme, insoupçonnées jusqu'alors, et qui auraient pu rester insoupçonnées toujours, vont bientôt se révéler avec un éclat incomparable.

> Il y a donc quelque chose en moi qui ne cessait pas d'être capable de cette ineffable enfance[1] !

1. Paul Claudel, *L'Architecte (Feuilles de Saints)*, 1918.

9

Jaune rire

Bleu hématome

Pendant des années, les deux types les plus battus avaient été François Mitterrand et moi. Je me faisais démonter la gueule tous les soirs par mon : père. Il me rentrait dedans comme dans un Jean Moulin. C'était quelqu'un d'affable et de doux dehors, de susceptible et de violent dedans... Il y avait des choses à pas faire, sans doute : et, (mais sans le savoir, hein) je les faisais ! Toutes ! J'étais le Monsieur Jourdain de la connerie à pas faire.

— Quand on est enfant, me dit Mitterrand, on arrive sur cette planète dont on ne connaît rien – peut-être certains gènes transmis par les générations précédentes vous préparent-ils à l'existence – mais tout est à apprendre, tout est à ressentir.

J'avais caressé un chien à 14 h 22 sur le chemin de l'école, or, on pouvait sans doute caresser un chien, on pouvait, également, se trouver sur le chemin de l'école à 14 h 22, mais ce qu'on devait sans doute ne pas avoir le droit de faire, c'étaient les deux à la fois. Parce que, sans explication notable, je m'étais fait fouetter à coups de rallonge de fil électrique le soir même ; et tandis que le feu du fil me cisaillait l'épiderme et que la douleur jaillissait de mon corps enfantin, infantile, jeanmoulinesque, comme le jus d'une prune mûre, je cherchais à toute vitesse, dans mes hurlements pour que ça s'arrête, ce que j'avais *bien pu* faire de mal.

C'est pénible d'avoir à chercher soi-même les causes... C'est là la vraie violence : la pêche aux causes, à la culpabilité. Il s'agit pas de revenir bredouille mais nanti d'une culpabilité plausible ; possible ; cohérente. Une culpabilité *satisfaisante*... Pertinente ! Une culpabilité qui tienne debout – une culpabilité dont on puisse soi-même se satisfaire pour que le mystère prenne fin. Alors, quand on a trouvé (ou qu'on se fait croire qu'on a trouvé) on est heureux... La case est cochée. « Bon sang mais c'est bien sûr ! »

Ramener une culpabilité au port... Etre fier d'avoir pêché une si belle culpabilité : « belle prise ». La bête s'est défendue. On l'a eue. Une culpabilité *sur mesure*. Comme des chemises. C'est ça que tu dois te fabriquer, te concocter. Pour ne pas devenir fou en plus. Une culpabilité appropriée (à la situation) ; une culpabilité adaptée (à la « sanction »).

Une méthode parmi d'autres

Le père de famille moyen (ce pauvre con) dispose de plusieurs possibilités pour faire souffrir plus faible que lui... Le fil électrique (la rallonge), d'abord. Cette méthode présente de nombreux avantages, dont le premier est économique : chaque foyer possède cet ustensile ménager qui peut, en un clin d'œil, transformer l'utilisateur en tortionnaire. Pour le prix d'une rallonge, facilement trouvable dans la droguerie en bas, on économise le prix du martinet – ou du fouet, mais je n'ai pas connu le fouet.

Le fouet n'a rien à voir avec la rallonge électrique. Le fouet au moins appartient à une sorte de tradition... Il a son historique. Sa sociologie. Son rituel épinal. La partie punitive va infliger, sur un endroit répertorié du corps (le plus communément : le dos) une « correction méritée » à la partie fautive. C'est un contrat quasi social, pré-accepté, dont on connaît teneur + contenu + risques. En commettant la « faute », au moment même où on la commet, on sait à quoi on s'expose : une opération mentale, de plus en plus rapide avec l'expérience, permet au contrevenant (l'enfant) de traduire en temps réel, arithmétiquement, selon une péréquation particulière, la gravité du crime commis en nombre de coups de fouet correspondants. On a bien dû publier des tables de correspondance, il y a longtemps, dans les Angleterres... Si bien qu'on peut, selon cette évaluation immédiate, corriger la faute *in extremis*, l'adoucir, sinon la déguiser un peu – de telle sorte qu'il ne restera plus à la victime qu'à retrancher, en direct, et en proportion, la quantité de zébrures qui s'inscriront sur la zone dorsale de manière indélébile.

Une rallonge de fil électrique, essaye : quand tu fais tournoyer dans les airs, ça fait ffffffffffffffffffffûûûûûû.

A l'instant précis où ça s'abat sur l'enfanbattu, l'enfanbattu ne sent rien (sur le moment, mais ce moment dure un peu moins d'une seconde, on se dit que c'est toujours ça de pris !). Pas parce que l'enphe ambattu se la joue (il se la jouera demain, à la récréation, en disant qu'il s'est battu – contre la bande à Kamel) : mais parce que la gaine de la rallonge est ainsi faite, qu'alliée à la vitesse du mouvement, elle ne délivre la douleur qu'en se retirant, c'est-à-dire une seconde environ après avoir atteint sa cible. Si tu prends 10 coups de rallonge par exemple, ta douleur a toujours une impulsion de retard sur le coup à venir – ou bien, si tu veux raisonner du point de vue symétriquement opposé, le coup de rallonge électrique a toujours un coup d'avance sur la douleur. Tu peux dire aussi : la douleur est en retard sur le coup...

Rouge sang

Ma manière d'exister se définissait par une impuissance à me défendre mais par une puissance infinie à me protéger. Les coups que je recevais se passaient de ma permission pour tomber ou ne pas tomber. J'avais l'impression qu'un coup c'étaient des centaines : sortis d'un réservoir infini. Ils ne (se) suffisaient jamais. Ils n'étaient (selon eux, selon leur point de vue – de leur *strict* point de vue de coups) jamais suffisants.

J'avais l'impression que je leur suffisais pas non plus : trop étroit réceptacle, forme trop dessinée, entité trop circonscrite pour les boire, les absorber, leur permettre de s'exprimer à plein. Mon enveloppe : trop réduite, ma surface : trop restreinte, mon « espace corporel » : trop restreint... Ça devait les frustrer. Ils auraient sans doute préféré que je me prolonge, que je me continue, que je m'invente : une excroissance subite et gratuite, vierge, de mon corps vite épuisé, vite saturé, vite rempli, aurait permis aux coups de s'exprimer à mesure de leur violence, de leur énergie, de leur virulence, de leur colère, de leur vitalité et de leur génie. De leur inspiration.

Anges à la robe d'azur...

Enfant, dans le Dieu de l'enfance
Qu'a su charmer ton innocence,
Dans cet hymen mystérieux
De la force et de la faiblesse
Ne vois-tu pas, ô douce ivresse !
Un prélude au bonheur des cieux[1] ?

---

1. Stéphane Mallarmé, *Cantate pour la première communion*, *op. cit.*

10

Rose bonbon

> Et certes nous aimons Jésus-Christ, mais rien au monde ne nous fera aimer la morale.
>
> Paul CLAUDEL.

Glucoseland

François Mitterrand avance : il y a des résidus d'un en-cas d'hier soir dans son costume Cardin, un reste de fourré aux amandes qui s'émiette impunément dans la poche droite et ne s'imagine pas une seule seconde qu'il est désormais classé « secret défense » – et que des gens savent déjà, la République va vite, qu'il habite cette poche, qu'il s'y terre et s'y complaît, même défait, bringuebalé de rendez-vous en réunion, témoin morcelé, effrité, décrépit des tractations les plus mystérieuses. Les amandes savent, elles, qui sera ministre. Elles ne le diront pas – et Mitterrand plongeant une main dans sa poche constate mécaniquement, tactilement, furtivement, qu'il s'agit bien là du fourré acheté dimanche à Château-Chinon.

Ses doigts collent – c'est glucoseland dans sa poche (des chercheurs mettront plus tard en évidence la présence, à l'état de traces, de bonbons acidulés) ; pas un seul instant pourtant il ne pense qu'il lui suffirait de porter son index à sa bouche pour se procurer à lui-même une petite sensation sucrée. Pourrait y avoir du pur sweet on Soufflot street : mais l'heure est sérieuse, alors Mitterrand décide de faire patienter les douceurs. Son destin l'accapare momentanément – tout à l'heure il achètera un flan. Ils en font des bons chez Connus. Il met sa main dans sa poche, donc, et avant d'avoir les doigts trop poisseux pour sa fonction, il la retire comme un renard retire *in extremis* sa patte de la mâchoire du piège.

— Mitrand ? Que je joue Mitrand ? Tu te fiches de *me* ? Encore, le Führer de Gaulle, râle Poelvoorde dans le portable, si t'as un scénario qui est très « je tiens la route », alors je dis pas non... Mais Mitrand c'est niet ! Pourquoi pas Marchais tant que t'y serais, hein ? Ou Pierre Laval ! Ecris-moi du sur mesure avec de Gaulle, et je verrai si je peux passer d'une perruque de ton Cloclo à les képis du Général !

Eternité, suite

François Mitterrand est éternel dans chacune des secondes de son existence. La petite Thérèse de Lisieux que Mitterrand aimait d'amour avait bien compris que l'éternité n'est pas une question de vie ou de mort, mais simplement une question de vie. Ou plutôt : elle avait (parfaitement) compris que la vie n'était qu'une question de savoir-mourir ; et la mort, une question de savoir-vivre.

La rue Soufflot, qu'il remonte en ce moment suivi par Dumas, Estier, Rousselet, Bérégovoy, Hernu et Charasse (hilare), Mitterrand l'a remontée et la remontera pendant l'éternité, sous la pluie, dans un costume anthracite, entouré des cris de la foule, « dans des circonstances toutes semblables », comme dirait Jean-Marie Rouart, de l'Acadébrie française.

— Ton Mitrand ! Y restera pas dans l'histoire ! Imposteur, va !

Les petits Mitterrands morts

Je vais nommer les petits Mitterrands morts et enterrés bébés (Voltaire aurait dû mourir à la naissance, lui aussi, et Picasso a été considéré comme cliniquement mort quelques minutes après sa venue au monde, ressuscité par l'odeur – de merde – du cigare de l'oncle Salvador) : Zouzou Mitterrand (1910-1910), retrouvé noyé dans le placenta (pendu de désespoir au cordon ombilical selon une autre version). Ludwig van Mitterrand (1910-1911), génétiquement programmé pour le génie, mais hélas. Même constat – de gâchis – pour : Wolfgang Amadeus Mitterrand (1911-1911) – « Il sera peintre ! » –, Louis-Ferdinand Mitterrand (1912-1912) – « Il sera pianiste ! » –, Humphrey Mitterrand – « Il sera logicien ! », Adolf Mitterrand – « Un futur prix Nobel de la paix ! » – , Donatien Alphonse François Mitterrand, etc.

« Depuis que l'humanité existe », comme dirait ce

pauvre imbécile de Bernard Werber, de l'Académie des fourmis, les parents ont passé plus de temps à enterrer les petits enfants qu'à les élever. Qui aura le courage d'écrire un jour la *biographie* d'un homme mort à six semaines ? *Joseph Hitler 1, sa vie, son œuvre*. Ou encore : *Zouzou Mitterrand (2 juillet 1910-11 août 1910), un destin brisé. Vie et mort de Gédéon Einstein* (bourse Goncourt de la biographie 1993). Des milliers de millions de grands destins sont enfermés dans des petites tombes. Sur ces petits tombeaux, sur ces infimes cercueils poussent des petites fleurs plus ou moins éternelles – il n'y a pas de Panthéon pour les enfants-morts. Dommage ! « Mon Panthéon est décou-su et si ça continue on verra l'trou d'mon Panthéon est décou-su et si ça continue on verra l'trou... » Tu crois pas si bien dire : il y a dans la crypte un panthéonisé dont le nom est : Louis-Pierre-*Pantaléon* Resnier (promo 1807), « homme de lettres et sénateur ». Resnier, comme dirait mon nonfils, mon afils, ou ma nonfille, mon afille, a été panthaléonisé.

Une fois que la mort est là... Quelle différence entre le petit Jean-Marc Simonneau, de Garches, mort à trois semaines et un jour, et le panthéonisé François-Barthélemy, comte Beguinot (promo 1808), « général et homme politique » ? (J'entre dans la crypte du Panthéon, comme François Mitterrand vingt-cinq ans plus tôt.) Rousseau n'a pas besoin de dormir dans cette villa Médicis des Vermisseaux pour faire rayonner son nom. Inversement, ceux qui n'ont rien laissé d'autre avant d'entrer qu'un rang, une fonction ou un héroïsme sont priés d'aller se faire ne pas voir ailleurs : ils pourront tout tenter sous la cendre pour se faire un nom parmi les gloires, le Panthéon leur sera une fosse commune – pas banale, mais commune.

On pourrait crier
  Personne n'entend
On pourrait pleurer
  Personne ne comprend[1]

1. Pierre Reverdy, « Cœur à cœur », *Poèmes en prose*, 1915.

11

Panthéon (1) : Voltaire

Dans la crypte

Dans la crypte du Panthéon si tu y vas (mais je te connais, tu n'iras pas) tu peux t'approcher des grands hommes – je slalome entre leurs viandes. Ils sont pincés dans une éternité pas drôle : les grands morts préféraient quand ils étaient des petits vivants. Ils ne peuvent plus palper la moindre femme nue. Leur jadis vie était un délire : elle changeait de paysage. Tandis que désormais Rousseau c'est la chape imbécile de Rousseau. C'est de l'ADN aplati, déperruqué : terminées les secousses compliquées, les alertes de l'inspiration – c'est une perpétuité en briques ici. Un grand homme vivant, c'est toujours plus petit que le même grand homme mort. Le panthéonisé est comme un affreux pirate : abordage de sa propre renommée, presque contrebandier de son génie réel, passager clandestin de son futur figé. S'il savait pourquoi on l'a transporté là...

Comme des pantins, des morceaux de vent, des

touffes de lichen ou des sols de poussières imbéciles et trépatientes, les grands morts de la grande patrie sont là. La patrie reconnaissante et eux : méconnaissables. Leur patrie (désormais) est le silence des sihècles et des sihècles et des sihècles. On peut aller trouver Voltaire (promo 1791) à l'improviste, puisqu'il sera là : l'écume à l'absence des lèvres. On s'est débarrassé de lui là-dedans, à la poubelle, et lui dont l'intelligence était un matin sur le monde, il n'est plus qu'un Voltaire qui s'est voltu à jamais.

Pas une déflagration de Voltaire parti chercher une baguette de pain de dynamite, non non : un versant de Voltaire infiniment, infinirmament plus paisible, le versant mort du Voltaire vénéneux célèbre gicleur joyeux luxurieux précis ; un Voltaire collecteur d'époques qu'il ne connaîtra pas, illustre et illu, diffus dans la forme dévêtue de sa décomposition dingue, indécis dans le corps sans moindre corps que lui donne l'éternité géométrique, elle, d'un monument qui fut une église. (Regarde... Il n'est plus qu'un contour...) Ça pourrait être, à l'emplacement du grand Voltaire, la dépouille accroupie d'une vieille fermière, ou les morceaux dépiautés d'un champignon cueilli en 1726, un bout de plastique, le crachat décédé d'un tuberculeux tricentenaire, une gomme, un trombone, ou encore ce qu'il reste d'un singe – que ça ne changerait rien à la façon qu'a Voltaire d'être ici, ici et pas ailleurs.

L'ici du Panthéon qui n'est pas un ici comme les autres ; il offre aux candidats toutes les éternités existant sur le marché. Exemple : l'éternité dite « croissante » : celle dans laquelle les éternels comprennent qu'ils ne sont que des éternisés – des fonctionnaires de l'éternité, et qui trouvent que l'éternité dure trop. Ils ne sont plus que des oublis. C'est une éternité sans embellie ; sans emploi ; sans le moindre soubresaut.

Zimbabwe

Très ennuyeuse et tellement soporifique éternuité de MM. Léon-Michel Le Zéloupie de Saint-Arches, homme politique, juriste et député, – mais on pourrait dire, sans que son éthernité en soit bouleversée : zouave pontifical et cannibale, inventeur du hautbois en caoutchouc et Prince du Zimbabwe –, François-Denis Tronchet, président de l'Assemblée constituante, père du Code civil, ami personnel de Fernandel et bassiste des Mothers of Invention, mort du sida en 1806, Claude-Louis Petier, inventeur des pages saumon du *Figaro* et grand amateur de jiu jitsu, Jean-Baptiste-Pierre Bévière, rédacteur du serment du Jeu de Paume et auteur d'une étude sur les parcs d'attractions (grand amateur de cinéma chinois).

Et aussi le chevalier de Neu-Neu des Oliviers, grand chef des gardes forestiers des Eaux et Forêts, Monsieur le maréchal d'Empire Dufond-Dutrouc, pédophile napoléonien très apprécié pour sa méthode (révolutionnaire !) de la sodomie sans douleur, Monsieur Isidore de la Pomme d'Amour, vicomte de Meaux, poil aux os, Grand Officier de la Lésion d'Horreur, inventeur du noisetier et de la première photocopieuse à système hydraulique, Monsieur Oscar de Mirlitontaine, académicien qui a un gros zizi, négociateur du Concordat de 1801 et concepteur du

CAC 40 et du scoubidou, aaaaah, si longue est la liste des éterniqués.

C'est plein de messieurs du Consulat, du Directoire, du Consulatoire, du Directulat, de la Convention, de la Patrie en danger, de la Guerre à Tout-va, c'est ras la gueule de types à guêtres et fanfrelardons de Johannesburg, de tissus à flavinières, smocks et rouflaquettes, de gars moustachus à képis grelachés, avec fermeture Grande Armée et les quatre écussons cousus sur la rampière, façon « hanche de fermière », et cols à queue de dragons sur le casoar, des gradés secs et droits, chaussés de bottes à niches et dont le fourreau, gravé et décoré par Fréchouant et Frères (Le Havre), regimbe de deux centimètres et demi sur la partie gauche de la culotte striée d'or.

NASA

Il y a peut-être, loin d'ici, un parc à jeux des petits enfants morts : ils forment des points dans l'espace. Ce sont des particules en suspension ; ils jouent à des jeux. Dans un coffre classé top secret, la NASA conserve des photos d'un millier d'enfants répartis à travers la galaxie... Certains glissent infiniment sur des sphères de fluide en rotation ; d'autres tournent continuellement sur eux-mêmes, surtout les petites filles, insensibles au chaos qui les entoure. Il faut faire attention, avec les navettes spatiales, à ne pas blesser un enfant mort (ex : Pier Paolo Mitterrand [1914-1914], Rainer Werner Mitterrand [1915-1915]...). A l'œil nu, il est presque impossible de les apercevoir : depuis la terre, les télescopes les plus puissants montrent des taches minuscules qui scintillent, disparaissent.

Quelle vie, Zouzou, eusses-tu eue ? Tu serais allé dans une école maternelle appropriée, tu aurais grandi trop vite, tu aurais fait jouir une amoureuse, peut-être deux, et le soir serait tombé. A l'université, tu aurais appris des doctrines et l'histoire de l'art t'aurait intéressé. Tu serais allé au Louvre 57 fois dans ton existence – ce qui est beaucoup, ce qui est très, très peu. Tu aurais rencontré Rose-Marie Quelquechose lors d'un échange linguistique, à Dublin et c'est à Dublin que tu aurais connu ta première fellation. Et les envies d'enfants, Zouzou : souvent, les femmes qu'on décide d'aimer nous permettent, les fonctions biologiques aidant, d'obtenir des êtres humains à qui les sociétés (humaines) successives ont attribué le nom d'« enfants ».

Plus rien
Mal et bien
Tout est bien
Je viens
Je dors
Tout est mort
Je dors
Tout est mort
Je dors
Tout est mort
Je dors[1].

1. Paul Claudel, « Le sommeil dans le chagrin », *Chanson d'automne (Corona...)*, 1905.

12

Jeannot Moulin

> Chaque fois que meurt un homme de talent ça me fait vraiment mal, car la terre en a plus besoin que le ciel.
>
> LICHTENBERG.

Résistance

Le raisonnement était peut-être faux : les coups se moquaient bien, finalement, de ces histoires de superficie remplie, saturée, explorée, exploitée : redondants, ils aimaient bien revenir, d'une façon à peine différente (même si les variantes existaient) sur les mêmes endroits, sur des zones déjà couvertes de bleus, sur des zones déjà battues, sur des hématomes déjà formés, sur des régions déjà exploitées. Des recoins surmartyrisés.

En fait quelque part j'étais pas trop mécontent : j'entrais au Panthéon aussi. Comme martyr et résistant ! Le Jean Moulin des Enfants... Jeannot Moulin. Je me voyais déjà malrucisé par un discours larmoyant dans le vent d'hiver : M. André Malraux, de l'Académie gaulliste, dressé sur sa légende et sur son pupitre, lunettes trop grosses et micro grec, emphase : « Entre ici Yann Moix ! Entre ici, avec les petits enfants des placards et des caves, et tous les marmots défigurés !... »

Les coups n'endurcissent pas, ils abrutissent, et l'abrutissement est un ramollissement ; les coups ramollissent, ils fabriquent du mou ; les coups ne fabriquent pas de dur. Et les coups ne fabriquent pas des futurs gros durs : ils fabriquent de futurs petits mous.

Les coups ne donnent jamais naissance à de la force ; les coups donnent toujours naissance à de la faiblesse. Or, ce sont les faibles qui frappent le plus fort – car s'il y a une limite à la force, il n'y en a pas à la faiblesse. Si, chez l'homme, la puissance est finie, l'impuissance au contraire est infinie. Si le courage a des bornes, la lâcheté n'en a pas ; il faut plus de faiblesse dans un être humain pour porter la main sur un petit enfant qu'il n'en faut à ce même être humain pour tirer un bus avec ses dents. La quantité de faiblesse à déployer, à mettre en œuvre, chez un adulte, pour martyriser un petit garçon, une petite fille, est supérieure (strictement) à la quantité de force nécessaire pour soulever, d'une seule main, la Tour Eiffel et le Palais de Tokyo réunis.

L'équivalent, en force, de la faiblesse nécessaire à un homme adulte (ou à une femme adulte) pour battre un enfant, est la force d'attraction du soleil sur la terre. Il y a une force gravitationnelle, il y a une faiblesse gravitationnelle ; et comme il y a des forces électromagnétiques, il y a des faiblesses électromagnétiques.

Bien reçu

On ne rature pas un coup. Un enfant ne se défrappe pas : ne se déshématomise pas, ne se détraumatise pas ; quand le coup a eu lieu, c'est pour toujours.

Les coups, je vais te dire la vérité : les coups se traduisent pas en phrases.

— D'accord, me lance François Mitterrand, mais en quoi s'expriment, se décrivent les coups ?

— En coups, monsieur le Président.

Les phrases qui parlent des coups ne donnent pas les mêmes coups, c'est une question de support. Ça va vous faire pleurer momentanément les tripes, ça va vous déranger le cœur un peu, et puis ça s'en ira, sans faire vraiment mal mal, tandis que les coups qui pleuvent, les coups qui sont des coups, eux, abîment : c'est un corps qui se démène, de toutes ses forces, s'acharne, sur un autre (petit) corps, c'est un corps (plus fort) qui s'acharne sur un autre corps (plus faible). Ce ne sont pas des phrases (plus fortes, plus émouvantes) qui parlent à des gens, des lecteurs (un peu retournés, un peu calfeutrés, énormément calfeutrés et très momentanément, très gentiment bouleversés).

Un coup, ça « n'émeut pas », un coup, ça ne « bouleverse » personne – ça n'a d'ailleurs pas été inventé pour ça. Un coup, ça fait mal. Point. Finalement, un coup ça ne s'adresse jamais au lecteur.

Chaque douleur fait de chaque supplicié l'être le

plus capital au monde ; la souffrance est le centre de l'univers. Celui qui souffre, celui qui est martyrisé, celui qui est violé, celui qui est enfermé, celui qui est attaché, celui qui est couvert de bleus, de plaies, celui qui (difficilement, laborieusement, gentiment) cicatrise, celui-là, au moment où il souffre, au moment où il habite sa douleur, dans sa douleur, jusqu'à n'être plus qu'elle, à se confondre avec elle, celui-là est un dieu ; celui-là a plus d'importance que toutes les importances, celui-là n'est le maître de rien, mais il est le centre de tout.

— Gotlib bédé Franquin ! Coccinelle Watteau tiens ! Et pour Picadali. Pour Braque prends. Et pour Spirou Tintin ! Kremlin Marchais Mitrand ! BEP ! Auchan sup ! Bricorama futur avenir destin pédé ! Encore un ! Pour les Schtroumpfs ! Un coup par Schtroumpf.

— Ça fait beaucoup.

— On commence par quel Schtroumpf ? A lunettes ?

— Aïe.

— Et pour Spip et Marsu ! Cirage et Blondin ! Chardinfragotlib ! Louvre et *Dingodossiers* ! Degas et Tif et Tondu... Petit enculé !

L'eau claire ; comme le sel des larmes d'enfance
L'assaut au soleil des blancheurs des corps de femmes ;
la soie, en foule et de lys pur, des oriflammes
sous les murs dont quelque pucelle eut la défense ;

l'ébat des anges ; – Non... le courant d'or en marche,
meut ses bras, noirs, et lourds, et frais surtout, d'herbe.
Elle sombre, ayant le Ciel bleu pour ciel-de-lit, appelle
pour rideaux l'ombre de la colline et de l'arche[1].

1. Arthur Rimbaud, « Mémoire », *Poésies*, 1895.

13
Imprésidence

« Le président de la République »

Il pense : « Je suis Président et je n'ai pas que ça à faire. » Il y a des creux en lui, des os, des recreux, des vésicules, des cellules qui ne veulent pas reconnaître la victoire. Des atomes qui veulent continuer dans l'homme, pas dans l'Elysée.

— N'imaginez pas que ma vie soit remplie par la politique. Je la place à son rang qui n'est pas le premier. La chute lente du Ventoux sur la plaine de Carpentras, la tête ronde du Beuvray, la Loire laquée de Saint-Benoît, la roche de Solutré, la solitude de l'Aigoual sont pour moi des points de repère plus importants que la date des élections législatives.

Une partie de lui reste imprésidente. Il a sa part inélue. L'ami intime de la liberté (à tel point qu'il fut sans doute son amant) est à présent tout prison. Un morceau de Mitterrand non élu veut sauter du Mitterrand en marche. Mais le « président de la République » (ça sonne encore bizarre à ses oreilles), quitte à parvenir en moignons dans la crypte, abandonné par les pieds de ses jambes, puis par les jambes de son corps (parties en courant), est menacé par le flingue de l'événement : il avance.

Stoïque Mitterrand marche vers les grands hommes dont il sera désormais. C'est une volonté fossile qui pilote son corps. Le millième de la volonté initiale, de la volonté originelle, de la volonté primitive de Mitterrand, c'est plus de volonté qu'il n'en faut pour inventer un monde. Des restes, des traces de volonté de Mitterrand, c'est encore une réserve de volonté pour des siècles pour toi, moi, vous, nous. Ta volonté toute ta vie (« ami lecteur mon ami ») : c'est une seconde dans la vie de la volonté de Mitterrand.

— J'étais si persuadé d'avoir raison que j'ai persisté en dépit des obstacles.

L'avenir de Mitterrand tente de le faire trébucher, de le déstabiliser, de l'ébranler (« Moi, camarade, je suis pas rose ! héhé ! ») : François reste debout, mouillésolide, serein quand ça tangue. Mitterrand avance dans le roulis de Mitterrand. François se renfonce, dans le président Mitterrand. L'avenir lui hurle des incertitudes (« je suis incertain, putain ! ») : Mitterrand, tympan vrillé *aber* gardeur de cap s'entête sous la pluie. Nous sommes à deux pas du Jardin de l'Observatoire : Mitterrand est venu pulvériser ça, pierre deux coups. Les souvenirs, ça reste toujours dans des rues. Ça stagne. Ça attend qu'on repasse. C'est patient comme des siècles. Il y a des pluies qui les lavent.

— Vous vendez quoi, là ? demande Claude Estier à un des marchands du temple du Panthéon...

— Des atomes.

— Des panthéonisés Pierrémaricurie ?

— Non : des atomes imprésidents du Président. Des particules non solidaires...

Terminée l'époque où François se trompait de trahison, se mélangeait les lâchetés, confondait les courages : son analyse est devenue la plus profonde. On l'a vacciné au fiel et voilà : il ne craint plus les venins, le curare des flèches « amies », le poison préparé des ennemis. C'est le Pasteur des éclaboussures. Un Lavoisier du crachat. Mitterrand (François) se promène à jamais serein au milieu des biles, des acides, chlorhydriques, citriques, nitriques, sulfuriques, des jus de viande de vaches folles ; il marche sur les abats infectés, écrase de son soulier les prions, la trash barbaque assassine, il esquive des coups bas, des fléchettes d'Indiens.

Mitrand

Il y a du hors sujet dans son triomphe antidaté. Son désir profond coïncide moins avec « l'état présent de son esprit », comme on dit dans le questionnaire de Proust qui n'a jamais été de Proust. Toute sa vie lui avait semblé trop étriquée « eu égard », comme dirait Maurice Druon de l'Acamomie française, à ce qu'il savait qu'il pouvait faire. Il avait toujours été Président, dans ces trains sinistres comme dans ces petites chambres d'hôtel de province. Le 10 Mai 1981™ n'est qu'un adoubement – une superposition officielle à une présidence naturelle, permanente. Débarrassé de sa rage de vaincre, prêt à se consacrer aux livres et aux arbres, il « devient » de Gaulle. La carrière et l'homme se confondent enfin ; coïncident-ils encore ?

— C'est toujours une aventure que de déléguer son pouvoir à un homme, à une institution, fût-ce une heure.

Ce ne sont pas les « dividendes », comme dirait Valéry Giscard d'Estaing de l'Acalvitie française, d'une campagne présidentielle que touche François Mitterrand, mais ceux de toute une carrière politique, qui le rattrapent. Tout à coup, il n'a plus jamais le droit d'en avoir un peu marre. Il est coincé. Situation barok. Des morceaux de Mitterrand concurrents des morceaux de Mitterrand déjà las pensent qu'il n'aura aucun mal à devenir « officiellement » président de la République : que nul plus que lui n'est *à ce point* capable de remplir la « fonction ». Giscard ce fut très soudain. Et lui si lent, si lent. Giscard fut un président d'exclamation. Et lui un président de suspension.

Mitterrand remporteur d'élections au moment où il a le moins envie de sa vie de les remporter. Il n'a jamais douté, sauf maintenant. Mais : il ne peut plus dissocier son existence de sa désormais fonction. Les contradictions, en lui, se résolvent quelque part, sur un plan supérieur, pas très loin de Dieu. Au moment de cette vie où l'envie de lire sous un chêne est devenue supérieure à celle de mettre en branle une politique économique.

Il est riche : il possède (en plusieurs exemplaires reliés pleines peaux « de vache ! » lance Charasse, fier de son mot) la collec' complète des manifestations de la bassesse humaine, de la grandeur humaine, de la faiblesse humaine, de la fidélité humaine, de la bêtise humaine et de l'intelligence humaine. Mitterrand est prêt : il n'a plus qu'à injecter l'expérience d'une vie dans l'épreuve du réel – et dans la pure matière politique il injectera de l'intelligence, et dans la pure matière économique il injectera de la culture.

— Je suis un des hommes politiques qui, depuis le début de sa vie politique, a supporté peut-être le plus de critiques, d'injures et d'attaques. Je ne dis pas cela pour m'en enorgueillir et ceux qui m'entendent savent que je dis vrai. J'en ai pris l'habitude mais pas une habitude profonde et je continue à en être blessé.

Mitterrand fait face au Panthéon, fait face à tous les « grands hommes » dedans. Il y a Jaurès dedans, il y a Zola dedans.

— Depuis le temps que v'attendais fe moment, l'élecfion de Franfois Mitterrand, fufurre Zola mort. Il a été moins fafte que moi, mais fans les femmes, il n'en ferait fans doute pas là où il en est auvourd'hui.

Foule de femmes

Le Panthéon, avec sa crypte n'est pas une chape de béton avec dedans la pierre des morts, la mort des pierres, la mort des morts et la pierre des pierres : oh, pour François, ça ressemble à quelque chose de plus ciel que la lourde pesanteur des tombeaux qui s'enfoncent au centre de la terre – pour François, élu et frais, heureux et léger, le Panthéon n'est plus un navire sinistre posé en plein vent dans un quartier de Paris qui donne envie de faire du droit ou de se mettre un flingo sur la tempe. Le Panthéon est une volière pépiante où les panthéonisés s'ébrouent, (aux grands hommes la patrie reconnaissante : les grands hommes sont des petits oiseaux) se caquètent au bec, laissent des plumes et foutent partout du grain. Cryptés, roucoulants. La foule dehors d'ailleurs excite-effraie les animaux...

Yakidanlafoul ? Des corps humains extrêmement périssables dont certains sont socialistes. On a dénombré ce jour-là 786 chauves avérés, 1 034 chauves potentiels – c'est-à-dire sujets à l'alopécie androgénétique et chez qui les cheveux se barreront en couille quoi qu'il arrive d'ici au début du second septennat. La quantité d'êtres posés là, dans leur station attentive, scrute le corps biologique de François Mitterrand, qui est content. François Mitterrand est une entité discernable, élue par le peuple. Il est contaminé par lui-même, très peu ému par son importance ; la foule accumulée là est la décoration d'un talent : il est chef de tout. Le monde est plein d'hommes qui ne sont pas lui.

Et dans la foule il y a toutes les femmes qu'il a séduites : en mars 1949, en juin 1954, en septembre 1958, en août 1963, en juillet 1967, en janvier 1972, en octobre 1978, en décembre 1980... Il reconnaît celle-ci (celle-là) : les flash-back se précipitent, se succèdent, se confondent, se multiplient. Nous sommes il y a dix-huit ans, vingt-deux ans, quinze ans ? Où ? Il ne sait plus.

(Il a toujours eu toutes les femmes qu'il voulait (toutes toutes toutes)). Mitterrand repère Brigitte qui lui plaît. (1966 à Beaune ? 1971 à Toulouse ?) Il n'est alors président de rien : de quelques blessures. Président de la lune et du matin, d'une étoile et de trois arbres vieux. Envie de faire l'amour. Il s'avance à grands pas quand Brigitte sourit. Un corps nouveau, il va le toucher comme les corps prédécesseurs, et Brigitte et son corps iront enfin se dissiper, dans l'oubli des femmes et des femmes eues. Aux funérailles des possédées.

Demain il voit : Mauroy ; un texte à préparer évoquant les syndicats. Il est favorable à une augmentation du salaire minimum : Brigitte est courtisée depuis douze : minutes. Mitterrand, sans violence, l'épouse un peu puis se rétracte, c'est un stratège. Il s'absente en secondes. Revient plus aimant ; Brigitte est docile. Elle n'est plus qu'une espérance et une victime. Elle a obtenu l'agrément de : Mitterrand et du désir de : Mitterrand.

Le Président futur consulte sa jeunesse : sa jeunesse a 31 ans depuis le mardi 7. Il y a dans cet âge un bonheur terrestre : les hommes ont accès à tous les âges de femmes, à toutes les strates et les périodes. A toutes leurs formes de jeunesse, aux morceaux divers de leurs vies. Mitterrand prononce un compliment austère : Brigitte est plus belle après ça. Je crois qu'elle brille. Un gros porc s'avance vers « François ». Il tend un cigare socialiste au socialiste ; mais le socialiste refuse car il ne fume que les femmes. Il n'aime que le tabac de la séduction. Les instants de mi-sommeil et de lourd oreiller. Il raffole des êtres humains de sexe féminin ; à la première aurore il les pénètre tandis que Dayan et tandis qu'Estier. Et tandis que Fabius et tandis que Jospin. Et tandis que Rocard et tandis que Jospin. Il en épouse énormément et les laisse.

Mitterrand à travers Mitterrand, Mitterrand par rapport à Mitterrand, le Mitterrand créé par Mitterrand, le Mitterrand augmenté par Mitterrand : cétoussa que femmes voyent. Le « Mitterrand secret » n'a plus de secrets pour elles. Lïesse et Plaisance mondaine : Mitterrand cotoye tant de belles dames et, vrayment, sans elles, à son jugement (comme au miensse), ce monde n'est que chose vaine.

Danielle est mise au courant et en pièces ; François bête politique et elle Danielle, et Dani-elle, machine à pardonner. Raccommodeuse de situations. Ecchymose humaine et capitaineu des hématomes. Le destin de François commence à pousser : elle sera là jusqu'au bout, avec un masque qui dit je t'aime. Chaque jour son chagrin s'enrichit mais elle a choisi de crier en *silence*. Elle ne fait pas faux bond : elle joue son rôle dans l'histoire ; un rôle de coquille et de coffre-fort ; le rôle de la flétrissure et de la fatigue ; et le rôle de celle qui comprend les choses et pardonne à la chair.

1) François, revenant de Pougues-les-Eaux, a dépouillé le vêtement d'une rousse au visage ordinaire.

2) Puis est survenue Myriam, dont les parents ont péri dans un accident d'avion. Mitterrand n'est pas encore arrivé ? 3) Il s'est dérobé dans les profondeurs d'Isabelle. 4) Il parle à quelle heure ? Il fuit Laurence quand le soleil commence. 5) Marie a ri dix-huit fois

en deux heures. 6) Il a bâclé Juliette. 7) Il a laissé Arianne. 8) Il ne reverra pas Augustine. 9) Anna va commencer un long deuil. 10) Qui pleure ? Agathe. 11) Et la sœur d'Agathe aussi pleure. 12) Noémie : pas très intelligente mais si douce : on verra dans les agendas. 13) Les muscles danseurs de Delphine. 14) Les bouches menteuses de Diana. 15) Les seins vert pomme de Julie. 16) Les vertèbres du front de Marie-Pierre. 17) Les pommettes bleues de Louise. 18) La superficie intéressante d'Irma. 19) Ça a débuté comme ça. 20) Les fesses noires de Maeva. 21) Marion était exclusive (étouffante). 22) J'aurai Florence tôt ou tard.

23) On reprend la route ; il écoute Europe 1 : Debré l'attaque encore. On arrive à Nancy peut-être, et on arrive à Bordeaux. Des filles embaumées ont mis des parfums spéciaux. Elles offrent leur beauté au candidat Mitterrand, demain Président et tout à l'heure amant, le voici qui vient dans son sourire carnassier socialiste. Gisèle s'éloigne un peu ; impressionnée elle s'écarte et François sort de sa voiture : neuf heures sonnent et la vie politique est composée d'heures tristes et analogues ; d'heures allongées et jumelles ; d'heures aveugles infinies lisses. Alors un peu du regard des femmes aide à vivre. François, comprimé dans son costume, se libère avec elles : il alimente leurs larmes et leur apporte huit joies.

« Si je vous racontais tout, j'en ferais un livre »... Il les aime et les tue ; il les accueille et les défait. Il les laisse finalement seules en ne les quittant jamais : elles habitent l'injure d'un souvenir. Elles se retrouvent, toutes, dans l'espace qu'il a créé pour elles et qui s'appelle je suis désolé ; et qui s'appelle je dois y aller ; et qui s'appelle quelle heure est-il ; et qui s'appelle je dois vraiment y aller ; et qui s'appelle ailleurs et plus tard ; et qui s'appelle peut-être et qui s'appelle bientôt. Et qui s'appelle je le jure et ne pleure pas.

Elles se retrouvent toutes là, ensemble ; méchantes envers les autres et distantes ; et méfiantes. Et jalouses. Elles sont liées par la même sentence et le même oubli. Perdues dans un gaspillage identique. Elles sont les perles d'un triste trésor et les morceaux successifs d'une beauté multiple et déclinée. Elles veulent faire comme lui : apprendre à oublier. Elles se demandent quelle est la plus belle, sans savoir, sans comprendre que la plus belle c'est leur nombre ; et que la plus charmante c'est leur succession ; et que la plus exigeante c'est leur somme ; et que la meilleure maîtresse c'est leur combinaison. Que la plus parfaite c'est leur compilation. Que la plus aimée c'est leur collection.

Un cil de Sylvie.

Une côte d'Anne-Sophie.

La partie la plus mouillée de Bertrande.

La partie la plus sèche d'Armance.

Un peu de sel de la peau de Chantal.

Tout ce qu'a contenu la main de Chantal.

Tout ce qu'a contenu l'espoir de Chantal.

Et Lise et Claire.

Le cubitus de Françoise.

Le quatorzième « je t'aime » prononcé par Valeria.

Les reliques de sainte Thérèse.

Un peu de la moustache de George Sand.

Le porte-jarretelles de Maria Braun.
L'ombrelle d'Effi Briest.
Le genou de Claire.
Une boîte de Valium vide de Martha.
La clavicule d'une vieille copine.
Une marque d'amour de Jenny.
Une promesse faite à Emma.
Les lunettes de Marguerite Duras.
Le sacrum d'une coiffeuse très salope.
Le sternum de Charlotte.
Un postillon de Françoise Sagan.
Une voiture de sport de Françoise Sagan.
Une heure de juin 1957 aux côtés de Sally.
Le « chouchou » de Jacqueline Delubac.
L'omoplate d'une autre Charlotte.
Le chapeau de Juliette Binoche.
Un enfant d'Anne Pingeot.
Etc.

Elles s'étiolent car elles n'ont qu'un amour à présent : « François ». Mais François a des ambitions à « couper le souffle ». Il a failli choisir l'exclusivité des femmes ; ça s'est joué à un rien – mais à force de discuter avec lui-même, il a voulu laisser une autre empreinte dans l'ordre de l'univers. Quelque chose de plus historique que l'accumulation des chevilles et des regards, des poitrines et des nuques, et des promesses et des attentes ; quelque chose de moins éphémère, pour la mémoire des hommes, qu'un catalogue des sueurs et des paradis consommés. Quelque chose de plus accompli que des rythmes et des hanches et des adieux compliqués. S'inscrire, par exemple, dans le livre de la France, avec égoïsme et autorité, avec légitimité, avec importance et postérité, plutôt que dans l'annuaire des rencontres.

Il eût aimé ne faire que ça : baiser des brunes et deux blondes, pour la vie. N'être qu'un enchaînement de gestes et de chair, une volonté de soupirs, un amant en perpétuel chantier. Un inventeur de sensations. Un génie des peaux emmêlées. Un homme qui donne des rendez-vous, les annule ; rature et décommande et redrague, disparaît apparaît jouit. Il l'a fait ; aurait pu le faire plus. Je pense sans cesse à ce gâchis qui, dans les vies humaines, nous entraîne à préférer, à la pénétration permanente, des instants gris, inutiles et bêtes, des instants plats, méchants, absurdes et vains, faits de fiches à remplir ou de feuilles à signer, de sommes à déduire ou d'appartements à visiter. Des notaires à rencontrer et des fonctionnaires à subir. Tandis que le ciel des femmes est suspendu à nous ; on l'actionne on le visite on y va quand on veut.

On ne veut pas assez. On n'en profite jamais assez. On peut être sûr qu'on le regrettera. Les années vont vieillir et le corps des filles va dévier sur la route : toutes ces salives seront pour d'autres et, pour nous, ce sera déjà le moment de penser à la mort et à Dieu, à la mer, aux disparus, au passé, à des choses terminées. Mitterrand, quand il ne pourra plus aller aux femmes ira à l'Esprit ; lorsqu'il ne pourra plus se tourner vers le corps des femmes il se tournera vers les forces de l'Esprit. N'économise pas ta sueur. Consulte les jeunesses. Lâche les sens. (Abandonne à demain l'austérité.) Le sexe des femmes. Encore et encore.

— Ve fuis vraiment très fier de lui, ravoute Zola.

— On ne t'a pas demandé ton avis.

— Ve le donne volontiers quand même. Fe fuis quand même un perfonnave du Panthéon. V'ai droit à un fertain refpect. V'ai été panthéonivé...

La cicatrice vit
La boîte se ferme[1]

1. Pierre Reverdy, « Mao-Tcha », *Sources du vent*, 1929.

14

Panthéon (2) : Emile Zola

Zézaiement

Tu me suis ? Dans la crypte ? Je suis enfermé dedans. Seul... Même pas peur ! J'aurais plus peur seul la nuit au musée Grévin. EMILE ZOLA, je lis. Emile Zola n'a pas : bonne réputation : son zézaimanisme, son nanisme, son naturalisme, son provincialisme, son arrivisme, son scientisme, son ennuisme, son mankdhumourisme, son mankdessprisme.

— J'adore Zola, dit Mitterrand.

Zola a un TOC que je vénère : il est arithmomane. Il compte tout : le nombre de lattes sur un parquet, le nombre de marches de l'escalier pour arriver jusqu'à chez toi, le nombre de minutes qu'il avait mis pour s'habiller, et combien de kilomètres il avait effectués depuis le 13 mai dernier. Il compte les becs de gaz (j'ai toujours adoré ce mot : « bec de gaz » – fabuleux), les numéros de portes, de fiacres, et tous ces chiffres, et tous ces nombres sont ensuite additionnés dans son cerveau, divisés, multipliés, retranchés.

Avant de se coucher, il touche tous les : objets qui l'entourent. Quand il ferme une porte, il la ferme minimum 3 fois car 3 est un chiffre qu'il adore (qu'il vénère). Longtemps, il s'est rassuré à bon compte sur le chiffre 3 – et puis un jour une racine cubique d'un multiple de 3 l'a trahi, et il s'est replié sur le 7 et ses multiples plus sympathiques, moins fourbes, plus rassurants. Mieux disposés à son égard... Son pire ennemi, ce ne sont pas les critiques littéraires, mais le : nombre 17. Il l'a en horreur. C'est la capitale de sa superstition : c'est de là qu'ont jailli tous les pires événements de sa vie, dans des dates à « 17 ».

Dans sa rue il connaît personnellement chaque lampadaire, il ne confond jamais un pavé avec un autre (il y a les pavés qui sont des gens bien, et il y a les sales pavés, il y a les pavés qui sont des salauds). Il a connu une bouche d'égout qui l'a énormément déçu, une gouttière à qui il ne fera plus jamais (*jamais !*) confiance, un fossé à qui il n'est pas près de réadresser la parole. Quand il franchit une flaque, c'est toujours en sautant du pied droit, dès qu'il voit deux enfants ensemble sur un trottoir, il marche à cloche-pied, mais uniquement sur le pied gauche. Avant un rendez-vous hypergigaimportant, il cligne (3 × 7 =) 21 fois les yeux... Il ne sort jamais de chez lui du pied gauche, sinon il va mourir. C'est du pied gauche qu'il est entré au Panthéon.

Les armes de Jésus c'est la vie et la mort
C'est l'enfant et la femme et le secret du sort,
Le navire acouflé dans le recreux du port[1]

---

1. Charles Péguy, *La Tapisserie de sainte Geneviève et de Jeanne d'Arc*, 1912.

15

Bleu horizon

Houx

Poelvoorde s'énerve derechef :

— Arrête avec tes romans sur un vieux con ! Tes présidences... Tes mitrans... Tes gides... Tes chambres bleu horizon ! Sciences-po, va ! Tu ferais mieux d'entériner ton cinéma ! D'être conquérant plus dans l'image : laisse la littérature à ceux qui savent : allège-toi donc !

— Mais je bosse.

— Faux ! Tu tournibules des glandes ! Tu avachis ton derme et tu abordes trop les jeunes filles ! Ecris le film, fais rire des enfants !... C'est important le rire des enfants, le nombre des entrées dans les salles, tout ça. Par ici la monnaie, merde ! On dirait que les choses de la vie te sont absentes... Ta crème de neurones pour socialos qui vont mourir, ça n'intéressera pas le moindre gens. Moi regarde : cela ne m'intéresse pas. Va brûler, allez ! Tu n'es qu'un houx !

Poelvoorde a raccroché et je suis resté devant la

page que tu es en train de lire et qui est désormais imprimée parce que j'ai un éditeur, lecteur, et pis pas toi. Je suis resté figé là (ici, oui, là) sans parvenir à « pondre une seule putain de virgule », comme dirait Philippe Djian (qui est un très mauvais écrivain), ce qui ne m'arrive jamais car, question angoisse, je ne connais personnellement que celle de la page noire.

Je suis allé faire un tour rue de la Sorbonne : ça m'inspire toujours de faire une halte devant l'ancienne boutique de Péguy, la boutique des *Cahiers de la quinzaine*, au numéro 8. C'est comme le rayonnement à 3 degrés Kelvin qui est la trace résiduelle du big bang : il reste dans ces rues, qui sont un univers, des parcelles de l'énergie de Péguy ; des molécules de son génie. Il aimait bien piquer ici des sprints et des colères, et aussi changer le monde même si personne ne s'en est aperçu car la devanture des *Cahiers* est bien modeste. En plus (en plus) la Sorbonne a racheté l'endroit – Péguy vaincu par KO posthume. Mais la Sorbonne a toujours été un cimetière et Péguy est on ne peut plus vivant (puisque je le lis tous les jours, et que j'ai chez moi les 229 exemplaires des *Cahiers*, et pis pas toi). François Mitterrand cite Charles Péguy dans un de ses premiers écrits, en captivité, au Stalag, daté du mardi 1er juillet 1941. Je remonte la rue ; tout ça me vomit rue Soufflot : c'était là ; le jeudi 21 mai 1981, il y a vingt-cinq ans, l'intronisation, l'investiture, la cérémonie, la gloire, c'était là Mitterrand. Panthéon.

LA TRÈS NETTE VICTOIRE DE FRANÇOIS MITTERRAND VA AU-DELÀ DU RASSEMBLEMENT DE TOUTE LA GAUCHE ET AGGRAVE LES DIVISIONS DE LA MAJORITÉ SORTANTE. M. Chirac souhaite l'unité de candidature pour les législatives. M. Barre dénonce « ceux qui ont joué à quitte ou double » la Ve République. Le Premier ministre remettra sa démission « avant la fin du septennat » (il rigole, le frère de Zouzou vengé). *Le franc baisse et la plupart des valeurs françaises n'ont pu être cotées. Des manifestations d'enthousiasme ont eu lieu à Paris et en province*[1].

Les mots en « isme »

Dans la foule, dans la foule populaire, dans la foule peuple (qui regarde le Président passer avec sa rose visible dans la main et ses miettes sucrées invisibles dans la poche) il y a les gens qui aiment les mots en *isme* et qui disent :

— Quel présidentialisme !

« Les mots en *isme* ne résolvent aucun problème », note François le vendredi 1er août 1941, dans un Stalag de Thuringe, à pas encore 25 ans. Et lui qu'on a accusé, toute sa vie, d'inconstance et de versatilité, écrit en 1969, à 53 ans, une carrière politique plus tard : « J'étais gêné d'entendre la gauche marxiste parler un français traduit de l'allemand. Les mots en *ion* et en *isme* m'écorchaient les oreilles. »

C'est son côté Péguy. Péguy qui a failli, un temps, entrer au Panthéon. Mais qui a été recalé, comme il avait été recalé à l'agrégation de philosophie. On ne lui a pas pardonné ses attaques contre Jaurès – encore

1. *Le Monde* daté du mardi 12 mai 1981.

plus virulentes que les attaques de Mitterrand contre de Gaulle.

Lundi 7 février 72. Mitterrand note ce qui suit. « Valéry Giscard d'Estaing parle aux Français, ce jeudi soir, de l'avoir fiscal. Dommage qu'il cède à l'attrait du mot pour initiés, faussement savant, dénué d'étymologie. Son côté bas-bleu me surprend. Je croyais le temps révolu des salons de province. Il est vrai que dans les grands corps de l'Etat on croit bien causer quand on étire les mots simples pour y ajouter le *ion* et le *ique* de la prétention philosophique, scientifique ou technique. Nos inspecteurs des Finances emploient, à cet égard, un vocabulaire impayable. L'horrible français gourmé, pointu, boursouflé d'afféteries ! »

Mil-cinq-cent-quatre-vingt-dix jours plus tard, le mardi 15 juin 1976, François Mitterrand note, suite à une dépêche de l'AFP dans laquelle le chancelier allemand de l'époque le critique au sujet des interdictions des droits civils et professionnels en RFA : « Je ne reprocherai pas à Helmut Schmidt ce discours peu cartésien dans ses affirmations successives, bien qu'Hambourg ne soit pas si loin qu'il paraît de La Haye. Je soupçonne Hegel d'être passé par là. »

Précieux vs Précis

Mais. (Mais). Il y a autre chose (il y en a des dizaines, peut-être des centaines) qui rapproche François (Mitterrand) de Charles (Péguy, pas de Gaulle) : la répétition... Ils ont, tous les deux, un génie de l'épanalepse.

Ce sont de grands épanaleptiques : cette manière de répéter, de réitérer, un mot, des mots, des groupes de mots, des foules de mots, en leur donnant à chaque fois un sens un peu différent, presque : équivalent mais pas : équivalent. Il y a finalement deux sortes d'écrivains : ceux qui utilisent des mots différents (des synonymes) pour (leur faire) dire la même chose, et ceux qui utilisent des mots identiques pour (leur faire) dire des choses différentes. On appelle les premiers des *précieux*. On appelle les seconds de *grands écrivains* : Dostoïevski, Péguy, Marat, Céline, etc. Les précieux sont des synonymiques, les grands écrivains sont des épanaleptiques.

Je ne peux me vanter, moi, que d'une seule chose dans ma vie : d'avoir joué, entre deux raclées, les entremetteurs entre mes écrivains préférés et François Mitterrand. Un vendredi soir de septembre 1976, (j'avais : huit ans), dans une salle du Louvre, une lumière jaune, provenant de la Défense, était venue caresser, l'espace de quelques minutes pures et parfaites, extrêmement simples, le *Portrait d'un artiste* (ce qui sied si bien à François Mitterrand) de Fragonard. C'est là, devant le tableau, sélectionné par Guitry dans ses *Cent Merveilles*, et où tout baignait, en cette fin de journée-là, dans des photons jaune-orange, que j'ai présenté François Mitterrand à Charles Péguy, et non l'inverse, car j'appelle paradis le lieu où les artistes l'emportent sur ceux qui l'ont emporté, dans la vie terrestre, sur les artistes.

Sacha m'avait souvent convié devant le chef-d'œuvre de Fragonard ; il fut d'ailleurs un des tout premiers à qui j'avais confié mon projet de livre sur

François Mitterrand. On pouvait lire, dans *L'Homme libre* (journal clandestin des déportés et des prisonniers) du mardi 22 août 1944, un article signé François Mitterrand sur la libération de Paris avec cette phrase très guitryque : « Remontons les Champs-Elysées. »... Ce qui m'avait rendu très fier, c'est que Sacha avait reconnu être jaloux de mon titre, *Panthéon*. (« Comment n'y ai-je pas pensé moi-même ! Et si jamais j'y ai songé, comment ai-je pu ne pas m'en souvenir ? ») Mon idée de faire une apologie du Président socialiste, et de faire de Mitterrand celui qui fut mon modèle en tant qu'enfant, l'avait séduit. Le regard plongé dans le Fragonard :

— N'ayant pas le sens critique, j'aime que l'on soit « pour » et je hais qu'on soit « contre » – et, méprisant les cuistres, je reste convaincu que toute connaissance nouvelle est une acquisition – donc un enrichissement.

— Plus j'essaye de comprendre Mitterrand, ai-je répondu, plus je l'aime.

— Nous sommes d'accord, mon cher Yannick Moïse. Je pars du principe que mieux on comprend, plus on aime – que plus on aime, mieux on admire – et que plus on admire, plus on est heureux. D'ailleurs, c'est à mon sens votre ouvrage le plus gai.

Nous qui poussions à la marelle
Le caillou vers le paradis
On trouvait ça tout naturel
Et simple comme je le dis[1]

---

1. Aragon, « Deux ans après », *Le Nouveau Crève-cœur*, 1948.

16
L'amour du droit

Univers réel

Rien ne coïncide : l'amphanba tû, (effet stroboscopique), ne *voit* pas le coup qui lui fait mal. Au moment où il reçoit le nouvel impact, il commence à peine à éprouver l'intensité du cinglement du précédent. L'anfe anbathû exerce ainsi son acuité sensorielle et comprend d'instinct, avant d'avoir étudié les sciences physiques à un niveau correct, que l'univers visible ne correspondait pas forcément avec l'univers réel.

— Ricky Banlieue !

— *Métal hurlant* pédé.

— Refrappe.

— Jijé ! Tanguy Laverdure. De merde ! (ça prononçait *Tanjy* et Laverdure).

Sinon je t'ai parlé du martinet ?... Le descendant moderne, seventies, du fouet, fut le « martinet » – nom gentillet pour une douleur assez gentillette, cela étant dit sans la moindre intention de faire le malin. Mais je crois que j'avais la peau plus dure que les lanières dudit objet, ma mère ayant usé plusieurs martinets en me fouettant avec à tout-va – et se plaignant que « j'avais la peau dure, et le vice dans la peau ».

Elle m'en voulait d'avoir cassé le martinet sur moi en me frappant ! Ce qui lui donnait envie de me coller une raclée ! Ah ça, il fallait la voir, quand un martinet, au lieu de me claquer sur les os, lui claquait entre les doigts : ça la rendait folle de rage. Folle... Alors, le soir, quand mon père « constatait les dégâts », me traitant de tous les noms parce que je « cassais tout », il me rouait de coups pour m'inciter à ne plus jamais me protéger le visage ou le corps quand ma mère avait l'obligeance de bien vouloir me frapper. C'était encore avec mon coude à la con, ou un de mes putains de bras de merde, en position de défense, de garde, comme disent les boxeurs, que j'étais parvenu à dégrafer les lanières de l'instrument de correction.

J'avoue quand même une chose : les fois où je parvenais à agripper les lanières, à les saisir à la volée, je ne les lâchais plus (ha ! ha !) – et je voyais alors ma mère se débattre comme à la pêche, quand on a une sorte de requin au bout d'un harpon, ou plutôt, l'image est plus juste, quand le pêcheur lambda, au bord du ruisseau, vient de prendre son hameçon dans une plante enfouie sous la vase, et qu'il tire de toutes ses forces, mais, hé, la plante et la vase sont plus têtues : et plus il s'énerve, plus la plante et la vase s'entêtent aussi, si bien qu'ils finissent par l'emporter, car ils appartiennent, comme les zanfan bhatus, aux choses de la nature et pas au monde des gens énervés.

Culpabilité

Tous les enfants sont battus : certains sont martyrisés avec de la tendresse – c'est tout. Les adultes n'en veulent pas précisément aux enfants (les enfants, ce n'est pas le plus intéressant), mais à l'enfance. C'est l'enfance qu'ils frappent – c'est l'enfance qui les nargue et leur fait envie. L'enfance à laquelle ils n'ont plus accès. A laquelle la plupart n'ont plus accès : y ont accès les génies et les saints.

Administration

La violence maternelle m'apparaissait ainsi comme une violence administrative. Gestion des affaires courantes ; très vite, je n'y prêtai plus attention. Je la recevais comme on reçoit un prospectus dans sa boîte aux lettres.

Je ne voulais pas être un « enfant martyr » – les martyrs, on le sait, cf. les premiers chrétiens, sont ceux qui se riaient des fauves dans l'arène. Je ne voulais pas de cette grandeur-là, je ne voulais d'aucune grandeur – je ne voulais d'ailleurs pas spécialement être grand. J'étais bien, dans cette violence *administrée*. Ces coups qu'on m'administrait.

Les sévices maternels, je m'en moquais un peu. Un seul de ces cinglements aurait peut-être tué net un de mes camarades mal exercé, mal entraîné, mais il en fallait désormais plus pour *me battre*. Ou plutôt : pour que je me sente battu. C'est comme aux échecs ; je progressais.

Et pendant que les coups pleuvaient, rentre tes blancs moutons bergère, je chantais des comptines dans ma tête, des choses rythmées par les coups, mais les coups ne tombaient pas forcément en rythme, c'étaient des coups arythmiques, ce n'étaient pas des coups qui s'intégraient facilement à des chansons ; ce n'étaient pas des coups qui étaient faits pour battre la mesure. C'étaient (vraiment) des coups faits, inventés, sur mesure, pour me battre moi. Pas des coups de blues. Je ne pouvais pas savoir si les coups étaient disproportionnés parce que je n'avais pas de moyen de comparaison ; je n'avais pas vu d'autres coups : je n'avais pas vu comment étaient les coups sur les autres enfants – comment étaient les coups qui pleuvaient sur les enfants, tous les enfants qui n'étaient pas moi.

> Et des âmes si perdues de détresse que
> jamais elles ne redeviendront jeunes.
> Que jamais elles ne redeviendront enfants[1].

1. Charles Péguy, *Le Mystère des saints Innocents*, *op. cit.*

17

Panthéon (3) : André Malraux

Filtre

Aux grands hommes la patrie ingrate, tu veux dire. Les vrais grands vrais n'y sont pas évidemment : on a chipoté dans la grandeur. On a filtré le : génie. Tamisé l'extravagance : les génies véritables, ils ne sont pas entrés dans la crypte du tout. Ils dorment à la belle étoile.

Et dire que Malraux se peaufine les ossements dans ce béton des gloires. Rongé par les tics hier et désormais bouffé par les vers. Pas n'importe quels vers : les asticots de la République. Allez : j'ouvre son tombeau (sa dalle). Il est docile comme un grimoire : confirmé dans la pourriture, validé par des germes. Il pousse des choses en lui qui ne sont pas nettes : il est tout jardinage André. Tout décisif. Enfin il se borne : lui qui ne se contenait plus, il est contenu cette fois tout entier en lui. Il tient en lui. Son crâne est bleu drôle : aucun futur dans ses yeux. Le regard s'est éparpillé. Nul jamais n'a vu Malraux aussi trou.

Sa bouche ressasse un lierre : tout est incontinent dans cet indiscret résidu de Malraux. C'est infect et parfait. La mort qui a fait ça n'a pas dû s'ennuyer : plus rien ne pourra éclore jamais, sans doute, de ce linceul de gueule consommé. Il n'y a plus rien à bouffer (se dit la mort qui commande les sections de vermisseaux et les escouades de dents) sur ce vieux cabotin dépendant. Farfelu lichen...

Malraux n'a jamais été écrivain : c'était un gendarme. Il ennuyait les gens avec sa mythomèche et ses exclamations tremblées. Il était l'épave de son exubérance. A la fin il bêlait. Il mélangeait les Etrusques avec Heidegger, les Khmers et *Le Manège enchanté*, rien que pour voir. Il secouait ses gestes comme un barman halluciné. Mais c'était lui le shaker. En « réalité ».

Ce là-Malraux des sables, (mais regarde !!!), craquelé sec et mauve re-mauve, attaqué du derme et rempli de crevaisons, vertes, ce gazeux moins humain Malraux pissenlisé, groggy dans son fantôme tavelé moisie moelle, champignons bave, limacé, sucé, médusé, crevassé jusqu'aux orbites lacérées de noir confus, amanitisée peau... Tue-mouches Malraux phalloïde : elle est belle, oui, la condition humaine ! Tout ça pour ça, comme dirait mon ami Claude Lelouch que j'invite à Malraux mort : « Goncourt 33 » est dedans la couture grignotée de son os, longifoireux, éteint cratère digéré, abusé par les milliards de petites larves fofolles, anonymes, obligatoires, qui courent jouent, s'ébrouent godillent, font des infiniment teufs méchantes au-dedans des narines gaullistes et les oreilles recouvertes par du temps, des poils mauvaises herbes, godillot chiendent cabot, le dernier mot a fini par l'avoir, le Malraux vieux, grabaterre, taire à taire en fin tu à tu, à tu et à toi avec toutes les saloperies qui grouillent sous les dalles imbougeables des monuments dressés pour que la mort et le sommeil soient confondus dans l'imposture, les honneurs, l'histoire officielle et les dépouilles qui crânent.

— Monsieur le Président, que pensez-vous d'André Malraux ?

— Mon cher Moix... C'est assez simple... Ayant ouvert *La Voie royale*, le livre m'est tombé des mains. Une piété persistante m'a fait oublier ce mouvement d'humeur, comme elle a estompé l'accablement causé par *Le Musée imaginaire*, la stupeur tirée des *Antimémoires*, l'ennui distillé par *Ces chênes qu'on abat*. Après tout, Barrès, son maître, comme il l'est d'Aragon, n'a pas davantage économisé les livres inutiles.

— Je pense comme vous, Sire. Oh. Toutoutout comme vous.

— Je me demande (reprend le Président) si Malraux n'appartient pas à cette lignée d'écrivains dont le génie s'exprime tout entier dans la conversation et se dissipe dans l'écriture.

— Aaarghhhh... Monseigneur Président : je vais jouir.

— Le personnage a éclipsé l'œuvre ; on n'a plus remarqué que lui et on les a pris l'un pour l'autre. Regrettable quiproquo.

— Ejaculation (*voir figure 2*).

Adultisme

Tiqueux tiquard Malraux saoul, fol de coke, ivre de lui, de l'intégrale de lui, ses aphorismes rococo. Ses phrases à dicos : dites écrites pour plus tard à l'école, à placer dans les rococopies pour plaire à des profs. Ses doigts longs comme des pinces, crabississime malrucien Malraux : ses doigts de crabe arpentant, avec des hoquets bantous, son visage secoucouhé. Ratatatatatatiné Malraux formol épique, le fayot du Général imbécile dans son ordinaire posture ajoufflue, uniformeuse : herbeuse. Il est là dans le Panthéon de la France géniale, reconnaissante et républicaine : il est là, hoquet historique, mythomanie d'Etat... Secrets d'Etat de Polichinelle.

Le très-drame d'André, c'est son adultisme. Son adulterie. Son adultité. Son adultéité. Son adultition. Personne n'a jamais été plus adulte, ni moins enfant. Cigarettes adultes, romans « adultes », préoccupations de politicard, gravité sérieux « profondeur » adultes. Cette prose platissime adultissime : cet écrivain pour « grandes personnes », pour « entre gens sérieux », pour « nous sommes entre hommes », pour « d'homme à homme » me fait vomir le testicule. Prose pour virils à clopes et concours de longueurs de queues. On joue aux cartes on fume et sueur : cul peloté de servante ou de bonniche (au passage). Et : zéro virgule zéro humour. Zéro légèreté zéro (virgule zéro) originalité. Malraux, ho ! le zéroriginal. Zéro gaieté. Clope et morphine et alcool fort, discours et dossiers : avions cravates et lunettes. Uniformes... Tenues. De galas et de guerres. Queues de pie. Visites chez des dames...

Gigolo à béguins cafardeux : coussins salons cheminées chats, hivers et flatulences, beaux livres et fleurs et chaussons : chaussés.

Dring ! Dring !

Poelvoorde qui : m'appelle. Il s'inquiète toujours de l'état d'avancement de notre prochain film ensemble. Il a raison de s'en faire : à cause du livre que tu tiens entre tes mains, très-lecteur my friend, mon scénario n'a pas avancé d'un poil.

— Y a intérêt à ce que ce soye quelque chose très dans le genre « box office », sinon tu filmeras des pâquerettes au lieu de mon corps ! Bon, je te laisse, mon crottin, et appelle-moi quand t'as terminé : que je te dise en face que c'est nul comme un Dècheplesschin !

On devrait faire entrer deux trois vivants, triés sur le volet, au Panthéon. Il faut se créer son propre PS (Panthéon spécial). Avec tous nos « grands hommes » persos...

Les génies et les saints (bref : les enfants) – ce sont eux qui entrent, non pas dans la célébrité, non pas dans la postérité, non pas dans l'immortalité, mais dans l'éternité. Je suis sûr que Mitterrand le sait. Que ce sont des gens comme ça qu'il faut faire entrer dans les siècles. Et pas des sommités patates. Et pas des gloires putes.

— La politique est la servante de la science, et l'humble interprète de la philosophie. Elle n'a pas la vertu créatrice de l'art.

Péguy, le Panthéon, il s'en est fallu d'un poil : un coup « facho », un coup « coco », il était difficile de le faire entrer d'un coup. Il aurait fallu le découper, le panthéoniser en tranches. L'accueillir en lamelles. Une tranche pour les juifs, une autre pour les pétainistes, une autre encore pour les va-t-en-guerre. Ils sont cons comme des pères : Péguy était un humoriste anarchiste. L'humour, le Panthéon n'est pas trop pour : sauf quand il arrive (Voltaire) à l'ensevelir sous du sérieux.

Et que les cheveux blancs jamais ne reviendront
Des cheveux bouclés de jeunesse[1].

1. Charles Péguy, *Le Mystère des saints Innocents*, *op. cit.*

18

Rose au poing

Tout à l'heure, il y a six mois

D'un mouvement de rose, de rose au poing, François Mitterrand n'est plus l'homme désolé dérisoire de *tout à l'heure, il y a six mois*. Quand on était gêné de le croiser. Avec sa vieille allure d'avocat menteur, sa harangue tue, ses costumes froissés, l'âme brouillonne + la démarche affaissée ; ses papelards plein les poches. Mal rasé, loser : une tête de chien battu aux élections. Le grand homme battu. Un hématome électoral humain.

Tout à l'heure, il y a six mois : on lui lançait des pierres. On ne voulait surtout pas, dans les rédactions ou les maisons d'édition, se retrouver avec lui dans l'ascenseur : il aurait fallu lui adresser le sourire abominable et supérieur de ceux dont l'abomination et la supériorité résident dans le fait que, n'ayant jamais rien entrepris, ils n'ont jamais rien raté.

Sept ans plus tôt, en 74, il avait failli « décrocher le gros lot » : raté. Alors, vulgaire député socialiste vieillissant cerné, il avait quêté de l'espoir, des voix, des chances aux élections de 81 : on ne lui avait prédit au mieux que du passé. Les médiocres sont toujours soulagés quand ceux qui ont des ambitions ou des projets exceptionnels ne parviennent pas à les mener à bien : ça leur donne l'impression qu'ils ont rétrospectivement eu raison de n'en avoir aucune, d'ambition, et aucun, de projet, et rétrospectivement parfaitement raison de n'avoir rien essayé d'entreprendre d'un peu noble et d'un peu grand, d'un peu extraordinaire et d'un peu : génial. La jalousie est tellement grande chez les hommes qu'elle leur est presque comme une vie supplémentaire greffée à la vraie.

Tout à l'heure, il y a six mois : on l'évitait, et dorénavant on léviterait, autour de lui on léviterait comme des angelots foireux, battant de toutes leurs ailes polychromes ! Entre mai 74 et février 81, ç'avait été ordonné comme une danse : l'évitement de François Mitterrand. Un exercice corporel, une discipline sportive : presque une hygiène de vie. Certains l'évitaient à heure fixe. D'autres, plutôt le vendredi. Pendant des années, il avait été invité partout : on aimait dorénavant le compter parmi les évités. Evité permanent. On faisait des acrobaties pour cela ; des contorsions de gymnaste. Des tours de reins résultaient de cette pratique instinctive et obligée. Puis, peu à peu, imperceptiblement, on est passé de l'évitement, qui est un réflexe, à l'évitation, qui est une philosophie.

Au mariage de BHL

— On aurait dit qu'il avait une gale ! lâche poelvoordiennement Charasse (car dans ce roman, ami lecteur, Charasse est rabelaisien ; Charasse est poelvoordien ; « Je suis pas assez obèse, oh dis, hurle le Belge, pour faire le Charasse ! Je vais dire à mon agent que y a moquerie ! »)... Je me souviens comment il était ostrashisé au mariage de Bernard-Henri, avant son érection du 10 mai !

Mon éditeur m'a confirmé l'anecdote : en juin 1980, lors du mariage de BHL, François Mitterrand, à qui personne n'avait parlé de la soirée, était arrivé le premier (lui qui avait passé sa vie à arriver le dernier) et reparti le dernier (lui qui avait passé sa vie à partir le premier), sans son chapeau qu'on lui avait volé, que l'esthète flou Jean-Paul Aron lui avait volé, reparti le dernier des derniers, poli, « défait » – mot dont on se souvenait alors brusquement, pour lui, qu'il découlait d'une défaite.

— Les gens respiraient jamais dans sa direction tellement il était inglorieux... continua Charasse. Pour son avenir les intillictuels misaient sur une accalmie. J'ai dit à François : « Venez on part ! C'est pas rigolo. »... Il a dû manger juste une chipe. Il était triste... Il a parlé arbres et qu'il aimait des fleurs. Pis on est partis. Je l'ai déposé chez lui, en bas du trottoir... Je l'ai vu faire des pas dans la nuit. Le vrai fond des choses c'est que ce soir-là à l'intérieur de lui il avait pleuré. Sans aucune larme, hein ! François avait pas besoin des grimaces à la fin pour avoir mal au cancer, hé, pareil pour la tristesse, camarade ! Il avait pas besoin des larmes pour pleurer... A potron-minet, il a dû vomir sa chipe.

Présidentialisationéitésation

Il finirait donc gâteux, enfermé dans son pauvre rêve social mystique. On ne le plaignait même plus – il n'était bon qu'à toucher des chênes. Il était un battu naturel, comme on parle d'un infirme de naissance. Sa vision épique des choses resterait comme : une tare. Le futur de François Mitterrand ne s'inscrivait pas dans l'avenir.

Mitterrand, président à 9 h 30, nommera le Premier ministre à 12 h 30 (les miettauzamandes savent qui c'est, nananère !) *avant de remonter* sachaguitryquement *les Champs-Elysées et de se rendre au Panthéon. LE JOUR DE GAUCHE EST ARRIVÉ. A 10 heures ce matin, lorsque Mitterrand raccompagnera Giscard à la porte de l'Elysée, la France aura changé de régime*[1].

— Quelle présidentialitéité !

— Quelle présidentialisationéitésation !

— Et surtout : quel Président !

— Aussi... Aussi !

On envoie les enfants à l'école, dit Dieu.
Je pense que c'est pour oublier le peu qu'ils savent.
On ferait mieux d'envoyer les parents à l'école.
C'est eux qui en ont besoin[2].

1. *Libération* du jeudi 21 mai 1981.
2. Charles Péguy, *Le Mystère des saints Innocents*, *op. cit.*

19

Suite de coups, suite

Interstices

Il y avait, dans les interstices des coups reçus, des zones de respiration (des terres vierges) par lesquelles j'entrevoyais un monde meilleur, fait infiniment de mon bon droit, fabriqué, conçu avec mon bon droit, avec mon innocence infinie qui dessinait comme un horizon, comme la cité idéale socialiste !

Quand les coups s'annonçaient, mentalement, je savais à la virgule près, à la sensation près, comme une partition apprise par cœur, ce que j'allais vivre – je ne dis pas « subir », car on ne subit que quand on réfléchit, on ne subit que lorsqu'on porte, qu'on est capable de porter un jugement moral, une appréciation (rétrospective, posée, « adulte ») sur ce qu'on vit – alors je ne subissais pas la branlée, non, la branlée je la *vivais* ; j'avais à la vivre, je la traversais – je passais le temps à l'intérieur, essayant d'avoir une vie parallèle à l'intérieur d'elle, en son sein ; non pas tenter, non pas essayer de l'amadouer, d'en infléchir la bonne marche (c'eût été vain), mais d'en détourner le sens ; de lui donner une signification contraire à la sienne : mentalement, je tentais de me faire croire, et de faire croire à la branlée, de faire croire aux coups (qui pleuvaient comme des malades) que nous étions tous là parce que c'était la fête, pour un heureux événement... Pour me récompenser ! Pour une bonne note que je venais d'avoir, une très très bonne action que je venais de commettre. Je tentais de transformer la branlée en branlée hors sujet avec ce qu'elle était censée combattre ; et c'est ainsi que je la combattais. C'était du détournement de coups ! J'étais le pirate de l'air de la branlée. Le terroriste du passage à tabac. Je corrigeais ma correction !

Anesthésie

Au bout d'un certain temps, anesthésié par l'intensité des coups (qui devaient vraiment aimer ça ; on aurait dit qu'ils étaient affamés, qu'ils crevaient la dalle), anesthésié par l'intensité, la violence, la voracité des coups, par l'appétit des coups, par leur frénésie, leur allure, leur démence et leur énergie, leur folie, anesthésié par leur furie, je m'installais dans la douleur, qui n'était plus une douleur, mais un no man's land, une zone neutre, comme une aire de repos (il y en a sur les autoroutes) entre une douleur, entre un ensemble de douleurs qui se ressemblaient toutes, ne finissaient par ne plus former, mais ramifiée à des endroits très différents (torse, oreilles, cou, côtes, cuisses, bras), que le même genre de douleur, la même signature de douleur (le cinglement du fil électrique, qui est une douleur de cisaillement, de couteau, de feu) et un nouveau cycle de douleurs nouvelles, d'un type nouveau qui étaient : les douleurs de cuisson. Non plus des douleurs de plaies, de cisaillement, de couteau, de rasoir, mais des douleurs d'échauffement. La douleur diffuse prenait le relais de la douleur précise. La plaque chauffante succédait au feu de ciseaux. Et entre ces deux douleurs de natures logiquement imbriquées mais pourtant si différentes à traverser, à vivre, il y avait, une parcelle de paix infinie, d'azur, d'étendue céleste, de plénitude joyeuse et fraîche, dans laquelle je respirais à pleins poumons et où je me sentais presque courageux. J'avais l'impression que j'aurais pu mourir, c'est vrai : mais mourir invincible.

> On croit que les enfants ne savent rien.
> Et que les parents et que les grandes personnes savent quelque chose.
> Or je vous le dis, c'est le contraire.
> (C'est toujours le contraire.)
> Ce sont les parents, ce sont les grandes personnes qui
> ne savent rien.
> Et ce sont les enfants qui savent
> Tout[1].

1. Charles Péguy, *Le Mystère des saints Innocents*, *op. cit.*

20

Le paradis

> L'homme n'a rien inventé de plus facile que le ciel.
>
> LICHTENBERG.

Définition du paradis

Le paradis, c'est le pouvoir rendu aux peintres humiliés et aux écrivains pauvres, aux cinéastes suicidés et aux architectes méprisés, aux musiciens faméliques et à tous les misérables qui avaient du génie du temps de leur vivant, mais que seule la mort a fini par applaudir, quand la société ne risquait plus rien : ni de se tromper, ni d'être menacée, ni d'être dérangée dans son égoïsme et ses principes, ni dans son universitarité ni dans sa scolaricité. Le paradis, c'est... Tout le *grand secret* est là... Le paradis commence avec un *e* majuscule. Autrement dit le paradis commence par la lettre *E*. C'est ça, *le grand secret*...

Le frère de Zouzou

— Quelle présidentialisationité !
— Quelle présidentialismisation !
— Quel présidentationnisme !

Un homme aux tempes blanches est planté là, en observation de la figure mitterrandienne arcdetriomphale, fourréauzamandienne, sucrée de la poche, socialiste, panthéoniste. L'homme aux tempes blanches est âgé de 70 ans, 10 mois et 19 jours... Le service de sécurité est encore emprunt d'amateurisme, d'amateurisation, d'amateurité. L'homme aux tempes blanches, tremblant mais pas trop, s'approche du président de la République française :

— Aaah ! Mais vous êtes le frère de Zouzou Mitterrand, n'est-ce pas ! C'est vrai que y a un air de famille ! On est nés le même jour lui et moi : à Jarnac, ensemble ! On est du 2 juillet 10 ! On était très proches, très amis... Quand il nous a quittés... On avait cinq semaines, tous les deux... Un sale moment ! Votre maman a été très forte...

Mais déjà François est happé par le devoir et la gravité et la grandeur du devoir national, historique, qu'il doit remplir.

Napoléyon

ENFIN L'AVENTURE. François Mitterrand a été élu président de la République par 52 % des électeurs : une avance de 4 points alors que son adversaire d'hier l'avait battu en 1974 par une marge de

0,3 %. Le giscardisme était trop le rêve d'un gestionnaire sans rêve pour que les Français ne se lassent pas de la menace : « La gauche, c'est l'aventurisme. C'est l'aventuration, c'est l'aventurité. C'est l'aventurement. C'est l'aventurage. C'est l'aventuragité. » Peut-être ont-ils entendu dans ce vocable l'appel à l'aventure – et qui au fond n'en souhaite pour lui ? Si prudente qu'ait été la campagne de Mitterrand, sa victoire prend pour des millions de gens figure d'appel à l'imprévu. Il ne faudra pas l'oublier[1].

— Un beau rôle historique j'aimerais bien ! Quelque chose dans le genre de Napoléyon ! Ça me ferait du bien, de jouer Napoléyon... Ça te changerait des seventies dedans lesquelles t'es bloqué comme un boulon... Pis j'aurais un chapeau et tu m'écrirais des batailles, des Vaterlos ! Des Russies pas possibles... Avec neige et canons partout... Et à la fin toute fin, une île pour mourir... Avec des requins autour et du poison ! Au boulot, fion !...

Tous les François Mitterrands possibles, éventuels, les François Mitterrands battus par Giscard, les François Mitterrands morts prématurément, les François Mitterrands neutralisés par Rocard, les François Mitterrands condamnés à l'oubli et au mépris s'abîment, l'un après l'autre, dans les flammes rénovatrices du François Mitterrand vainqueur, « pour en renaître et y retomber encore, écoulement monotone d'un sablier qui se retourne et se vide éternellement lui-même. C'est du nouveau toujours vieux, et du vieux toujours nouveau » – pour paraphraser ce qu'aurait dû écrire, s'il n'était

1. *Libération* numéro zéro zéro du mardi 12 mai 1981.

pas mort à l'âge de deux mois et demi en 1913, Jean-Paul Mitterrand dans son incélèbre inouvrage *Le Non-être et l'a-néant,* (impublié en 1947 par les inéditions Ingallimard).

— Quelle présidentiarité !

— Quel présidentionnalitement !

Le monde est toujours à l'envers, dit Dieu.
Et dans le sens contraire.
Heureux celui qui resterait comme un enfant.
Et qui comme un enfant garderait
Cette innocence première[1].

1. Charles Péguy, *Le Mystère des saints Innocents*, *op. cit.*

21
Rose PS

Qu'est-ce que la volonté si elle plie ?
Qu'est-ce que la liberté si elle cède ?

François MITTERRAND
à 21 ans et 5 mois.

Le sommet du crâne

Je me rappelle le haut du crâne, le 10 Mai 81™, si distinct de celui de Giscard et qui, par le front, déclarait la victoire. On n'avait pas dévoilé le candidat élu de bas en haut, mais de haut en bas. Sommet : du crâne et de l'Etat.

Panthéon tombes hécatombes, les tuiles ruissellent et tout mouille tout, costumes anthracite trempés détrempés, rigoles gouttières tonnerres cieux. Il faut entrer dans l'histoire par le lieu de l'histoire ; en gravissant des marches historiques qui mènent à l'histoire faite, objective, entérinée, officielle, non discutable, admise, figée, à l'histoire une fois pour toutes : à l'histoire historique.

10 Mai™

Il faut que l'histoire qui commence soit le prolongement, la continuité légitime de l'histoire écrite. Il faut que le dimanche 10 mai 1981 devienne « le 10 Mai », le 10 Mai™ et entre dans l'histoire par la porte de l'histoire, physiquement pénètre dans le Panthéon, comme la pluie pénètre dans le costume de président du Président, car le Panthéon n'est pas un lieu symbolique : c'est le lieu réel de l'histoire, avec les corps humains des hommes qui ont fait l'histoire, avec les dépouilles, les vraies dépouilles biologiques ; c'est le vrai tombeau (biologique) de l'histoire.

« L'histoire en train de se faire »

« L'histoire en train de se faire » va chercher de la grandeur dans la demeure de l'histoire déjà faite. « Si l'on parle de grandeur, d'unité, de patrie, on a quelque chance encore d'être compris. Mais qu'on y prenne garde. Ces mots-là seront rapidement vidés de leur substance si l'on n'accomplit pas les actes qu'ils commandent. Méfions-nous des abstractions. »

Jaurès, Jean Moulin, Victor Schoelcher (promo 1949). Et Mitterrand qui vient continuer la série, qui vient s'inscrire dans cette lignée, dans cette logique, pressé d'en être quand son destin ne fait que commencer, que les épreuves sont devant. C'est la prise du pouvoir qui est historique, ce n'est pas le pouvoir lui-même.

François Mitterrand sait que le sommet de sa carrière, que l'achèvement de son destin, c'est aujourd'hui. Ce n'est pas ce qui l'attend ; ce n'est pas gouverner : c'est être là. *Ici et maintenant* – c'est le titre de son dernier livre ; de son ultime livre de jamais-président.

Mitterrand s'est fait panthéoniser de son vivant. Il a pénétré (de force), par lui-même, à la seule force de lui-même et de son culot, à la seule force de sa force et de sa volonté, dans l'histoire de France en décidant que son élection était de l'histoire de France, qu'elle était historique, qu'elle avait quelque chose à voir avec Jaurès, avec Jean Moulin, avec Victor Schoelcher.

> C'est l'enfant qui est plein et c'est l'homme qui est vide. Vide comme une courge vide et comme un tonneau vide[1].

1. Charles Péguy, *Le Mystère des saints Innocents*, *op. cit.*

22

Panthéon (4) : Jean Moulin

Jeanmoulinland

Lorsque Jean Moulin est entré au Panthéon, c'est la Résistance qui est entrée. On fait toujours entrer ce qui arrange tout le monde, ou plutôt : ce qui arrange toute la France – car contrairement à une idée assez répandue, en France notamment, la France et le monde ne sont pas confondus. Pour ce, évidemment, on « arrange » aussi un peu la « bio » (comme disent les journalistes) des impétrants : quand Marcel Proust entrera, on fera pénétrer un gay dans le Laïc des laïcs (qui est le Saint des saints de la République), quand Alexandre Dumas entre, ce sont les Blacks qui entrent, c'est la couleur café qui entre, ce qui ne signifie rien, car contrairement à Félix Eboué, Dumas n'a rien fait pour la cause black ; et contrairement à Victor Schoelcher (qui était blanc), Dumas n'a rien fait pour abolir l'esclavage (Hugo et Zola ont fait plus). Faire entrer la Résistance sous l'aspect de son plus célèbre martyr, cela « arrange » toute la nation qui d'un coup d'un seul devient unanimement résistante, rétrospectivement uniformément résistante, mais on comprend : on ne naît pas résistant (alors qu'on naît noir). Quand Dumas entre, tout le monde insiste sur le fait qu'enfin un métis entre ; quand Proust entrera tout le monde insistera sur le fait qu'un homo entrera... C'est comme un article à écrire, l'intronisation au Panthéon : il faut choisir un « angle » ! L'angle Proust, ce sera l'anus ; l'angle Dumas, c'était la peau ; l'angle Voltaire (que les panthéonisateurs de l'époque n'avaient évidemment pas lu) c'était la liberté – l'anticléricalisme ; chaque époque panthéonise en fonction de ses obsessions temporelles, de ses soucis provisoires éphémères et stupides ; on panthéonise toujours pour les mauvaises raisons.

Quand Rousseau est entré, c'est le père spirituel de la Révolution qui a été honoré. C'est à « l'inspirateur » de 1789 qu'on a renvoyé l'ascenseur de l'éternité. L'époque panthéonise toujours en faisant du hors-sujet. Le génie de Rousseau n'est pas dans le *Contrat social*, il est dans la démence égologique, dans la naïveté quasi mystique de sa plouquerie hors norme : il est l'inventeur génial et définitif de la sincérité suicidaire. Il met tout sur le tapis de « je ».

Pareil, pareil pour Péguy, je le répète. Les connards d'extrême droite ont voulu récupérer Péguy et le panthéoniser sous Pétain tandis qu'au même moment, dans la nuit noire du Maquis, on faisait ronéotyper à qui mieux mieux ses plus belles pages anti-allemandes et ses diatribes violentissimes contre tout occupant (à venir – Péguy est mort en 14) de la France. Les deux camps n'ont rien compris à rien. A rien ! Les saloperies de la droite dure n'ont pas vu que Péguy était le plus grand goy philosémite de la littérature mondiale, un intégriste du dreyfusisme le plus radical, un socialiste extrême ennemi du pacifisme neuneu qui a conduit à toutes les horreurs, un anti-munichois avant l'heure gerbant sur l'Action française et ses tristes avatars fachos ; les saloperies de la trash-droite n'ont pas lu ces pages immortelles, elles, où Péguy canonise, sous sa seule responsabilité, dans son Vatican personnel établi 8, rue de la Sorbonne et qui fut, comme un Carmel de la dévotion de l'intime conviction, la boutique misérable et insalubre de ses *Cahiers de la quinzaine*, la figure de Bernard Lazare qu'il écrit « Bernard-Lazare » avec un tiret, comme à : Jésus-Christ[1]. Mais les Résistants ont commis une autre erreur, moins grave, bien sûr, mais tout aussi révélatrice sur le mépris porté à la mémoire de ces écrivains dont on veut faire des « grands hommes » sans avoir lu la plus petite de leurs œuvres ! Car quand Péguy écrit qu'il faut savoir résister aux occupants et que celui qui ne résiste pas est un salaud, il ne parle pas des Allemands à venir (c'est le cas de le dire) mais des typographes ! Des typographes qui, dans l'imprimerie de Suresnes où ils viennent de travailler comme des cochons, selon Péguy qui avait le caractère du même groïnacé. Le lieutenant pèlerin paranorléanais

1. Alors qu'on parle aujourd'hui de panthéoniser Dreyfus, qui n'a été qu'une victime et qui n'a rien demandé, on ferait mieux de panthéoniser Bernard Lazare, qui a sauvé Dreyfus et « l'honneur » de la France.

(Péguy, né à Paranorléans, accuse les ouvriers de sabotage et refuse de discuter avec eux, de collaborer avec des sagouins qui ont anéanti son travail de fourmi en multipliant les coquilles).

Ce n'est plus la vérité qu'on maquille, c'est la biographie, c'est l'œuvre ; c'est la postérité qu'on farde. D'ailleurs, puisqu'on en est à parler de Jean Moulin, lui, on l'a démaquillé pour qu'il puisse décemment dormir dans l'éternelle éternité des Républiques successives, de la Nation perpétuellement une, de la Patrie immuable et permanente. On s'est bien gardé de « communiquer », en 64, (et encore maintenant d'ailleurs !) sur l'homosexualité du supplicié de Caluire. Jean Moulin pédé, ça ne rentrait pas dans la case réservée au hé(té)ros de la Résistance. On ne peut pas, dans l'esprit carré des gaullistes aberrants, être à la fois préoccupé par l'avenir de la France et par le présent de son anus. Ce n'est pas Roger Stéphane, supergodillot du Général mais trop voyant dans la follitude, qu'on aurait pistonné dans l'éternité de la crypte. Non, il fallait un martyr objectif – il fallait un saint ; mais ce martyr avait des manies embarrassantes, des mœurs qui ne coïncidaient pas forcément avec la « certaine idée » de la France de De Gaulle pour qui prendre le maquis et se faire prendre le cul étaient sans doute deux attitudes inconciliables.

Malraux fayot

Le 19 décembre 1964, M. André Malraux, fayofficiel de la République bananogaullienne, monte à la tribune ; il y a du vent et il fait froid. Malraux, cocaïné à mort, est, comme à son habitude, bourré de tics. On dirait un vieux cachalot épileptique. Lui, l'ancien farfelu amateur de statuettes, est désormais un baragouineur cacochyme qui n'est plus tellement dans le vent de quoi que ce soit – ce vent d'hiver 64 est comme une résurrection inespérée pour sa réputation. On le voit encore, c'est vrai, à la télé, pistonné par lui-même, s'octroyer des heures et des heures d'antenne ou, se raclant la gorge et clignant ses yeux exorbités de hotu torturé, il s'avance dans les eaux troubles de sa pensée en donnant des avis autorisés sur les Aztèques, les Mayas ou Jésus-Christ.

Tout le monde a glosé sur ce « fameux discours » de décembre 64 du transfert des cendres de Jean Moulin ; tout le monde a pleuré ; tout le monde a été ému aux larmes en voyant, ou revoyant, en entendant, en écoutant ou réécoutant ce vieux machin dérouler ses phrases interminables comme dans un amphithéâtre grec, modulant sa voix rauque et expectorant, charognard, roublard et mytho, des « effets » aussi sincères que ma main dans la culotte d'une vieille tante.

Faussement ému, s'écoutant lui-même gémir, geindre et chialouser au vent glacial, il n'en a en réalité rien à branler de Jean Moulin, qu'il a dû croiser une fois par hasard comme on croiserait sa prof de maths de 1982 à Auchan en revenant exceptionnellement dans sa ville natale.

Quand on lit tranquillement l'élucubration solennelle de Dédé, on voit très clair dans son jeu : de Gaulle, une fois de plus, a utilisé les services de cet indéfectible cafard aux paradigmes imbitables et aux fulgurances mongoliennes pour se : panthéoniser lui-même de son : vivant.

Au moins, Mitterrand a été plus franc du collier : il est entré lui-même dans la crypte ; il n'a pas utilisé le corps supplicié d'un vrai martyr pour pénétrer en contrebande dans la gloire éternelle – le tout adoubé, entériné, par le lyrisme bêta et CM 2 de son flagorneur attitré. Jean Moulin a été torturé deux fois : la première, par Klaus Barbie à la prison de Montluc, la seconde, rue Soufflot, par André Malraux. Le supplice sur les corps est un enfer ; celui sur les âmes est un enfer au carré. Mieux vaut cracher sur la mémoire des morts, et sur la cendre des martyrs, plutôt que de s'offrir sur le dos un supplément marketing de gloriole politique. Jean Moulin n'a pas parlé, mais Malraux, lui, parle un peu trop. C'est plus fort que lui : il ne peut pas résister.

La première chose qui débecte, dans le discours foireux et condescendant d'André, c'est qu'au bout de trente secondes à peine, il ne peut s'empêcher de parler de sa gueule, il ne peut s'empêcher de dire « je » :

> Le sentiment profond, organique, millénaire, qui a pris depuis son accent de légende, voici comment *je* l'ai rencontré.

La deuxième chose qui frappe, la deuxième chose qui tue, qui fait de la peine, c'est qu'il ne parle *que* de De Gaulle... A gerber...

— Dire que ce fumier de Malraux est éternel, monsieur le Président...

— L'immortalité, dit Mitterrand, ne rend personne

immortel, mon cher Môahaks... L'éternité ne rend personne éternel. Rien ne prouve que l'éternité dure éternellement. Dire de quelqu'un qu'il est éternel, c'est dire seulement que son éternité a *commencé*... Dire de quelqu'un qu'il est immortel, c'est dire seulement que son immortalité s'est *enclenchée*.

— ...

— Oui, oui... Il existe une différence entre l'immortalité et l'éternité : l'immortalité est passive ; l'éternité est active. L'immortalité, c'est ne pas être mort aux yeux des vivants... L'éternité, c'est être vivant aux yeux des morts. Un génie est immortel. Un saint est éternel. L'immortalité, c'est l'éternité des génies.

— ...

— Ce qui complique les choses, vous voyez, c'est que la minorité n'a pas forcément plus raison que la majorité... Il n'y a, quand on réfléchit bien, aucune raison pour que la minorité ait plus raison que la majorité... Parfois, c'est la majorité qui dit n'importe quoi. Et parfois, c'est la minorité. Parfois, c'est tout le monde qui a tort : c'est la minorité *plus* la majorité qui ont tort. Il n'y a aucune raison pour que la majorité ait tout le temps tort et que la minorité ait tout le temps raison.

— ...

— La vérité, cher Moâks, se moque de savoir si elle est du côté des minoritaires ou de celui des majoritaires : elle *est,* point. Elle est là... Le nombre des « pour » et le nombre des « contre », le nombre des partisans du « oui » et le nombre de partisans du « non » n'a *aucune* influence sur la valeur intrinsèque de la vérité. On peut avoir tort contre tout le monde, raison contre personne, tort avec personne, raison avec tout le monde, tort contre personne, raison contre tout le monde, tort avec tout le monde ou raison avec personne !... Je peux mépriser le peuple et pactiser avec « l'élite » et, le lendemain, cracher sur « l'élite » et être solidaire du peuple. On appelle ça (je crois) : être un individu.

— ...

— Comme vous l'avez très bien vu, quand on panthéonise quelqu'un dans une époque donnée, on le panthéonise avec la conception qu'on a de lui... La vérité du panthéonisé ne bouge pas dans l'éternité... Seule sa conception fluctue...

— ...

— On panthéonise, mon cher Mouhoix, un morceau de vie, ou un morceau d'œuvre ; on panthéonise une vision : on panthéonise une interprétation. On panthéonise souvent une mauvaise interprétation. Jean Moulin n'a pas occupé la place réservée à Jean Moulin, il a occupé, dans la crypte, la place qui tôt ou tard devait revenir à la Résistance. Il fallait un soldat inconnu connu.

— Je vous panthéoniserais volontiers, moi... Méliès en un, et vous en deux. Oui : Mitterrand au Panthéon... C'est la moindre des choses. Vraiment. La toute moindre.

— Vous êtes trop aimable...

Je pensais ce que je lui disais : Mitterrand n'a pas moins de légitimité que Jaurès d'y entrer. Jaurès était un grand semeur qui semait au vent, et qui laissait aux notaires le soin d'enregistrer la moisson.

— Mais peut-être, cher Yannemoix, que j'ai trop fait le malin...

Mitterrand n'a pas résisté, il a eu raison, au plaisir de faire le malin... Le Panthéon, construit sous Louis XV, l'idole de Giscard, qui avait même fait installer sa statue à l'Elysée (François Mitterrand a préféré la remplacer par une sculpture de Picasso prêtée par la Fondation Maeght), c'est François Mitterrand qui l'investit. Ce « monument désaffecté qui n'avait jamais été affecté sérieusement[1] » (Péguy) est désormais affecté au socialisme.

— Le Panthéon (me lance Péguy), qu'il est très élégant de blaguer, mais qu'il vaudrait mieux apprendre à savoir un peu regarder comme un monument[2] !

Le Panthéon c'est un monument qui : hésite. Entre la vocation civique et la vocation religieuse. C'est un monument qui oscille, c'est un monument qui : doute. C'est un monument alternatif. C'est le Mont-Saint-Michel de la République : tantôt temple de la laïcité, tantôt, balancé par le courant sur l'autre rive, une église. C'est un monument qui a du mal à prendre des décisions – c'est un monument dont la moyenne géométrique des atermoiements séculaires dessine la figure de l'agnosticisme. C'est un monument qui voyage ; c'est un monument qui flotte, qui dérive. C'est un

1. Charles Péguy, *Notre patrie*, *Cahiers de la quinzaine*, troisième cahier de la septième série, 22 octobre 1905, in *Œuvres complètes*, tome 2, Bibliothèque de la Pléiade, Gallimard, Paris, 1988, p. 22.

2. *Ibid.*

monument qui, à force d'être céleste, puis terrestre, puis céleste, puis terrestre, est devenu maritime.

Passion de Jean Moulin

Je voudrais, s'il vous plaît, dit le Panthéon, que soit placée en ma crypte la cendre de la partie la plus torturée de Jean Moulin. Je voudrais qu'en ma nef siège, en paix, le morceau le plus atrocement douloureux de Jean Moulin, son extrait de corps le plus mutilé et le plus supplicié, parce que je lui rends hommage, et à sa douleur. Sa douleur française et sa douleur monumentale et sa douleur historique : nous sommes dans un monument historique français.

La souffrance de Jean Moulin pendant ses « séances » de torture et de tuméfaction, de lacération et d'énucléation, de macération et de flagellation, de crémation et de lapidation, de scalpation et trépanation, fait partie des chefs-d'œuvre de l'humanité. Ce qu'il a enduré fait partie du patrimoine de la France : existe-t-il, dans la poussière, une parcelle de cette cendre qui a eu plus mal que les autres ? C'est celle qui m'intéresse. Pourra-t-on jamais isoler cet atome qui hurle plus fort que les autres ?

La partie la plus assassinée de Jaurès me passionne. Le grain de sable le plus énervé de Voltaire. Et je voudrais aussi la part calcinée la plus sincère de Rousseau, sa nuée la plus intime. Le quark le plus sexuel de Hugo. Quelques gluons métis de Dumas... Sa chimie la plus créatrice. Des lichens radioactifs de Pierre et Marie Curie. L'endroit où la poudre de Portalis atteint son maximum de divinité. Je voudrais toucher, avec mon doigt, le morceau d'ADN le plus naturaliste de Zola, et (juste après), le fragment le plus farfelu de Malraux. Le résidu cendreux le plus surpris de Sadi Carnot au moment même où il comprit qu'on venait de le tuer.

De l'or, de l'encens, de la myrrhe[1].

1. Charles Péguy, *Le Mystère des saints Innocents*, *op. cit.*

23
Nazisme parental

Arithmétique

Les parents sont-ils nazis ? Fascistes plutôt ? En attendant, ces coups reçus, il fallait que je les rende. C'était toute une mathématique. Une hématomatique. Les coups emmagasinés, il fallait (c'était toute une arithmétique) que je les redistribue. A l'école : eh bien je me : battais ; je frappais (et notamment, et logiquement, mathématiquement, lâchement) les plus faibles. Et alors, en retour, chez moi, je me faisais refrapper. Je me faisais rebattre comme un tapis. La logique, c'est toujours sans fin.

Alors dans le registre des coups, tu as quoi ? Tu as les coups de cafard, les coups d'Etat, les coups de gueule, tu as les coups de Jarnac, les coups du berger, les coups de blues, les coups bas, les coups de génie, les coups de pute, les coups d'éclat, les coups de lune, les coups de barre, les coups de calcaire, les mauvais coups ; tu as aussi les bons coups... Les coups tordus, les coups de trop, dans « boire un coup », les coups de matraque, les coups de sifflet ; tu as, nous avons encore, dans « notre » langue française, les coups de langue, les coups de coude, mais moi c'étaient les coups tout court – les coups avec des coups dedans, les coups, les seuls coups qui soient aussi bien des coups, qui soient aussi nets, purs, dans leur définition, dans leur acception. J'en oublie : coups de reins, coups de main, coups de genou, coups de pied, hé : coups de fourchette (avoir un solide). Coups d'épée (dans l'eau) – mon épée de Zorro, tous les écrivains (les vrais) sont Zorro. Coups de bambou (« L'addition, s'il vous plaît ! »). Coups de tonnerre, coups de canon (élection du président de la République). Coup politique. Après coup. Dans le coup. Sur le coup : moi sous les coups. Sale coup... Au coup par coup... Coups de tête : moi c'étaient des coups de boule. Coups de sang : moi c'était jusqu'au : (sang). Coups pour rien...

Témoignage

Je peux témoigner ; te planquer dans ta chambre n'est d'aucun secours. Ce n'est pas un bunker. Ça t'abrite pas... Moi, j'étais pas très très intelligent, je l'avoue. Tu sais ce que je faisais pour « échapper » aux coups de fil électrique ? Je me carapatais sous les draps ! Tu parles d'une armure ! Douze millimètres d'épaisseur de draps de Snoopy (rigolard, avec ce con chauve de Charlie Brown – ça fout les jetons les enfants chauves), tu penses si ça te protège ! Ta chambre n'est pas autre chose qu'une antichambre. L'antichambre des coups. Ta chambre ment sur la marchandise – dans l'intitulé, dans le titre (« chambre », « chambre d'enfant »), il y a, normalement, livré avec, une certaine garantie de tranquillité, de protection, *d'immunité*. Oui, mais non. Pas là... Ça marche plus, ça ne protège pas : tu t'y précipites, et ça change rien, l'inéluctable a lieu quand même : et il a lieu là, dans cet espace qui n'est pas un no parent's land. Un no father's land. Tu te manges ta branlée là même où tu ne t'es encore jamais branlé !

En une seule fois

Je me suis parfois fait la remarque que j'aurais préféré être frappé en une seule fois. Une séance interminable, d'accord, mais *unique* : me faire défoncer la gueule et lacérer de coups de fil électrique, de martinet, de gnons et de coups de poing dans les côtes, dans le foie et dans la tête, *une bonne fois pour toutes*. Mais c'était pas négociable – peut-être parce qu'il était impossible, il m'était impossible de faire une connerie générique, une bêtise définitive qui eût englobé toutes les autres, les eût condensées, résumées, synthétisées en une seule et unique faute plus EXPLOSIVE, plus grave, plus remarquable que celles passées et à venir. Mais il y avait une autre raison : les parents frappent pas pour punir ; ils frappent pour exister. Ils sont obligés de frapper régulièrement pour se donner à eux-mêmes avec une certaine régularité, avec une certaine fréquence, la sensation physique qu'ils existent. Plus ta vie intérieure est riche, moins tu frappes un enfant. Les parents frappent jamais pour punir, ils frappent pour frapper.

Le mot « correction » n'est pas adapté à la situation, car les coups sont pas là pour corriger. Non seulement ils ne corrigent rien, car les coups ne sont pas explicatifs, ils ne sont pas didactiques, ils ne sont pas psychologues, mais en plus, ils te laissent en sang, délabré et surtout, dans la même situation qu'avant : ils te laissent sur le carreau mais pas plus avancé. C'est une aubaine pour eux : ils te récupèrent toujours à la même place, et finalement, comme aucun coup t'a jamais rien appris, comme tu n'as jamais évolué grâce au moindre d'entre eux, au plus petit d'entre eux, ils repleuvent à zéro sur ton corps et ton visage, pour les mêmes raisons que la fois précédente, avec les mêmes intentions, rectifiant un préjudice jumeau, semblable, identique, sisyphéen. Les coups te récupèrent toujours là où ils t'avaient laissé : entre-temps, biologiquement tu as récupéré, physiologiquement tu t'es ressoudé, tes os magiquement incidemment patiemment lentement se sont remis dans des configurations normales d'os, dans des configurations répertoriées, anatomiquement connues. Les coups aiment que tu soyes bien neuf avant de s'abattre de nouveau sur toi.

> Les enfants sont des créatures neuves.
> Eux aussi, eux surtout, eux premiers ils
> prennent le ciel de force[1].

---

1. Charles Péguy, *Le Mystère des saints Innocents*, *op. cit.*

24

Liberté, égalité, fascisme

> C'était une époque extraordinaire, complexe et terriblement dangereuse.
>
> François MITTERRAND
> *à 78 ans, 5 mois et 4 jours.*

Ministre des tuyaux d'arrosage

Marchant en direction du Panthéon, François Mitterrand s'intéresse à lui-même – j'aurais fait la même chose. Ici, là : on veut déjà l'abattre. Des décisions se font nuit. Couteaux, poisons, outils... Dagues. Bombes à neutrons ! On ourdit pour démolir l'élu neuf : les barristes barrissent, les « éléphants » du PS espèrent, les chiraquiens jouissent du mauvais (second) tour qu'ils viennent de jouer à « Valy ». La France est séparée entre les pleurs de joie et les pleurs du symétrique opposé de la joie. Yvette et Charles et Léon, Marcel et Lulu, et Wladimir et Isidore-Izouzou *se voient* ministres[1].

---

1. Tous ces pauvres connards oublient que « ministre » vient du latin *minus*.

Ministre de la Quantité industrielle, ministre de la Danse, ministre de l'Antifascisme mégavigilant, ministre de la Culture culturelle, ministre de l'Intelligence pratique, ministre des Poids moyennement lourds, ministre des Guerres à venir, ministre des Guerres à éviter, ministre de la Vie privée, ministre des Ministères inutiles, Premier second troisième ministre d'Etat, directeur de cabinet du sous-ministre d'Etat des Textiles et Habitations. Ministre de la Seine et ministre des Forêts-où-qu'y-fait-noir, ministre des Chaussettes et ministre des Sinistres.

— Président ? (on l'a toujours appelé ainsi – désormais, ce sera « Monsieur le ».)

— Mmm ?

— J'aimerais bien, si jamais vous êtes élu, *et vous le serez*, être ministre de quelque chose.

— De ?

— Ben, ministre d'un truc, quoi.

— Mais encore ?

— Ben... Ministre de quelque chose... Ministre d'un *petit quelque chose*... C'est vrai, quoi, j'ai toujours été là. Fidèle au poste. Depuis des années.

— Mmmm... Il me reste quoi ? Il me reste... Il me reste... Il me reste : les Glandes mammaires, les Tuyaux d'arrosage, les Transports, les Transferts au Panthéon, les Anciens Combattants des guerres-qui-n'ont-pas-eu-lieu ou le Budget... Sachant que le Budget, *a priori*, ce sera pour Fabius... Les Transports, je vais les donner aux communistes... Alors ? Tuyaux d'arrosage ? Glandes mammaires ? Ou sinon, secrétaire d'Etat aux Mots en *isme*...

Toujours et partout, dans le camp terrestre, le même

drame, le même décor, sur la même scène étroite, une humanité bruyante, infatuée de sa grandeur, se croyant l'univers et vivant dans sa prison comme dans une immensité, pour sombrer bientôt avec le globe qui a porté dans le plus profond dédain, le fardeau de son orgueil. Même monotonie, même immobilisme dans les astres étrangers. L'univers se répète sans fin et piaffe sur place. L'éternité joue imperturbablement dans l'infini les mêmes représentations.

— Je voudrais bien, Président, être...

— « Monsieur » le Président, corrige François Mitterrand.

— Je voudrais bien, monsieur le Président...

— « Je souhaiterais ».

— Je souhaiterais, monsieur le Président, être ministre de l'Antifascisme vigilant.

— C'est louable. Mais encore faut-il que vous en soyez capable : c'est un ministère rude, exigeant... Et pourquoi ce vœu ?

— Parce que le fascisme, heu... C'est pas bien... C'est... Comment dire ?

— Dites. Je vous en prie : dites.

— Le fascisme, c'est... C'est dégueulasse.

— Ouiiii... Mais encore ?...

— C'est... révoltant ?

— Révoltant, oui. Révoltant. Quoi d'autre ?

— C'est... Le fascisme, c'est... *(il s'emporte)* : c'est la mort !

— Mmm oui, c'est vrai. C'est tout ?

— Le fascisme, heu... Le fascisme le fascisme le fascisme... heu... ne passera pas ! *No pasarán* ?... A mort les fachos ! Salauds de fachos ! Enc...

(Il ne serait venu à l'idée de personne, en mai 1981, d'aller chercher, avant d'aller lui demander un joli-postélevé dans la hiérarchie républicaine, d'aller chercher (disais-je) des poux dans le passé de Mitterrand, dans son pétain de passé – on ira voir dans son passé plus tard, aux environs de la toute fin de son second septennat, quand il sera plutôt intime avec la mort, qu'il n'y aura plus de pouvoir à pourvoir.)

— Très bien, très bien (c'est donc Mitterrand qui parle). Je l'espère autant que vous. Bien... Je vous remercie.

— C'est... heu... C'est bon, je l'ai ?

— Je vous tiens au courant.

— Mais c'est que...

— Je vous dis que je vous tiens au courant : un peu de patience. Vous pouvez disposer.

« On nous parle du fascisme et, certes on a raison. Robert Brasillach, une fois, a dit la vérité : "Le fascisme, ce mal du siècle !" Mais à force de loger le fascisme là où il n'est pas, on finira par oublier là où il est », écrit François Mitterrand le mercredi 1er août 1945 dans *L'Homme libre*.

Rose brun

Bonjour les amis. Ça va ? Vous allez bien ? Je me présente : je suis le fascisme de François Mitterrand. Je ne vous cache pas que j'avais hâte qu'on me donne la parole. C'est vrai, quoi : les fascismes n'ont jamais le droit de s'exprimer ; y en a toujours que pour les mêmes. Moi, je le dis sans me plaindre, hein, parce que j'ai fini par m'habituer (on dit toujours que le danger c'est de s'habituer au fascisme, mais moi, en tant que fascisme, j'ai fini par m'habituer à tout), mais je vous le dis : être un fascisme, ce n'est déjà pas évident (surtout par les temps qui courent), mais être le fascisme de François Mitterrand, merci. Tu me diras : il faut bien que quelqu'un le fasse – il faut bien qu'un fascisme se dévoue. Je me suis dévoué. J'ai des collègues, italiens, allemands, et même français (et même croates) qui ont eu la vie plus facile ; moi, il a toujours fallu que je me cache, que je louvoie, que je me justifie, c'est pénible. Depuis mon plus jeune âge, j'ai souffert : souffert de n'être pas un fascisme comme les autres, un vrai fascisme bien fasciste, bien réglé, un fascisme qui peut s'exprimer, qui peut mener à bien sa vie de fascisme ; non, moi, je suis un fascisme mort-né, je le sais bien. Ce n'est pas la peine d'essayer de me rassurer, je le sais bien, va, que je suis un fascisme raté. Que je n'ai rien fait de fasciste dans ma vie fasciste ; que je suis un fascisme ridicule, étriqué, frileux. Tout le monde n'a pas la chance d'être le fascisme de Mussolini – tous les fascismes n'ont pas eu la chance d'exercer leur compétence dans Goebbels, de faire carrière dans Himmler.

Dans de Gaulle, encore, j'aurais su comment m'y prendre... J'aurais trouvé mes marques. J'aurais trouvé un angle. Une approche. Une attaque. (Je ne dis pas ça pour faire le malin, pour provoquer : dans de Gaulle, un fascisme un peu habile, un peu débrouillard aurait pu faire du chemin). Mais dans Mitterrand ! Qu'est-ce que tu veux faire dans Mitterrand, quand tu es un fascisme ambitieux ? Ah ! C'est qu'il était pas doué !... Quel empoté ! Oui, qu'est-ce que tu veux faire dans un type aussi peu fait pour moi ? Je te le demande : les journées sont longues ; les possibilités de carrière quasiment nulles. Franchement, fascisme dans Mitterrand, c'est vrai qu'il y a sans doute pire, mais il y a mieux pour s'épanouir. C'est une voie de garage. Au début, j'avais postulé pour Laval, mais le poste était pris ; j'ai demandé alors d'être muté dans Pucheux, à Vichy, mais on m'a mis sur liste d'attente – et je dois y être encore ! Tout avait bien commencé pourtant : j'avais été fascisme stagiaire en Angleterre...

J'ai bien vu qu'il fallait être pistonné et c'est là que j'ai fait une croix gammée sur mes ambitions de devenir un grand fascisme. Un fascisme avec pignon sur rue. Un fascisme gothique et germaniste. Pas un nazisme, je demandais pas non plus la lune (il faut quand même être réaliste) : mais un fascisme respecté, un fascisme reconnu. Non... Tintin ! Je suis donc devenu un fascisme de l'ombre, un fascisme du dimanche. J'avais rêvé d'un fascisme genre « Nuit des longs couteaux » : je n'ai été qu'un fascisme à la petite semaine. Un demi-sel de fascisme ; une demi-pointure. Le bruit de mes bottes, personne l'aura jamais entendu. Je suis un fascisme en tongs... Quel gâchis. Combien de fois j'ai voulu faire sortir un revolver à François quand il entendait, et même prononçait, le mot « culture » (combien de fois j'ai essayé de le persuader de supprimer Jack Lang *physiquement*) – mais rien à faire ; je n'étais pas assez persuasif, pas assez énergique, pas assez virulent... Un bon fascisme doit être un fascisme éloquent. Je ne suis pas assez éloquent. Je suis un fascisme velléitaire. Un fascisme dilettante. Je ne peux m'en prendre qu'à moi-même. J'aurais été fascisme d'un caniche, d'un poisson rouge ou d'un cactus, ce serait revenu au même.

J'avais fait un échange inter-fascisme avec un correspondant anglais qui appartenait alors à la British Union of Fascists d'Oswald Mosley (dont j'ai croisé une fois le fascisme, un fascisme très courtois, très accessible, et qui n'avait pas du tout la grosse tête)... J'aurai été finalement un petit fascisme conjoncturel, très conjoncturel, un fascisme inscrit non pas dans les gènes, hélas, mais dans l'époque. Un fascisme minable – j'aurais tant voulu, oh oui, tant voulu être un véritable beau fascisme, un fascisme structurel. Je demandais pas l'Allemagne, je demandais pas l'Italie, je n'exigeais pas Berlin ni Rome. La Norvège, la Belgique (j'eusse fait un rexisme parfaitement honorable, je pense), le Canada, et même l'Australie, ça m'aurait suffi. Le mussertisme aurait été un mussolinisme acceptable pour moi. Les Chemises brunes de Chalifoux, je te jure, j'étais preneur ! Tandis que Mitterrand... Un fascisme professionnel, qui a de l'allure, un fascisme sérieux, consciencieux, c'est un fascisme qui doit quand même faire montre d'une certaine démesure. Etre démesuré, fascistement, dans Mitterrand : pas évident.

J'aurais bien voulu t'y voir : faire marcher Mitterrand au pas de l'oie... Un soir, je me suis concentré à mort (si j'ose dire) et j'ai bien cru que Mitterrand allait le faire, le salut hitlérien ; fausse alerte : il avait tendu le bras droit pour héler un taxi. Ah la cohabitation, je peux te le dire, n'a pas été facile tous les jours. Surtout avec tous les amis juifs qu'il avait. Il me narguait ce salaud-là. Je bouillais ; je tentais de lui faire subir des maux intérieurs terribles – de dégénérer en cancer dans son corps, mais non. C'était le perpétuel défilé des Dayan, des Attali, des Badinter, des Benamou...

Quand il croisait Bousquet, je me sentais bien, je me remettais à croire en moi... Ça me remontait le moral. A Vichy, j'ai bien cru que ça y était, que mon heure de gloire était arrivée : que je n'aurais plus rien, enfin !, à envier à mes collègues, à tous les fascismes que je connaissais : le fascisme de Déat (un pote ; un fascisme original, un peu grande gueule, mais drôle, antipathique comme j'aime), celui de Maurras (un fascisme un peu vieux jeu, un vieux fascisme un peu bougon, mais bon – je crois qu'au fond, c'était un fascisme vraiment inhumain, bref : un fascisme bien), celui de Darnand (que j'admirais, car il était vraiment capable de beaucoup de haine), celui de Taittinger (nanti d'un antisémitisme hors pair, d'un antisémitisme fabuleux) ou encore mon cher fascisme de Georges Valois (autant Valois était quelqu'un que je ne supportais pas, autant son fascisme est longtemps resté un ami).

Mais moi, comme si je n'avais pas été capable de représenter les fascismes de mon époque, on m'a tout de suite relégué, comme un moins que rien, aux Croix de feu : le colonel de La Rocque ! Un plaisantin... Un amateur. Aussi fasciste que Göring était communiste !... Moi qui suis un fascisme depuis des décennies (mon grand-père avait très bien connu le pré-fascisme de Drumont), me retrouver avec des guignols tout juste antiparlementaristes !

J'aurais adoré voir Jean Moulin de près... C'est sûr. Je ne connais pas un seul fascisme sérieux qui n'aurait pas adoré le rencontrer. Mais non : Bibi, on lui a refilé les Croix de feu : des cathos, des traditionalistes obtus, des ringards, des racistes sans envergure – et l'antisémitisme, crois-moi, il fallait aller le chercher ! Il fallait le leur arracher. C'était laborieux.

C'est en octobre 1934 (si ma triste mémoire est bonne : c'est un véritable nuit-et-brouillard, parfois, ma mémoire) qu'on m'a muté dans François Mitterrand. Au début, j'y ai cru : je me suis dit : j'ai de l'avenir, dans cette carcasse – ce petit a de la haine à revendre. J'ai dû vite déchanter, crois-moi... Octobre 1934, c'est bien ça. François avait 18 ans. Quand je me suis « installé » en lui, trouvant l'endroit charmant mais exigu, et comprenant pas tout de suite que ma mission serait en réalité vouée à l'échec, il venait de s'inscrire à la faculté de droit de Paris et à Sciences-po, ce qui était un bon départ pour un fascisme comme moi, un fascisme jeune, ambitieux, et prêt à exterminer la vermine pour construire un monde nouveau, une race pure. Il résidait à la pension du 104, rue de Vaugirard, tenue par les maristes. C'est l'année suivante que ma hiérarchie m'a demandé de le faire adhérer aux Volontaires nationaux du colonel de La Rocque. J'ai tenté de protester : j'ai expliqué en haut lieu que Valois, Castelnau ou Taittinger, ça avait quand même plus d'allure, que... Mais on m'a hurlé dessus, on m'a menacé... Un des fascismes présents ce jour-là a même laissé sous-entendre que j'étais à la solde des youpins : j'ai fermé ma gueule. Je me le reproche encore aujourd'hui. C'est drôle, quand même : tous ces gens qui reprochent à François Mitterrand son « fascisme », alors que moi, son fascisme, justement, je me reproche de n'avoir rien pu faire dans François Mitterrand ! L'histoire est une question de point de vue. Du point de vue du fascisme, franchement, Mitterrand est une brêle, un touriste, une courge, il fait honte au fascisme – il fait pitié ; et je sais bien que c'est de ma faute ; je ne m'en remettrai probablement jamais.

Le mot magnifique de « fasciste »

Ça m'a beaucoup blessé que les gens, et parmi ces gens, des amis proches, utilisent à son propos, à propos de Mitterrand, le mot magnifique de « fasciste », le beau mot de « fascisme » : j'appelle ça galvauder le vocabulaire, j'appelle ça m'insulter. C'est comme si ton petit cousin dessine une crotte et que tu dis : « Génial, c'est du Picasso ! » eh bien c'est très insultant pour l'art. Je ne me prends pas, évidemment, pour le Picasso du fascisme (le Picasso du fascisme, c'est celui de Hitler – le nazisme est au fascisme ce que le cubisme est à l'impressionnisme), mais, qualifier Mitterrand de « fasciste » alors que je n'ai rien fait dedans, dedans Mitterrand, que je n'ai pas eu la moindre marge de manœuvre, c'est humiliant – ça rappelle la fois où Einstein a obtenu le prix Nobel de physique pour une étude sur l'effet photo-électrique alors qu'il était déjà l'auteur génial (mais juif, hélas, juif) de la théorie de la Relativité. C'est comme si on avait utilisé l'adjectif « proustien » alors que Proust (encore un sale juif, décidément, trop de génies chez les juifs) n'avait publié que *Jean Santeuil* et n'avait jamais eu la possibilité de commencer *A la recherche du temps perdu*.

Le mot « fasciste » appliqué à Mitterrand me fait d'autant plus de peine que, par rapport à ce que j'aurais, en tant que fascisme, pu faire de lui, j'estime que je n'ai rien fait – du pipi de chat ; de la fiente de fascisme. A peine un brouillon de brouillon de brouillon de bredouillement d'embryon d'hésitation d'essai d'esquisse de synopsis de fascisme.

Il faudrait qu'un jour j'étudie vraiment la question : regarder de près, de très près où j'ai merdé, si c'était vraiment possible de *faire* mieux ou pas.

Toutes ces humiliations : les fois où j'ai entendu chanter l'*Internationale* ! Là, ça s'éloignait quand même beaucoup trop de *Maréchal, nous voilà !* Moi je vous le dis (et je le dis aussi aux journalistes – les historiens, généralement, le savent – pas tous mais généralement ils le savent –) : il ne faut pas balancer des mots comme « fascisme » tout le temps, n'importe quand, à tout le monde (pour n'importe quelle raison). Ça fait de la peine à ceux pour qui le fascisme c'est vraiment tout dans la vie, ça fait de la peine à tous les fascismes encore existants, encore vibrants, ça fait de la peine aux jeunes et nouveaux fascismes, aux nouvelles générations de fascismes, et de la peine aux vieux fascismes (comme moi), aux fascismes qui ont essayé, pendant toutes ces années, de faire du bon boulot – ça fait de la peine aux petits artisans du fascisme, dont on ne parle jamais assez. Bref : ça fait de la peine, ça fait du mal, à cette grande famille qu'est le fascisme.

Non mais qu'est-ce que tu crois, sale youpin ! Qu'est-ce que tu crois, espèce de communiste ! Marxiste ! Léniniste... Gauchiste ! Trotskiste ! Sioniste ! (Je sais, je m'énerve – je ne suis pas fascisme pour rien !) Qu'est-ce que tu crois ? *Sieg Heil* vieille tantouze ! Qu'est-ce que tu crois ? Hein, pédé ? Il n'y a pas fascisme comme ça ; on n'est pas fasciste aussi simplement que ça – ça se mérite, « fasciste » : on distribue avec beaucoup trop de générosité cette qualification honorifique très haute à n'importe qui, aujourd'hui... Ça me débecte. On octroie cette distinction au premier venu : dans la rue, dans les cafés, à la télé – ça devient n'importe quoi, « fascisme ». Et là, je ne suis pas d'accord. Je dis : « *Halt* ! » Il ne peut quand même pas y avoir fascisme comme ça dans les rues de Paris, plusieurs milliers de fois par jour, là, dans les bistrots, sur les clous pour traverser, dans les parkings, dans les articles, dans les journaux, dans les livres, dans les films qui sortent. Ça se saurait ! Même en 1930 c'était pas le cas... Alors en 2006...

Il y a des revues, des magazines, il y a des hebdomadaires (en France) qui sont spécialisés dans la recherche du fascisme, dans la recherche *systématique* du fascisme, d'un peu de fascisme, de prémices de fascisme, de c'est-toujours-ça-de-pris de fascisme, et ce mot si doux, ce mot si précieux, ce mot si historique et si romantique, ce mot si dans le passé, ce mot si utile pour les historiens, et ce mot si utile pour les victimes (du fascisme), ce mot si bien rempli de cadavres, et de cicatrices, et de douleurs et de mémoire, ce mot si terrible et sublime pour l'humanité ne peut pas servir pour décrire, pour critiquer un plan dans un film, un paragraphe dans un roman, une phrase dans un article, ou le trait de caractère d'un artiste, d'un journaliste, d'un homme (politique, ou pas) que l'on déteste. Il va falloir remettre de l'ordre dans tout ça – je te le dis.

On ne peut pas, on ne doit pas utiliser le mot « fasciste » à la place du mot « connard » ou du mot « enculé ». Je suis à deux doigts de porter plainte pour nivellement de sens, pour abaissement de mot, pour banalisation de concept.

Le fascisme a des droits, lui aussi, je suis désolé : les fascistes sont une minorité comme les autres, et ils ont eux aussi droit de vivre leur différence ; moi, qui suis un fascisme désormais vacant, un fascisme en retraite, un fascisme émérite, à chaque fois que je cherche à exercer mes talents dans quelqu'un dont on me dit, dont on m'annonce (ras-le-bol des effets de manche) qu'il est « fasciste », je tombe de haut : en général, il s'agit d'un petit écrivain bobo qui a fait deux calambours foireux provocateurs sur Auschwitz ou qui se moque d'Israël gratuitement. La plupart des jeunes antisémites, aujourd'hui, n'ont pas le respect des valeurs et des traditions... Tout fout le camp. « Tout part en fumée ! » diraient-ils, pour faire une petite minable provocation pirouette de plus.

Je le dis aux fascistes et aux anti-fascistes, et je le dis aussi aux anti-anti-fascistes : attention, les gars, merde, attention : c'est pas n'importe quoi, putain, le fascisme. C'est Mussolini et c'est la marche sur Rome, le fascisme. Ce n'est pas un article qui ne nous plaît pas dans les pages littéraires du *Figaro*, le fascisme. C'est comme l'expression « facho », hein : ça suffit avec ça. Ça commence à bien faire avec l'expression « facho » – là encore, je suis à deux doigts de porter plainte pour fascismophobie. On n'a pas le droit de dire « négro », n'est-ce pas ? Alors, moi, fascisme de François Mitterrand, ce n'est pas parce que je n'ai pas réussi dans la vie, ce n'est pas parce que j'ai échoué tout ce que j'ai entrepris, que je vais me taire pour autant : celui qui me traite de « facho », je lui fais péter la gueule. « Facho » est une insulte au fascisme. Qu'on se le dise : le fascisme ne laissera plus rien passer.

— Bonjour !

— *Sieg Heil !*

— Vous... Vous êtes bien le fascisme de François Mitterrand ?

— *Jawohl !* Et vous, vous êtes bien Johannes Moïse... Encore un juif.

— Je descends des Marranes.

— C'est bien ce que je dis. Vous êtes un juif. Vous avez le droit, pas de problème. J'ai bien le droit, moi, de vivre ma vie de fascisme. C'est d'ailleurs plus facile depuis que François est mort. Il reconnaît beaucoup plus mon travail depuis qu'il est mort : même si c'est à double tranchant puisque les historiens voient, hélas, que je n'ai pu mener mon œuvre à bien... C'est comme ça. C'est la vie.

— Mmm...

— Alors. Je crois que vous vouliez me poser des questions.

— Le colonel de La Rocque était-il fasciste ?

— *Sicher nicht !* Le colonel de La Rocque n'était pas un fasciste. Hélas pour moi... Les Croix de feu n'étaient pas un mouvement fasciste. On voit rétrospectivement, dans l'histoire de France, du fascisme partout ; on en voit chez Péguy, ce qui revient à voir du communisme chez Jeanne d'Arc ou du stalinisme chez Laurel et Hardy, *mein lieber* Johannes... On veut faire des blocs, établir des camps : sur une feuille de papier, tracer des cloisons dans l'histoire. Les gentils, les méchants : c'est oublier le fouillis, c'est oublier le chaos, les complexités, les perméabilités, les cercles concentriques, les spécificités, les versatilités, les subtilités, les particularités : Déroulède, dont mon père, un très grand fascisme, a rencontré le fascisme à deux reprises je crois, était très ami de Gambetta, et Malraux très proche de Drieu. Tout est compliqué dans la vraie vie réelle qui pique. Mitterrand fasciste ? J'aurais tellement voulu. Je n'ai pas été à la hauteur... Vous ravivez la plaie, *mein junger Freund*. Mais non : pas plus que Napoléon dreyfusiste ou que Clovis, ou que Robespierre islamistes.

— Moi, je croyais que...

— *Nein hab'ich gesagt ! Zweimal nein !* Les Croix de feu du colonel de La Rocque, auxquelles « on » m'a demandé de faire adhérer Mitterrand, n'était pas un mouvement fasciste. Je me suis assez plaint, à l'époque, à cause de ça... Il était pas révolutionnaire comme voulait l'être le parti national-socialiste. Il ne prêchait ni pour une nouvelle race, ni pour un homme nouveau... Le soi-disant « fascisme » dont certaines grandes gueules s'enorgueillissaient dans ce mouvement de petites couilles leur venait d'un très primaire anticommunisme... La grande constante de toute la vie de François, même après sa victoire à l'élection présidentielle a été celle-ci : sa haine absolue du communisme... Son mépris pour les communistes. Mais, *schade*, ça ne suffit pas pour faire un bon fasciste... C'est un bon début... Au mieux. Les Croix de feu étaient pas fascistes parce qu'elles étaient contre la violence. Les Croix de feu ne sont pas fascistes parce qu'elles n'étaient pas antisémites. Or, je vois mal comment un fascisme qui se respecte peut faire, comme ça, l'impasse sur l'antisémitisme. Ça serait trop facile ! Ces abrutis, des Croix de feu, étaient « antiparlementaristes ». La belle affaire ! Ça me faisait une belle jambe... Je me souviens, le 6 février 1934...

— Un mardi !

— Heu... Oui, peut-être, oui, je sais pas... Qu'est-ce que ça peut foutre ?

— Heu... J'aime bien les dates.

— C'est bien un truc de Marrane, ça ! De juif ! La nuit est tombée, donc... Il fait très, très froid. *Es ist sehr, sehr kalt*... Les « forces de l'ordre » (des petites bites, des petites bites comme tu n'en as jamais vu : crois-moi, c'était pas la SS, ni même la SA !) affrontent les manifestants, trois morts à 19 heures. 22 h 30 : six morts supplémentaires. Le parlementarisme est « l'ennemi », ça te montre un peu le niveau, hein, quelle misère, mais bon, c'est l'ennemi depuis le scandale de l'affaire Stavisky, sorte d'Arsène Lupin de l'Assemblée nationale, qui a corrompu les députés et ruiné les petits épargnants.

— Oui c'est bon je connais...

— *Hal's Maul !* Ta gueule ! C'est moi qui parle ! C'est moâ, Marrane des ténèbres ! C'est moâ !!! Le 11 novembre 1934...

— Un dimanche.

— ... le colonel de La Rocque et ses Croix de feu défilent... Je suis dans François et François est là... Mitterrand est là. Dans les rangs. J'observe tout par son crâne. J'habite dans le crâne. Dans la boîte crânienne. Tu connais la chanson du juif Bashung ? « J'ai fait la saison, dans cette boîte crânienne... » Le colonel de La Rocque, qui s'était battu pour les congés payés et l'ancêtre du SMIC est mort des suites de sa déportation à Mauthausen... On ne déporte pas un fasciste à Mauthausen ! C'est une insulte au fascisme que d'affubler le terme de « fascisme » à un déporté ! *Scheiße !* C'est de la totale diffamation ! Le colonel de La Rocque voulait qu'on éjecte du territoire français tous les étrangers sans travail : tu vois le rapport avec la gloire et la grandeur et les buts infinis, les desseins éternels et l'ambition universelle du fascisme, toi ?

— ...

— C'est le grand drame de ma vie mais... Mitterrand n'est pas, n'a jamais été, ne sera jamais fasciste.

(Note : Paris, mai 1935 ; François se cache : il se terre quelque part, dans un lieu tenu secret. Des communistes veulent lui péter la gueule. Le traumatisme restera. Au « 104 », il est considéré comme un leader au charisme réfléchi. Il est déjà lent dans la réflexion et rapide dans la décision. On loue son calme : bref on l'admire. Au mois d'août, il part retrouver ses frères et sa sœur en Belgique, sur la côte, dans une demeure ancienne baptisée « La Croix de Lorraine ». Le souvenir restera. François Mitterrand joue au tennis toute la journée ; il monte souvent à la volée. Il est le meilleur. De même qu'au « 104 », il est le meilleur au ping-pong [il gagne une coupe le 3 avril 1936]. Sa mère va mal. Trois mois plus tard, Robert, son frère aîné, défile sur les Champs-Elysées dans sa tenue de polytechnicien. Pierre Laval assiste à la cérémonie en tant que président du Conseil.)

> Rien n'est beau comme un enfant qui s'endort en faisant sa prière, dit Dieu.
> Je vous le dis, rien n'est aussi beau dans le monde.
> Je n'ai jamais rien vu d'aussi beau dans le monde.
> Et pourtant j'en ai vu des beautés dans le monde[1].

1. Charles Péguy, *Le Mystère des saints Innocents, op. cit.*

25

Par magie

> Le plus grand bonheur en ce monde ; je supplie chaque jour le ciel pour ce bonheur : que seuls des hommes intelligents et vertueux me soient supérieurs en forces et en connaissances.
>
> LICHTENBERG

A neuf

C'est magique, un enfant : ça se reconstitue. Tu peux le battre comme s'il n'avait jamais été battu. Ça se répare tout seul... En silence. Son corps redevient un corps vierge. Neuf et nouveau – comme un corps inédit, une page blanche de coups que tu peux, soucieux d'écrire une nouvelle symphonie pour poings, une sonate en ut mineur pour gifles, ou un ballet pour fil électrique, refrapper à neuf, redémantibuler comme les forêts que tu rases, et hop la magie de la nature fait que les arbres repoussent, toujours.

— Quand on regarde un enfant, me glisse le président de la République, il faut toujours se dire qu'on ne le connaît que l'espace d'un instant, que déjà un autre enfant lui succédera. On voit toujours un enfant pour la dernière fois.

Les enfants repoussent à neuf : et leurs hématomes ont été bus par leur corps, ils ont été nettoyés des hématomes précédents, des bleus, par une blancheur nettoyante, une blancheur absorbante ; la chair des enfants éponge tout – toi, adulte qui veux battre un petit enfant à mort, tu en as de la chance, dis-moi : le corps des enfants te fait crédit ! C'est comme au flipper, tu sais, quand tu « claques » : incroyable, le nombre de parties gratuites que tu obtiens. C'est fabuleux, et c'est *gratuit*. La vie est belle dans ces moments-là. Les petits enfants qui repoussent, de toutes leurs branches, comme des petits sapins neufs et nouveaux et frais, à abîmer lacérer frapper martyriser à neuf. Se réparent tranquillement... Oui oui... Ça se répare tout seul, un enfant ; ça se régénère... Cellule par cellule... Timidement, humblement. Ça se prépare pour la prochaine raclée. Ça a le trac.

Mise au poing

Non, non... Pas enfant martyr, je récuse. En plus, un martyr, ça meurt. C'est quelqu'un qui meurt pour attester la vérité de la religion chrétienne. Et qui rigole sous la pluie de plaies. Les martyrs à Rome, dans l'arène : de l'ironie sur les lèvres, du mépris dans le sourire supérieur : ils s'enquièrent que les lions, les tigres ont réellement très faim, ils regardent les bourreaux droit dans les yeux, avec l'insolence d'un rictus qu'ils emportent : au paradis, précisément. Moi : zéro sourire et zéro supériorité, zéro tigre et zéro lion. Juste l'arène... Adaptée à ma taille, hein : une arène de poche. De voyage.

« Enfant battu », chers collègues, ce n'est pas un titre honorifique. J'en ai assez que vous nous fassiez passer pour des martyrs ! Stop. On va avoir l'air de quoi ? D'ailleurs, je ne suis pas votre collègue : vous avez quitté la confrérie de l'hématome en larmoyant ; vous avez trahi la Cause. Salauds ! Vous mériteriez une bonne correction ! J'en ai marre, dans vos livres, que vous essayiez de faire chialer mémère avec vos trempes. Un peu de dignité, je vous prie. Un peu de tenue – ou, du moins, un peu de retenue.

Non vraiment je ne supporte pas le coming out de l'enfant battu – c'est nul. Moi, j'en ai joué un peu au début avec les gonzesses ; elles se barraient ! Elles supportent pas ça, les filles. Ça me fait pareil, moi, avec les écrivains qui parlent de ça dans leurs livres. Citez-moi un seul enfant qui n'ait pas été « battu » ! Un seul ! Ce n'est pas une guerre, un exploit, une médaille, une légion d'honneur : et surtout, c'est pas les tartes dans la gueule qui donnent du talent.

— Qu'est-ce que tu fais, toi, dans la vie ?

— Enfant battu.

— Coool ! Tu publies chez qui ?

« Marche forcée, au terme épars. Enfants battus, chaume doré, hommes sanieux, tous à la roue ! Visée par l'abeille de fer, la rose en larmes s'est ouverte. » (René Char)

— Vous avez remarqué, Moix ?

— Quoi monsieur le Président ?

— René Char avait le même accent et la même voix que Pasqua.

(En théorie pure) un père n'a pas le droit de battre son fils ; seule une mère a le droit de porter la main sur son fils – car ce bras est d'elle. Quand un père martyrise son enfant, c'est du sadisme ; mais quand une mère martyrise son enfant, c'est du masochisme. Mon père me démontait la gueule par haine de moi ; ma mère me démontait la gueule par haine de soi.

Chaque coup de mon père me faisait mal ; chaque coup de ma mère nous faisait mal à tous les deux, surtout elle.

> Vous autres hommes, (dit Dieu), essayez donc seulement de faire un dessin d'enfant.
> Vous savez bien que vous ne pouvez pas[1].

1. Charles Péguy, *Le Mystère des saints Innocents*, *op. cit.*

26

Ceux qu'on emmène (2) : Edith Stein

> Il faut s'établir à l'extérieur de soi, au bord des larmes et dans l'orbite des famines, si nous voulons que quelque chose hors du commun se produise, qui n'était que pour nous.
>
> René CHAR.

Zondy

— Pour l'instant, cher Moaxus Johannes, me confie François Mitterrand, votre idée de livre qui me touche le plus c'est « ceux qu'on emmène »... J'ai vu « emmener » pas mal de gens pendant cette période... Les gens qu'on emmène... Qu'on est venu chercher... Ils faisaient du mal à qui ? Votre *Panthéon* pourrait s'intituler *Ceux qu'on emmène*...

— Je commencerais, non : je finirais par l'Emmenée des Emmenés, la plus grande Emmenée depuis Jésus lui-même : Edith Stein.

Bonsoir... Je suis le 2 août 1942 ; je suis dimanche de profession. On croit toujours que dimanche est une profession de feignasse. Rien n'est plus faux : il y a toutes ces messes (à organiser), tous ces loisirs (à multiplier). Ces milliards de gens à divertir. Moi, je n'ai exercé mon métier qu'un seul dimanche – celui qui porte mon nom (2 août 1942). Je suis hollandais. Mon nom est Zondag... Tous mes amis (du moins, ceux qui me restent – je n'ai pas très bonne réputation) m'appellent « Zondy ». Il y a des dimanches purement français, des dimanches anglais, des dimanches russes...

Il y a des dimanches argentins (mon ami et collègue 25 juin 1978, qui, sous son autorité, vit l'Argentine remporter la Coupe du monde contre mon pays ; je ne lui en veux pas pour autant). Il y a des dimanches purement américains (mon homologue 17 mai 1953, par exemple – que je n'ai pas revu depuis tellement longtemps et que j'embrasse si jamais il lit ces lignes – et grâce auquel la Cour suprême des Etats-Unis a déclaré inconstitutionnelle la discrimination raciale dans les écoles).

Parfois, je me dis : « Mon vieux Zondy, t'as pas eu de chance de tomber ce jour-là... » Je me sens coupable – on a beaucoup fait, autour de moi, pour me rendre fou de culpabilité. Pourtant, sans vouloir rejeter la responsabilité sur les autres, ça aurait pu tomber, cette histoire, sur mon collègue du samedi. Sur mon collègue du lundi (que j'ai remplacé au débotté, en plus ; j'aurais mieux fait de m'abstenir). Mais c'est tombé sur moi, c'est ma Croix. Je n'ai rien pu faire ; c'était comme si la date avait été inscrite depuis toujours. Depuis des siècles hélas. Peut-être depuis des millénaires. Je ne suis pas plus mauvais que les autres ; je m'empresse de préciser, comme on a souvent voulu m'en accuser, que je ne suis pas antisémite. Je ne suis pas un salaud. Je n'ai rien pu faire : je vous le jure.

Edith, je venais de faire connaissance avec elle dès mon matin. Je sentais bien que j'avais des problèmes de démarrage, j'ai eu comme une toux. J'ai craché du sang. Ça démarrait très mal. J'ai eu un très mauvais départ dans ma vie de dimanche. Je n'avais pas demandé à être hollandais – j'aurais préféré être américain, belge, congolais. Non : il a fallu que je tombe sur la Hollande ; qui fut ce jour-là une des dates les plus importantes non seulement du siècle, mais de tous les temps. Il a fallu que ça tombe sur moi ! Je n'étais pas préparé à ça. Je n'avais pas les épaules. J'ai été un dimanche du dimanche. D'habitude, les événements historiques (genre prise de la Bastille) ils les donnent à des jours de la semaine, genre mardis.

J'étais 17 heures quand j'ai commencé à sentir la douleur. Dans la poitrine : comme un couteau qu'on m'aurait enfoncé. Un gros clou, rouillé. Au niveau du cœur probablement... Mon cœur était alors situé à Echt, plus précisément au Carmel. Systole, diastole. Les carmélites étaient réunies en chœur, pour prier... Oui, il est question de Dieu, dans cette histoire (je suis un jour du Seigneur). Je suis devenu une date historique, c'est-à-dire temporelle ; je suis devenu une date mystique, c'est-à-dire intemporelle. Je suis devenue une date sainte, c'est-à-dire éternelle. Une sorte de dimanche sacré. Sacré et maudit. Soudain, on a « frappé » à la porte ; les nazis étaient des gens qui, étrangement, frappaient parfois aux portes. Cette courtoisie paraît extraordinaire, presque irréelle ; que ceux qui ont voulu la fin de la civilisation perpétuent, poussés par quoi, un simulacre de civilité.

La prieure va ouvrir. J'ai vu la scène, toute la scène (cette scène ne se déroulait pas seulement devant moi, mais *en moi*) : deux officiers de la Gestapo ont demandé à voir « *Fräulein Dr. Edith Stein* ». Ils n'ont pas oublié le « *Dr.* ». Ils l'ont fait (c'est ainsi que ça s'est déroulé) précédé de « *Fräulein* » ; ils ont utilisé une deuxième civilité, une deuxième politesse : mademoiselle. Ils n'ont ni occulté la formule de courtoisie « *Fräulein* », respect, galanterie de l'homme envers la femme, ni le titre universitaire, ni le respect envers la philosophe, l'agrégée de philosophie – élève de Husserl, assistante de Husserl. « *Fräulein Dr. Edith Stein* »... Ils ont nié une chose, pourtant (ils ont occulté une chose) – qui est la preuve qu'ils étaient là pour faire du mal à Edith, pour détruire Edith, pour brûler, réduire en cendres Edith (Stein). Ils n'ont pas dit (pas prononcé), ils n'ont pas voulu dire (c'était bien la preuve qu'ils venaient la chercher pour l'emmener mourir, pour aller l'assassiner, pour aller exterminer sa race dans un camp) : « sœur Thérèse Bénédicte de la Croix ».

Quand on dit « *Fräulein Dr.* » d'une carmélite et qu'on est nazi, c'est que c'est la juive qu'on vient chercher ; et quand on dit « juive » en nazi, c'est que c'est la femme de « race » juive qu'on vient chercher. Les juifs catholiques, pour un nazi, ça n'existe pas ; ce n'est pas catholique. Un juif catholique, ce n'est pas très catholique. C'est encore pire qu'un juif qui est juif. Pour le nazisme, un juif catholique c'est un juif qui aggrave son cas – qui aggrave son judaïsme. C'est un juif encore plus voyant parce que, pour le nazisme, un juif catholique, ce n'est pas un juif converti, c'est un juif travesti.

Pour les deux officiers de la Gestapo, pour la mort nazie, Edith Stein n'est pas une catholique convertie : c'est une juive qui se cache. Le Carmel n'est pas lieu d'isolement, mais un lieu de déguisement ; une cachette. Un lieu, non de recueillement, mais de travestissement. Pas le lieu de la vérité – oh non : pour le nazisme tout entier c'est le lieu du mensonge. C'est la juive qu'on vient chercher – pas la catholique, pas la chrétienne : c'est la *race* qu'on vient déranger dans son travail d'isolement et d'âme, de vie et de vouloir, d'amour et de Christ. C'est la *race* qu'on vient isoler, quand la *race* n'existe pas, n'existera jamais, on le sait bien, c'est la *race* qu'on vient isoler du contexte d'une vie ; d'une réflexion ; d'un art d'être – c'est la race qu'on vient désigner, sortie de nulle part, dans une vie humaine consacrée à Dieu tout entier, à l'intérieur d'un Carmel, à l'intérieur de soi-même.

Edith Stein, ce n'est pas une âme. Le nazisme ne s'intéresse ni à l'âme ni aux âmes. Pour la Gestapo, Edith Stein, c'est un corps. Pour les nazis, Edith Stein, c'est surtout et c'est d'abord le corps d'Edith Stein. L'esprit de ce corps, les déductions de ce corps, les appels de ce corps pour être une idée, une éternité, une éternité d'idées, les efforts de ce corps pour être toujours plus que ce corps, la philosophie de l'âme de ce corps, la hauteur de vues, l'intelligence de ce corps, ces grandes vues mystiques, l'intégrale des œuvres monumentales de l'intelligence, de la faculté intellectuelle, morale de ce corps : les deux officiers de la Gestapo n'en veulent pas ; c'est un *corps* qu'ils veulent, avec politesse et avec mort, ramener vivant à Auschwitz, afin de mettre un terme à son existence biologique de corps. Et puis tant pis si l'âme survit, après tout (se disent les officiers) : c'est le corps, je le sais, moi, je l'ai vu, j'ai été cet instant-là, qui obsédait les nazis.

Lui, là, le jeune blond aux yeux enfoncés mais d'un vert très beau, mêlé d'un peu de gris qui vire au jaune par grand soleil, c'est Hans Dietmer. Il a 27 ans ; il veut être médecin, plus tard ; ou peintre. Celui qui est venu avec lui, Manfred Eichermann, est plus âgé, 36 ans (déjà presque totalement chauve) ; il a étudié l'économie à l'Université de Munich, l'amour de sa vie se prénomme Rosemarie. Il a fait deux filles à Rosemarie : Hildegund, aux joues extrêmement roses et au regard d'adulte, et Gisela – Gisela, au *Gymnasium*, a un petit amoureux qui se prénomme Günter.

Les yeux enfoncés de Hans, le front haut (calvitie) de Manfred sont là ; à l'entrée du Carmel (au « Porche de l'Eglise » – qui est pour eux rien de moins qu'une porcherie) : ils demandent après le *corps* de « Mademoiselle le Docteur Edith Stein ». La prieure répond : « Il n'y a pas de corps, messieurs, ici, il n'y a que des âmes. » Mais ils savent que ce n'est pas vrai : que lorsqu'il y a Carmel, c'est qu'il y a corps ; Edith va les suivre, avec sa sœur Rosa (ils sont venus chercher les deux, « tant qu'à faire », comme dirait ma grand-mère). Il y a une clôture qui sépare le monde du monde à part de Dieu ; il y a une clôture qui sépare le corps d'Edith Stein du nazisme du monde. Il y a une foule qui commence à se rassembler à l'extérieur du Carmel des corps. On est craintif et curieux – on est voyeur et humain.

La prieure recommence des explications neuves ; des dénégations fermes. Mais en fermeté, le nazisme a été souvent le plus fort ; et ce moi-là (je veux dire : ce jour-là), ça s'est passé pareil : le nazisme n'a pas écouté les explications. Le nazisme ne s'est pas laissé convaincre. Ces deux officiers allemands, insistant avec une vertigineuse courtoisie qui n'en était pas (c'était une courtoisie de meurtre et de calcination de corps) ne savaient peut-être pas, et moi, votre vieux Zondy, je ne m'en rendis pas compte non plus (je n'étais pas, je ne suis pas un dimanche plus malin que les autres, je n'étais pas, je ne suis pas un dimanche plus malin que la moyenne des autres dimanches), personne ne savait que la Shoah et la Croix allaient se mêler, de manière inédith, inédith stein, dans le destin de la carmélite husserlienne d'Echt. La passion d'Edith, c'est Jésus déporté. Le Christ sera désormais en pyjama rayé sur sa Croix. Pour toujours.

Jésus n'est plus seulement le Fils des fils, il n'est plus uniquement le Docteur des docteurs (de l'Eglise), il n'est plus la Croix de toutes les (petites et moyennes et grandes) croix, il n'est plus le Saint de tous les saints, il n'est plus le Corps humain de tous les corps humains : il est le déporté absolu ; il est le Déporté des déportés. Il est l'Exterminé des exterminés. Par le corps d'Edith Stein, bientôt déporté, Auschwitz et le Golgotha seront géomystiquement confondus en un seul point immuable non pas situé dans l'espace : mais dans la mémoire.

Les Carmels ne sont jamais si éloignés, si déconnectés, si désenclavés qu'on le croit des réalités mondiales du monde : un nazi peut venir vous y déloger en pleine prière. Les cieux ne sont sûrs qu'au Ciel. Sur terre, il vaut mieux ouvrir l'œil (surtout pendant les homélies). Chaque nuit, avant d'éteindre la lumière, regarde bien sous ton lit, ami lecteur, s'il n'y a pas Himmler, caché. Les Carmels ne sont pas séparés de la réalité par l'impossible : ils ne sont pas un morceau de terre décroché de la terre ; ils ne sont pas un fragment de lune relâché dans l'espace ; ils ne sont pas un sous-marin parti sous des eaux profondes et inaccessibles.

Les Carmels ne sont pas des extractions d'espace, de temps, ils ne sont pas déconnectés de l'espace-temps ; ils ne sont pas dans la totale oblation géographique, géodésique, géologique de l'écorce terrestre : si bien que, même si tu penses y renier les temporalités réelles de l'environnement humain bourdonnant lambda, pour courir dans les jambes du Seigneur, tu te trompes finalement puisque les nazis savent pénétrer cette abstraction d'univers finalement localisée, cette soustraction de monde finalement répertoriée. Un Carmel est toujours quand même situé *quelque part*. Et une sœur, à l'intérieur de ce Carmel, est elle-même un corps humain occupant un certain espace, un certain volume – ce corps, dès lors, est lui-même localisable, (re)trouvable. Domiciliable. Appréhendable. Ce corps est approchable ; et ce corps est enlevable. Ce corps est ôtable. Ce corps retranché dans le retranchement qu'est le Carmel est palpable.

La prieure tente encore de résister : menaces (des

menaces nazies ; des menaces proférées non pas, à proprement parler, en allemand, mais des menaces proférées directement en nazi ; des menaces directement traduites en nazi). « Allez la chercher. Qu'elle prenne avec elle une couverture. » Le tout, dit au singulier : Rosa, la sœur d'Edith est déjà à la grille, muette. Edith, ce sont encore des pas. Pour l'instant – ce sont encore des pas. Des pas qui résonnent, des pas qui s'avancent (vers la grille, vers Hans und Manfred, Hansundmanfred) et qui sont encore pesants, pesanteur, humains, comme les pas de l'humanité.

Zondy, suite

Les nazis qui conduisent Edith à Auschwitz, capitale mondiale de la mort et des morts, et de toute la mort et de tous les morts passés et à venir, les nazis qui viennent chercher ce qui les intéresse le plus chez Edith (son corps – preuve qu'ils n'ont *rien* compris à *rien*. *Rien !*). Venir chercher le corps d'une philosophe, ça n'a pas de sens ; et venir s'emparer du corps d'une grande mystique, ça sert à rien. Pas plus que venir (se) saisir du corps d'un génie. Qu'est-ce que les œuvres de Picasso, de Schubert, de Liszt, de Gombrowicz, de Sacha Guitry en ont à foutre, très franchement, des corps de Picasso, de Schubert, de Liszt, de Gombrowicz et de Sacha Guitry... Et même de leur humaine vie biologique. Guitry (le corps) n'est qu'une excroissance sommaire, subsidiaire, annexe de Guitry (l'œuvre). Le génie de Picasso peut continuer sans la vie de Picasso. Une fois la *touch* initiée, une fois le *mood* lancé, une fois la révolution effectuée : la bille roule sur son plan incliné, à l'infini, dans l'éternité ; pour l'éternité. Seul le talent s'arrête avec le corps ; seul le talent est circonscrit au corps corporel humain.

« Fräulein Dr. Edith Stein » est prête. A l'extérieur d'elle-même, elle est prête : vêtue, souriante, apprêtée. A l'intérieur d'elle-même, elle est prête : elle chante dans sa tête des comptines de son enfance. « Fräulein Dr. Edith Stein » ne prend même pas la peine de se présenter sous sa forme, actualisée, révélée, intégrée, voulue, espérée, de sœur Thérèse Bénédicte de la Croix. Il n'y a pas de Thérèse ni de Bénédicte qui tienne. Encore moins de Croix... J'ai vu Hans et Manfred, Hansémanfred, leur faire signe de sortir, elle et Rosa. Toujours cette foule dehors, très MPP (muette passive peureuse).

Ce n'était pas n'importe quelle foule, quand on y songe : c'était la foule de l'arrestation d'Edith Stein. Une foule dont la violence fut l'absence totale de violence. Une foule avec une seule paire d'yeux tournée vers le spectacle. Une foule avec un seul ventre et une seule peur dedans, avec une seule et même peur au ventre. Une lâcheté tellement collective qu'elle n'en formait qu'une seule (de lâcheté). A force d'avoir la trouille au même moment pour les mêmes raisons, les êtres humains ne forment qu'un seul monstre. Les monstres, ce sont ceux qui font le métier d'emmener le corps de l'intelligence d'Edith Stein en camp d'extermination. Et les monstres, ce sont ceux qui regardent partir le corps de l'âme d'Edith Stein en n'intervenant que par le regard. Un regard, ça n'intervient jamais assez. Un regard, même curieux, ça n'a jamais complètement stoppé Hitler.

La foule de ce moi-là (de ce jour-là), ce n'était pas une foule lambda : c'était la foule du grand départ vers la Croix. Les dates célèbres sont toujours remplies de foules anonymes. Mais cette foule avait quand même un nom : le silence.

> Homme ou femme retour d'enfer
> Familiers d'autres crépuscules
> Le goût de soufre aux lèvres gâtant le pain frais
> Les réflexes démesurés à la quiétude villageoise de la vie
> Comparant tout sans le vouloir à la torture
> Déshabitués de tout
> Hommes et femmes inhabiles à ce semblant de bonheur revenu
> Les mains timides aux têtes d'enfants
> Le cœur étonné de battre[1]

---

1. Aragon, "Chanson pour oublier Dachau", « Le Cri du butor », *Le Nouveau Crève-cœur*, 1948.

27

Ludwig van Beethoven

Son corps de 1981

La biographie de François Mitterrand, elle, prend corps : il est ce qu'il est enfin devenu. Son corps de 1981 n'est pas géographiquement très éloigné de la bibliothèque Sainte-Geneviève où son corps de 1934, son corps étudiant, si éloigné chronologiquement de son, de ce, corps président, de son, de ce, corps actuel, était studieux, silencieux et jeune. Milneufcentrentequatrement jeune. A l'abri de son futur avenir, ce corps-34 passé, dépassé, avait lu là des manuels de droit et écrit des lettres imbéciles aux femmes – et les femmes, les femmes milneufcentrequatriciennes avaient quitté, en courant dans une nuit semblable à toutes les autres, le romantique au regard de fou qui potassait tout ce qui avait des pages : romans, notices de machines à laver, Bibles, cartes routières, vieilles revues, plaquettes de poèmes avec dedans des mots comme *azur*, *ailes* et *âme*. Ce corps-34 (*34-body*) était nourri de pensées, de pensées sur l'amour, de pensées sur l'amour de la pensée, de pensées de pensées sur l'amour. Le soir, il repliait son corps sur son corps et, masturbé jusqu'à l'aube, il se promettait des 1935 et 1936 qui ressembleraient à son 1981 de maintenant, où les grands mots avaient enfin du sens.

— L'enfance est indépendante de notre volonté ; pas l'Enfance...

C'est le François Mitterrand le plus élu de sa vie qui pénètre dans la crypte. Une rancune inconsciente pousse François Mitterrand président de la République française à s'éterniser dans les couloirs du Panthéon. Il a vaincu 1) les gaullistes, 2) les centristes et 3) les communistes : 1) vermoulus colonels, 2) notaires impuissants, 3) malades énervés. François Mitterrand n'est pas militaire et pas provisoire : il fait face à Jaurès et Moulin. Il n'est pas dupe de la parade. Misère comique des investitures.

François Mitterrand sort du bâtiment de toutes les Gauches : se dresse devant les Français sans la moindre gêne. *Aucune* inhibition dans son panache et sa République, *aucune* retenue dans son destin. Tout est assumé, la gloire et la bravoure, et la victoire et le symbole, et l'importance et la postérité, et la révolution et la tradition.

Et l'âge de son contretemps : seule compte la présidence. Les vérités fondamentales sur la société et la loi du marché, sur la liberté des hommes et l'ironie du pouvoir, le droit des peuples et l'avenir de l'Europe : tout est dans ce crâne, tout y est en place, tout est clairement fixé. Il n'y aura pas d'éloquence douteuse ; François Mitterrand s'apprête à gouverner par le silence, et par le secret. Le temps du pamphlet est derrière, et des éloquences péremptoires, et des éloquences « douteuses ».

Consensus

Signe d'assagissement ? De politiquement correct ? Il a choisi la *Neuvième* de Beethov(en) pour son intronisation. Si j'avais dû faire un choix parmi les génies et les saints, parmi les Enfants de mon PS, j'eusse sans hésiter opté pour *Pulcinella* de Strav(insky) – le plus grand « ballet » de tous les temps – ou encore *Petrouchka*, oui, tiens : *Petrouchka,* « scènes *burlesques* en quatre tableaux », encore plus zappien à mon goût.

Mais on a dû juger mon cher Igor trop Orthodoxe et pas assez orthodoxe. C'est qu'il s'y connaissait encore mieux que le sourdoué de Bonn en ruptures, le bougre !, mais quitte à rester dans l'orangemécanisme ludwigvanien, « ils » auraient pu choisir l'arietta de la sonate n° 32, opus 111. Une rupture, une vraie (François Mitterrand adore le mot « rupture » – à Epinay il l'a prononcé 28 fois). Beethov casse le jouet « sonate » – sur son Hammerklavier, son piano marteau piqueur, sa musique au marteau qui répond poing par poing à la philosophie de Nietzsche, il frappe comme un sourd – et invente le jazz (rien que ça). Ce ne sont pas les Noirs qui ont inventé le jazz, c'est un Sourd. Tandis que j'écoutais *Waka / Jawaka* de Zappa à m'en faire exploser les tympans, à Orléans, le jeudi 21 mai 1981, pendant la cérémonie d'investiture mitterrandienne, ma mère ne m'a pas hurlé dessus en disant : « Tu vas devenir noir ! » Dès l'instant où Beethov est sourd, il ne fait plus que dans l'inouï. Ce qui pour son génie signifie que, désormais sourd, il ne compose pas des choses qu'il ne pourra plus jamais entendre, mais des choses qu'on n'a encore jamais entendues.

La *Neuvième* c'était un peu consensuel (« Hymne à la joie ») – un peu attendu. Lang, Jack et Rousselet, André auraient pu trouver mieux. Un peu pompeux, aussi. Tandis que la *Trente-deux* ! Eclats de bruits, mélodies réduites en poussière, discontinuité colérique : les cercles, les droites et les plans deviennent des sphères et des triangles et des cônes. Nous sommes au paradis de quelque chose. Cette rafale d'erreurs construites, hématome par hématome, cette débauche de volutes concassées et de tourbillons nets auraient donné à François Mitterrand, neuf dans la présidence, l'équivalent sonore de sa fameuse « force tranquille ». Beethov donne dans la « 32 » des vitesses au vent, accélère les siècles, revient en arrière, freine, tape à mort – et son élan vital, dans sa célérité rotatoire, hélicoïdale et saturée de vertiges calculés au millimètre, donne l'impression d'une lenteur paradoxale et infinie. Il y a plus de sons dans la tête d'un sourd que dans le tonnerre d'un ciel. L'écoulement laminaire s'amplifie, les variations sont tantôt des catastrophes retenues, presque invisibles, intermédiaires, comme isolées, tantôt des cataclysmes en phase, lâchés, simultanés, révélés.

Pour mieux voir cette musique de sourd, lecteur, ferme les yeux. Les turbulences s'amplifient jusqu'au trille devenu double, puis triple. Paraboles et sinus. C'est un déluge d'avions. Dans les basses fréquences : une étoile flotte. Beethov fait entrer le maximum d'éternité dans la bulle explosée de chaque note. Il enferme le maximum de hasard dans la rigidité des lois, puis renverse la mathématique : le cosmos, abruti et paumé, zigzague entre des atomes logiques jaillis tout droit du Cercle de Vienne devenu Sphère. Mach est là d'ailleurs : il regarde, muet (lui), Beethov crever tous les murs de tous les sons ! Ce n'est plus Mach 1, Mach 2 ou Mach 3, c'est Beethov 1, Beethov 2 et Beethov 3. Quel chaos d'énervements... L'amour ne devrait plus tarder. Ni l'Enfance... (Beetho(ven) connaît le *grand secret*). L'*ut mineur*, qui a la gueule d'un tronc noir flottant sur des eaux noires la nuit, cède l'espace, soumis au possible à tant de génie et de voyage, à l'*ut majeur* qui forme un lac au Japon (un lac reposant). C'est une saillie vers l'au-delà, tout s'élève. Il existe un point où l'éternité et l'instant ont la même durée. Tout s'apaise : il ne reste plus que de la pulpe de Boeing. Cette mince pellicule de chair écharpée qui monte au ciel, ce sont des lambeaux de poings de Beethoven. Panthéon.

— Moi, me dit François Mitterrand que le débat musical n'intéresse pas, je suis non mort-né, puisque je vis, mais aussi un non-mort né, car j'aime la vie[1].

Paix aux morts endormis dans la tombe stoïque[2] !

---

1. Il y a bien entendu des morts qui sont plus intéressants que de nombreux vivants. Il y a, évidemment, des morts qui sont beaucoup plus vivants que nombre de vivants. Il y a une grande quantité de vivants qui sont beaucoup moins vivants qu'une grande quantité de morts ; mais il y a, aussi, une quantité impressionnante de gens non nés qui sont plus intéressants, plus captivants, plus passionnants, que nombre de gens nés.

2. Victor Hugo, "Hymne des transportés", « La stabilité est assurée », *Les Châtiments*, 1870.

28

Panthéon (5) : Victor Hugo

1885

Hugo, lui, est très content que ça soit du Beethoven... Il adore la *Neuvième*. Il jubile dans la crypte. Il est mort en 1885. Il est « entré » en 1885. Panthéonisé du vivant de sa mort ! Le Panthéon lui était un cercueil naturel, la France un cimetière à sa taille – il est ainsi, lui Hugo, devenu le modèle sépulcral national des grands hommes, comme un moule. A partir de lui, on arrachera définitivement la mort au paradis pour la faire entrer dans la République. L'âme des grands esprits n'a désormais qu'un seul lieu de repos éternel : non plus le ciel magnanime mais la patrie reconnaissante.

— Ô morts, l'herbe sans bruit croît sur vos catacombes, dormez dans vos cercueils ! taisez-vous dans vos tombes !

La mort de Victor Hugo avait zéro an quand Victor Hugo est entré au Panthéon. Hugo venait de naître dans la mort. Parmi les nouveau-nés-dans-la-mort, parmi les nouveau-morts, parmi ceux qui sont entrés au berceau de leur postérité dans l'éternité, on trouve (entre autres) :

Mirabeau (promo 1791), *mais* il fut éjecté du Panthéon (au bénéfice de Marat), donc à l'âge de 3 ans (le Panthéon est la maternelle des éternels) pour « trahison » (comme Marat...) ! On a remplacé un « traître » par un « traître »... ; le général Beaurepaire (promo 1792) *mais* son corps ayant disparu dans une bataille, seul son nom entra dans l'édifice (son landau de grand homme est vide à jamais) ; le député de la Constituante Le Peletier de Saint-Fargeau (promo 1793), *mais* sa famille fit dépanthéoniser la dépouille pour la garder près de soi ; le général Dampierre, héros de Valmy et de Jemmapes, *mais* qui fut lui aussi expulsé de la crypte *manu militari* pour « trahison » par le Comité de salut public ; le duc de Luynes, mais son corps a disparu de son couffin de marbre ; etc., etc., on va pas y passer la nuit éternelle.

Calculs

Voltaire mort avait 13 ans lorsqu'il est entré (promo 1791). Rousseau mort avait 16 ans (promo 1794). Ils sont morts tous les deux la même année (1778). Par conséquent, « Jean-Jacques » (jamais compris cette familiarité : personne n'appelle Kant « Emmanuel », et encore moins « Immanuel » – sa philosophie de la transcendance vient d'ailleurs du rejet total qu'il avait pour ce prénom dérivé d'« immanence » (qui fait « au demeurant », comme dirait Gide, penser à un nom de parfum) ; après tout ce qu'il a écrit, il mériterait d'être rebaptisé Transcendantuel (Transcendantuel Kant, ça *sonne*)), par conséquent, disais-je, et en apparence, comme de son « vivant », « Jean-Jacques » s'est fait griller par Voltaire. Mais en raisonnant comme si (ce qui est toujours le cas pour les génies et les saints) la mort biologique n'était qu'un incident dans une vie humaine (Thérèse connaît ça par cœur), Voltaire étant né en 1694 et Rousseau en 1712, alors Voltaire est entré au Panthéon à « l'âge » de 97 « ans » et Rousseau à 82 « ans » – en relatif, c'est donc « Jean-Jacques » qui l'emporte.

Tu as bien joui dans nos âmes,
Ô vieux sommeil de la putréfaction !

Depuis,
Lune après jour,
Vent après nuit,
Légers ou forts,
Nous attendons[1].

1. René Char, "De 1943", « Au-dessus du vent », *La Parole en archipel*, 1962.

29

Les hommes de cour

Hydrométrie et socialisme

Rue Soufflot, les nuages sont venus, eux ; ils ont fait le déplacement. Si ça se trouve, des nuages d'Orléans... Que sont-ils devenus, vingt-cinq ans après ? Que font-ils aujourd'hui, au moment où nous mettons sous presse ? Toutes les gouttes font des efforts surgouttéens pour tomber très précisément sur le crâne du Président – ce qui les amène à faire des calculs compliqués. A anticiper infiniment.

François Mitterrand aime « la variabilité de la météo », comme dirait Eric Holder, de l'Académie alcoolique : au-dessus du Panthéon, comme dans la crypte qui l'attend et son silence étalé, des formes se défont/font, se fondent et s'assemblent, se soudent, s'entredigèrent drôlement dans l'atmosphère, panthéon céleste d'Arletty, enfant du paradis. On pourrait y déceler des structures, comme dans une vie brouillonne on trace, une fois méprisés vaincus les obstacles et les milliards d'aigris, un trait qui ne tremble : jamais. « Peut-être vivons-nous sans le savoir une intense période de maturation, un moment rare de fermentation d'idées neuves. »

Dans la pratique sexuelle

François Mitterrand est à présent le plus fort. Dès demain matin, 22 mai, les courbatures vont changer de nature dans les couloirs (les couloirs aussi, par parenthèse, les couloirs aussi vont changer de nature) : ce ne seront plus des élongations d'évitement, des courbatures d'évitation, mais des courbatures de courbettes, des tours de rein d'aplatis des palais... Dans la pratique sexuelle, les hommes et les femmes sont prêts à tout donner à leur partenaire avec une démesure qu'on a du mal à imaginer quand on les voit dans le « civil » au lieu d'à poil dans un lit ; dans la pratique sexuelle, il n'y a pas vraiment de limites à la folie, à la démence, à la démonstrativité, à l'inconvenance, au ridicule, au *zèle*. Il en va exactement de même dans la pratique courtisane : le courtisan, comme l'amant, lâche tout, donne tout, lâche toute la purée, sans limite à quoi que ce soit, pour se faire *bien voir*. (Un homme qui baise une femme, que cherche-t-il d'autre qu'à se faire bien voir d'elle, afin de recommencer à la posséder ultérieurement, etc. ?)

— Tu sais, triple buse, m'avait alors lancé Charasse avec une grande satisfaction, tous ces enlaqués à brassards de l'ENA y sont obligés de passer par ma majesté pour accéder à François ! On rigole, je te le dis. Ça leur fait pas plaisir, mon péage... La médisance sur moi fait fureur !

Comme l'obsédé de la chatte ou la salope surexcitée, le courtisan n'a honte de rien : il y a la lèche pour la lèche comme il y a le sexe pour le sexe. On n'attend finalement en retour rien d'autre que le propre plaisir qu'on donne, et ce plaisir de faire plaisir dépasse le plaisir qu'on reçoit en échange du plaisir donné. Le courtisan, par son incessant dément fayotage, ne demande qu'un peu plus de petitesse encore, comme on demande un peu plus d'excitation, un peu plus de mépris, comme on exige une fessée... Il y a une nymphomanie courtisane.

Comme il existe un langage universel des comportements sexuels humains, il existe un langage universel des hommes de cour, des conseillers (spéciaux ou normaux), des collaborateurs, des porte-cotons, des nègres, des inféodés, des soumis, des factotums, des parasites, des technocrates, des porte-plumes, des assistants, des secrétaires généraux, des numéros deux, trois, quatre et suivants. « Les manières de se faire valoir auprès du Prince sont aussi variées que les façons de faire jouir un corps[1]. » Les uns ont un vocabulaire extralogique entièrement composé de termes observationnels, et débouchant généralement sur ce que François Mitterrand déteste le plus au monde, tant comme récepteur que comme émetteur : les compliments. Mitterrand considère les lécheurs comme des merdes ; ce qui leur convient à merveille.

D'autres lèche-bottes (expression que je choisis à

1. Simon Bellechose, *Pragmatisme et manipulation : essai de classification comportementale de l'homme de cour de François Ier à François Mitterrand*, ESP éditions, Rouen, 1991, p. 177.

dessein pour en rester au niveau de la chaussure, même si, chez ces chienchiens, la feuille de rose socialiste est pratique courante, recherchée) fayotent via une terminologie généralement apprise à l'ENA, « Ecole nationale des amibes ! » (Charasse) contenant des constructions théoriques destinées à impressionner le Président. C'est pourquoi François Mitterrand a opté pour les notes rédigées : non parce qu'il comprend mieux les explications écrites que les explications orales (à l'Elysée, c'est *quand même lui* le plus intelligent, *de loin*), mais parce qu'il a pensé que le perpétuel défilé, le perpétuel spectacle, dans son bureau, d'énarques prêts à s'humilier pour se grandir à ses yeux lui ferait énormément de peine, surtout à lui qui n'avait plus la moindre parcelle d'illusion sur les énarques en particulier, et sur l'être humain en général.

Ce qui n'a pas empêché certains de *fayoter par écrit*. Il s'agit alors, se détachant de données empiriques potentielles, de rédiger, « en trois pages maxi », son point de vue acéré et le moins orthodoxe possible, le plus original possible, le plus inattendu possible, le plus « brillant » possible sur la guerre, les peuples, la nation et la fin du monde : ce à quoi François Mitterrand, après avoir corrigé un imparfait bancal du subjonctif, répond en marge par ceci : *Vu*.

Ce qui signifie, personne ne l'a jamais dit mais ce qui signifie : vous vouliez vous faire bien voir ? Eh bien, j'ai : *vu*. Maintenant que j'ai vu, allez vous faire voir. *Extraits* : Note de Lèche-Bottes 4 (mardi 14 décembre 1982) : « Note à l'intention de Monsieur le président de la République. (...) Les postulats anthropologiques semblent ainsi contestables, en leur vision réductrice de l'homme : est-il, en effet, légitime de réduire toutes les conduites humaines, par nature, à un calcul de l'intérêt égoïste ? » : *Vu.* Lèche-Bottes 21, vendredi 17 juin 1983 : « A noter, encore, qu'on peut mettre dans le prépolitique le peuple compris comme une sorte de communauté historique de destin. » : *Mal dit.*

— Monsieur le Président ?

— Mmm...

— Vous avez ma note du 3 octobre sur les montants compensatoires ?

— J'ai vu ça. Attention à l'orthographe, hein.

— Ouimonsieurleprésident. Bienmonsieurleprésident.

— Et puis... N'abusez pas avec les mots en *isme*, hein... Je n'aime pas bien ça...

— Oui... Heu...

— Quoi ?

— Les... Les mots en *ion*, je... Je peux ?

Les archives de l'Elysée regorgent ainsi de notes de ces pigistes du pouvoir qui sont autant de tentatives lècheculiques spéculatives en cosmologie, en biologie, en économétrie, en numismatique et en mécanique quantique, en histoire des civilisations et en hydrométrie. Mais, lorsqu'il s'y attarde un peu plus longtemps que François Mitterrand lui-même, le lecteur, même non averti, s'aperçoit somme toute assez rapidement que ces notes paraphées du lapidaire et humiliant *Vu* ne représentent aucun risque pour les théories rivales actuellement disponibles.

Toujours malheureux

Les courtisans sont toujours malheureux. Parce qu'ils sont toujours humiliés, ce que pourtant ils recherchent ; ils devraient donc être heureux. On ne comprend jamais vraiment, quand on n'est pas soi-même un fayot, cette logique de clebs. De même que les trouillards, les précautionneux, les attentifs et les frileux, ne comprendront jamais ce qui se passe dans la cervelle d'un type qui n'a pas peur de se brouiller avec la terre entière (et le traiteront, irrémédiablement, de « suicidaire »). Miles Davis adorait se « griller » partout. C'était une stratégie, certes cohérente avec son profil de caractériel, mais qui lui permettait, en se foutant lui-même dans une merde inouïe, de devoir s'en arracher par la force du génie, ou plutôt : qui le forçait à n'avoir pas le choix entre le talent et le génie : avec le seul talent, il mourrait, on le tuerait ; avec le génie, il pisserait à la gueule de tout le monde, et produirait encore des mélodies plus inoxydables que l'or.

Inconsolable perplexité des vassaux de couloirs. Circonlocutionnaires embarrassés, en attente d'humiliation. En attente d'une humiliation neuve ; inédite. Une humiliation qu'ils n'avaient pas dans leur « collec ». Gros chagrin des périphrastiques, éperdus d'amour, ô François, je t'aime, je t'aime je t'aime je t'aime. Et toi, tu m'aimes ? Et mes fesses, tu les aimes, mes fesses ? Nombreux, infinis, épars, comme des miettes de sablés dans la poche de costume du Président.

— Monsieur le Président ! se précipite « Jacques

Attila », comme dit Charasse, « conseiller spécial » du président de la République.

— Quoi encore ?

— La doxa monétariste empêche les leviers de régulation d'harmoniser le continuum société civile/ sphère législative : je crains pour les taux à court terme si jamais la FED ne contrebalance pas ce risque d'autoflation walrassienne récursive : je préférais vous alerter.

— Et vous avez bien fait !

Tourbillonnement des mouches à dossiers, on n'est pas là pour éviter le Président, mais pour le rencontrer, le croiser, l'apercevoir, l'entrapercevoir, même une seconde, même par hasard. Quelles migraines, le soir, quelles méningites. Les occiputs sont cassés. Les nuques ont mal. Elysée, galerie des crampes.

J'aperçois toute la troupe qui vous obéit[1].

---

1. René Char, "Sous la verrière", « Alliés substantiels », *Recherche de la base et du sommet*, 1971.

30

Patermaternité

Hala Basha, le retour

En Syrie, le pays d'Hala Basha[1], la filiation se fait par les mères : en Syrie on est le fils de sa mère ; on n'est pas le fils de son père. La mère de François Mitterrand lui a insufflé sa passion pour la Bible. Il y a des mondes, des sociétés dans lesquels le seul père possible, le seul père imaginable, c'est la mère. C'est que la maternité englobe la paternité ; la paternité est un cas particulier (trivial) de la maternité. La paternité, c'est la maternité avec ∂ = constante, avec $\Phi = 0$, sans frottements, « toutes choses égales par ailleurs » ; la paternité, c'est la maternité dans un référentiel galiléen. Dans un laboratoire.

1. Cf. *Jubilations vers le ciel* (1996) et *Partouz* (2004).

Paternité

Quand on est père, il faut recommencer tous les jours ; on est tous les jours un père à recommencer. Etre père, c'est redevenir père chaque matin, c'est faire redémarrer chaque matin la paternité de zéro. Tandis qu'il suffit d'être (ta) mère une fois pour être toujours, pour être tous les jours et tous les matins (ta) mère. Une mère n'a jamais besoin de se recommencer – une mère, c'est un père perpétuel. Une mère c'est automatiquement et quotidiennement reconduit. Ton père est un recommencement épuisant ; tandis qu'il n'a suffi à ta mère que d'être une seule et unique fois un seul et unique commencement. L'effort fait une fois par ta mère est un effort fait pour toujours (il est originel) ; alors que ton père est un effort sisyphéen (il est continuel). Le père est passif ; la mère est massive.

Maternité

Un père peut d'une minute à l'autre, d'un moment à l'autre, un père peut d'un jour sur l'autre cesser d'être un père ; une mère, une mère ne se rature pas, ne se démissionne pas, ne se suicide pas, ne se destitue pas, ne s'abroge pas : une mère se cumule à l'infini, se perpétue dans l'univers, se multiplie et se photocopie, se reproduit sans cesse, identique et reposante, reposée, une mère se donne naissance tous les jours, à chaque seconde elle continue ce qu'elle a inventé, ce qu'elle a breveté, ce dont elle a accouché : la maternité. La paternité est une fonction ; la maternité est une essence. Le fils de son père, la fille de son père, on ne l'est que de temps en temps ; le fils de sa mère, la fille de sa mère, on l'est sans arrêt.

Une mère qui te frappe, c'est une mère qui te se frappe.

Quand tu deviens l'hématome de ta mère, c'est signe qu'il faut partir : les coups c'est ailleurs que ça se prend, comme les bitures. Je sais bien : on n'est jamais mieux frappé que par les gens qui nous aiment – ils nous connaissent ; ils savent où ça fait mal. Ils ont circonscrit la zone.

> Je n'aime pas celui qui fait le malin.
> L'homme fort ce n'est pas mon fort.
> Penser au lendemain, quelle vanité. Gardez
> pour demain les larmes de demain.
> Il y en aura toujours assez.
> Et ces sanglots qui vous remontent et qui
> vous étranglent[1].

1. Charles Péguy, *Le Mystère des saints Innocents*, *op. cit.*

31

Rose monde

Rose Marie

Etre un fils, c'est ne plus avoir de mère. Regarde-les, les fils : ça ressemble à quoi ?... Les petits amas moustachus, poilus, ventripotents dans huit métros, changement Châtelet, arpentant le macadam, les constellations d'importances sexuelles, professionnelles, bancaires, sociales, adultes, sont des corps animés de salariés qui rentrent chez eux dans la perspective de regarder un programme divertissant sur une des nombreuses chaînes de la télévision française.

Leurs mères les ont mis au monde : tout se tient. Ils effectuent des gestes, ont des courbatures, font des opérations commerciales, s'organisent dans des configurations sexuelles particulières en vue d'un orgasme (ou quelque chose qui y ressemble) : et toute cette mécanique n'est plus du fait de la mère originelle, qui nous a laissé vivre une vie sans elle, une vie à nous, libre : elle a fait le plus dur ; maintenant (à présent), il faudra être seul dans le monde incompréhensible, au voisinage immédiat des : gens méchants.

L'Ecriture construit sa généalogie par les hommes, non par les femmes. Pourtant Marie, Mère des mères, a eu une mère. Marie, mère éternelle, est une tautologie matrimoniale – toute mère l'est pour l'éternité ; une fois que la vie est donnée, ce n'est pas la mère qui la reprend. C'est le symétrique opposé de la mère : c'est la mort qui la reprend ; seule la mort reprend ce que la mère a : donné.

Marie fut infiniment mère, mais toutes les mères le sont infiniment : aucune mère n'est jamais partiellement, n'est jamais finiment mère.

Toute mère donne infiniment naissance.

Toute mère épuise, en accouchant, l'essence de ce qu'est une mère, de ce qu'est la mère, de ce que c'est que d'être mère.

Tout enfant est infiniment le fils de sa mère ; nous sommes tous infiniment le fils, nous sommes tous infiniment la fille de notre mère.

Nous ne sommes jamais infiniment le fils de notre père : aucun père n'est infiniment le père de son fils.

Le seul infiniment fils de son père, c'est Jésus ; le seul père infiniment père de son fils, c'est Dieu.

Mais toutes les mères sont équivalentes à Marie ; toutes les mères sont infiniment mères, sont infiniment ta mère.

Nous sommes infiniment le fils de toutes les infiniment mères.

Et quand nous sommes morts, nous sommes infiniment morts – quand nous serons morts nous serons infiniment morts.

Et le jour où nous sommes nés nous sommes infiniment nés.

Nous sommes infiniment nés de notre mère qui est toutes les mères ; mais nous ne sommes que finiment, nous ne sommes que partiellement, que marginalement, qu'anecdotiquement le fils de notre père qui n'est pas tous les pères : mais qui n'est qu'un père.

Notre mère est la seule mère possible ; elle est infiniment la seule mère possible. Mais ton père, notre père, n'est qu'une : possibilité de père.

Et n'est qu'une éventualité de père – et n'est qu'une : probabilité de père.

Naissancification

Il y a des pères spirituels ; il n'y a pas de mères spirituelles : il n'y a que des mères maternelles. Il n'y a que des mères tout simplement et : il n'y a que des mères toutes simples. Il y a des pères qui reconnaissent ou ne reconnaissent pas leur fils : un fils n'a pas besoin d'être reconnu par son père, qui n'est après tout qu'un père : c'est à l'enfant de reconnaître, et l'enfant reconnaît toujours sa mère, même et surtout quand son père ne le reconnaît pas. Le fils n'a pas besoin de *reconnaissance*, mais de naissance tout court. Le héros, ce n'est pas celui qui reconnaît ; le héros, c'est celui qui naît.

Ta mère à 20 ans, et ta mère à 30 ans, ta mère à 40, ta mère à 50 ans, ta mère à 60... Elles font des acrobaties, sur un trampoline : toutes ensemble. Elles se détachent sur un fond de ciel (bleu). Celle qui a les cheveux longs (bouclés, 1975). Celle qui s'est ridée (1994) ; une autre, pas encore trentenaire, mais toujours elle, effrayée par la momie au crâne effrayant, nu, au sourire dévasté par des morceaux de maladie, toujours encore elle. Ce ne sont plus des mères qui font du trampoline, ce sont des années : et ce sont des gestes, des souvenirs et ce sont des ossements, des ossements de mères gymnastes.

Qui c'est ? Ta mère – en garçonne des années 20 ; et là ? ta mère (mon enfant), toujours elle : sa pâleur hivernale, son ventre plat comme une planche (sans plus personne dedans, *personne*), son cheveu roussâtre (il existe peut-être un pays où elle est encore une petite fille rousse) et ce regard de mère dans des yeux de femme.

Je ne suis plus un enfant mais étant toujours un fils, le plus fils des fils que j'aie jamais rencontrés, je rassemble ces mères dispersées dans l'âge et les saltos un seul et unique revêtement de mère, une énergie concentrée de mère pure – et je reconnais ma mère (quand elle venait me chercher à la sortie de l'école maternelle, faubourg Saint-Jean à Orléans, elle était tellement jeune qu'on aurait dit une pucelle ; et je note qu'il n'y a pas, qu'il n'existe pas d'école paternelle).

Aurais-je dragué ma mère de 20 ans quand j'en ai eu 30 ? Quelle mère gâteuse se profile dans mes jours également vieux ? Ne l'aurais-je pas préférée plus grande, mieux roulée, plus à mon goût et moins, un peu moins au goût de mon père, pour qui elle n'a finalement été qu'une femme, dont elle n'a finalement été que la femme – tandis qu'elle a été pour moi la matière de ma peau, la couleur de mes yeux, la folie de mon regard, la violence de mes amours, l'expression de mon délire ? Ma mère, au fond, n'a jamais été que la femme de la vie de mon père, tandis qu'elle a été la femme de la vie de ma vie.

— Je vais le donner en pension.

— A des sévères.

— Oui oh : à des fous. Des vicieux sans BD. Des qui n'aiment pas bien la BD. Et qui verraient d'un mauvais mauvais mauvais œil l'existence des pédés. Et des cocos, des socialos.

— Des rouges.

— Mauroy, tu te rends compte Mauroy c'est grave c'est très grave Mauroy.

— Un ouvrier, hein ? C'était un ouvrier.

— La Mite est un fou dangereux.

— Oh tu sais ça durera pas un an.

— Je leur donne pas six mois.

— Chirac a dit pareil.

— Peyrefitte a dix trois semaines.

— Poniatowski a dit trois jours.

— Lecanuet a dit trois heures.

— Et ce petit con, là, qui rit parce que ces malades sont au pouvoir... Tu verras mon con, quand les chars russes viendront te chercher à l'école pour te ramener faire des maths russes, hein, parce que eux elles sont russes, leurs maths, et les maths russes, tu vas pleurer. Pleurer ! C'est pas moi qui viendrai te chercher en voiture pour te ramener te branler jeux de mots cocos socialos la Mite, ce sont des Russes à chars qui vont passer par la Place Jeanne d'Arc, hop, les quais, Saint-Jean-de-la-Ruelle, en cockpit de char, la Chapelle-Saint-Mesmin, oui oui toi dans le char, tu feras pas le malin avec tes exercices russes de maths à faire, après la Chapelle, Fourneau et Chaingy... Ils te déposeront en char d'assaut ici devant la maison, avec tes slips pleins de merde coco... Parce que dans la cantine : coco mon gars. Coco tu boufferas. Bonne chance, allez fous-moi le camp.

— On le frappe.

— Ouais, on va le frapper. Je termine *Columbo* et on le frappe.

— Génial.

Un jour, on développera, je le sais bien, une nouvelle technologie où l'amour du fils pour la mère, traduit en vibrations, sera transposé sous forme de raies spectrales ; on saura alors quelle couleur nous relie à notre mère. Mais les mères aussi ont leur amour spécial : l'amour filial, empêtré dans son ego surcapricieux, infantile et injuste, ne voit pas que l'amour maternel n'est jamais fixe ; qu'il n'est jamais constant ; qu'il connaît des doutes et des descentes aux enfers. Ce n'est pas parce qu'il se tait plus qu'il est moins haïssant. Une mère n'est jamais immobile par rapport à son fils – et le rejet qu'on peut avoir d'elle, le dégoût, les accélérations de détachement ou les décisions de rupture, elle les connaît aussi ; comme toi, fils, elle les a désirés, elle les a imaginés – elle les a envisagés.

La notion même de mère (NMM)

Les gestes d'amour de ta mère mortelle envers toi peuvent bien défiler devant ton accoutumance à ce qui te paraît être un dû, devant ton indifférence à ce qui te semble être la *moindre* des choses : tu sens bien, en toi-même, que cette constance, cet automatisme de l'amour mécanique des mères envers un fils, dissimule ses variations. Le fils (toi, nous, eux), aveuglé par l'évidence de la notion même de mère, et par l'évidence de la notion même d'amour maternel, ne voit rien bouger. La vision de sa propre mère comme « femme normale », comme « femme comme une autre » (si je puis dire, car seuls les hommes sont des hommes comme les autres – les femmes sont des femmes comme aucune autre) donne la puissante impression que, dans leur amour pour nous, les mères sont immobiles. Les allures, les mimiques, les goûts, les vêtements, les habitudes, les poses peuvent bien défiler devant toi – c'est toujours une mère que tu vois plutôt qu'une femme. Au-delà de la femme, la mère semble immobile.

Car, en réalité, les mères se déplacent à des vitesses vertigineuses : en une année, une mère peut parcourir plusieurs milliards de kilomètres par rapport à l'image que s'en fait son fils. Mais ce n'est que le millième de la distance qui nous sépare de la maternité des autres femmes à notre égard ; ce n'est que le millième de la distance qui nous sépare du degré de filiation qui existe entre nous et n'importe quelle autre femme. La position apparente d'une mère varie si lentement par rapport à ce que nous appelons « une femme » que l'observation la plus patiente ne peut déceler son mouvement propre.

L'immobilité maternelle est une illusion – jamais, en réalité, la mère n'est clouée sur la Croix d'être une mère ; jamais elle n'est figée dans la définition filiale de ce qu'est une mère – de ce qu'un fils attend qu'une mère peut-être soit. Les mères se trouvent dans un état d'explosion violente, dans lequel de grandes îles d'étoiles appelées femmes (ou galaxies) se fuient mutuellement à des vitesses proches de celle de la lumière. Et quand le fils appelle sa mère, selon un mouvement strictement contraire, comme un film à l'envers, elle se rassemble à la même célérité que celle à laquelle elle s'est concassée pour être désirée des hommes – alors la mère, alors ta mère est là.

Des mondes nouveaux
déjà sont ouverts au ciel, pleur
d'ondées, par la mort bleue
de la pluie : me revient l'enfance
guerrière dans le frais tumulte des potagers[1].

1. Pier Paolo Pasolini, « Lettre à Luciano Serra, 1er septembre 1941 », *Correspondance générale 1940-1975*, 1991.

32

Allons z'enfants

> Les troupes s'étaient rangées comme l'exigeaient la nature du terrain et la pente de la colline, mais aussi l'urgence, plutôt qu'en suivant les règles de la tactique et des formations usuelles ; les légions luttaient chacune séparément et chacune dans leur secteur résistait aux ennemis.
>
> Jules CÉSAR.

Rouge garance

Pendant la Guerre 14, aucun Poilu mourant, aucun (jeune) homme et aucun (moins jeune, un peu moins jeune) homme n'a jamais, le visage troué ou les viscères béants, appelé son père : c'est leur mère qu'ils appelaient tous ; c'est maman qu'ils criaient. Dans un langage universel qui était un *espéranto* de l'agonie. C'est que le firmament est concave ; les pères sont convexes. Et l'éternité est concave ; la temporalité est convexe. Le présent, c'est ce qui point ; et c'est ce qui pointe – le présent, c'est ce qui est pointu ; c'est ce qui est *presque* aussi pointu que l'avenir. Le temps passe ; le présent dépasse. Comme une lame d'une poche. Le présent c'est ce qui fait mal – c'est ce qui écorche ; le présent est contondant. L'éternité est concave comme un ventre de mère. Le sexe de toute (ta) mère est concave ; le sexe de tout (ton) père est convexe.

« Maman ! »

Les Poilus appelaient leur mère (dans la boue, le sang, le sang boueux, la boue de sang)[1] ; quand mon père me cognait, c'est ma mère que j'appelais ; et quand ma mère me frappait c'est encore ma mère que j'appelais. C'était aussi peu *défini* qu'en algèbre la division par zéro – mais quand ma mère me faisait du mal c'est elle, c'est ma mère que j'appelais. C'est ma mère que j'implorais. Quand mon père me frappait, c'est ma mère que j'implorais ; et quand ma mère me frappait, c'est l'amour de ma mère que j'implorais.

Tous les Poilus étaient des enfants... C'est pas vrai qu'on a inventé le mot « Poilus » pour décrire le manque de rasoir... La pénurie de coquetterie. On a inventé le dégueulasse mot de « Poilus » pour déguiser des

1. Et Charles Péguy est allé se recueillir, le vendredi 4 septembre 1914, la veille du dernier jour de sa vie, la veille du premier jour de sa mort, la veille de la naissance de lui mort, de Péguy mort, devant une statue de la Vierge ; il a prié. Il n'a pas prié le père (il n'avait pas connu son père), il a prié la mère ; et par Marie la Mère de toutes les mères, la mère absolue.

enfants en hommes. Pour faire croire que les adultes allaient se faire déchiquetrouer dans le brouillard des Vosges, pendant que les femmes et les enfants (pendant que les mères et les enfants des mères) restaient à attendre que la bo(u)cherie finisse. Non : les enfants étaient aux fronts et les adultes, posés de travers dans les salons, goûtant douceurs et clarté du jour, vivant Verdun non par les tripes mais par la presse.

Tu veux quoi ? Que je te calcule l'âge d'Alain-Fournier en secondes ? Quand il est mort au front ? Ça ferait pas tant que ça. Ton poids en kilos de sable du sablier ? Et en kilos de terre qui pèse sur son corps d'enfant : sur son corps enfant. Fauché à 27 ans et demi : Alain-Fournier est mort de son vivant. Les restes de l'enfance de son corps ont été retrouvés en 1991, dans des fougères... Quand on a exhumé les restes, sa jeunesse était encore devant lui.

Je dis pas. *Le Grand Meaulnes* (1913) serait un premier roman comme les autres si Alain-Fournier était mort à 89 ans en 1975. Mais il est mort en 1914 à 27 ans et demi. *Le Grand Meaulnes* : manuel d'adolescence et d'automne. Roman rouille feuille. Littérature de flaques... Prose pour sous-bois : d'accord. Moquons-nous : qu'importe : *Le Grand Meaulnes* n'a pas besoin de nous pour être ce qu'il est dans les siècles : un premier dernier roman d'adolescent mort.

> Quand la tache de sang a fait tellement
> tache d'huile qu'on cesse de la voir[1].

1. Michel Leiris, *Frêle bruit*, 1976.

33

Tableau noir

> Le monde ne commence pas avec soi. Couper ses racines pour mieux s'épanouir est le geste d'un idiot. Il n'y a pas d'imagination sans mémoire.
>
> François MITTERRAND
>
> *à 64 ans, 1 mois, 12 jours.*

« O mathématiques sévères ! »

J'ai donc renoncé aux bédés de pédé : j'ai à la place fait des mathématiques. De manière appliquée. Dans les fractions *toute la journée* : à compter des billes, des lambdas, des bêtas. J'ai appris des règles par cœur : lemmes, théorèmes, et aussi des : axiomes et aussi des : postulats. Des choses avec des additions + des soustractions, parfois des divisions (plus compliquées) ; des multiplications (très souvent). Je suis allé en Maths sup, après le Bac C : on appelle ça aujourd'hui le « S ». J'étais nul. On m'a un peu forcé la main...

— Sinon c'est SDF je frappe Watteau bédé Spirou con.

J'étais au fond du trou des maths. Déprimé à mille pour cent sur mes Euclide Cauchy Gauss. Je faisais moins l'arrogant : l'intelligence était plus intelligente que moi. Je ne comprenais pas ce que je faisais : je comprenais encore moins ce que faisaient les autres. Je manquais d'essences mathématiques. Je me rapetassais très humblemédiocrement, minusculopetitement, sous les tonnes de milliards de formules trop puissantes pour mon cerveau qui, devant les difficultés théoriques de l'algèbre, de l'analyse, devenait soudain « littéraire ». On est « littéraire » quand les autres tout autour de nous sont meilleurs que nous en maths.

Il y avait le professeur de mathématiques, et devant un tableau mathématique, des étudiants matheux : ils avalaient les logiques. Ils dévalaient les grands concepts, les idéalités, les espaces vectoriels. Ils aimaient les matrices. Ils se faisaient sans doute enculer par des vecteurs, des tenseurs. J'ai renié toute mon insolence pour me consacrer à la mathématique. Je me suis abstenu de chier, de pisser, de manger, pour comprendre des choses difficiles que je ne comprenais quand même pas.

En Terminale, j'écrabouillais les autres : c'était le contraire maintenant. Je mourais sous les cracks : humilié par des caïds de l'hypothético-déduction. Je me rassurais vaguement en me disant : « les incultes ! ». Ce ne furent pas de belles années, genre miel et godemiché, caviar et salopes au lit. Non : branlettes mécaniques, souffrances et agonies. Mes systoles, mes diastoles : tout mon corps humain consacré aux paraboles, aux lemniscates, à des intégrales triples, quadruples, à des éternités géométriques, à des chimies haut niveau. Je n'avais plus de corps (et plus de main, plus de bite). Je bitais rien : mais rien.

Et voyais mes congénères aligner les facilités : comme dans un espace détente. Et vas-y donc que je te comprenne les coupures de Dedekind, la géométrie analytique, le paradoxe de Schwartz, le problème de Ménechme. Ah ! Le problème de Ménechme : très vexant. Il datait, ce problème, du IVe siècle avant Jésus-Christ, et mon cerveau à moi, qui était quand même beaucoup plus contemporain de maintenant, qui avait salement eu le temps d'être moderne, évolué dans son évolution – mon cervelet moixien avait eu treize siècles de compréhension, d'extension, d'intellectuation devant lui : mais non, il restait interdit coi idiot con (ma mère avait raison : un con) devant des énigmes résolues par des êtres en poussière, qui ne connaissaient ni le cinéma, ni les livres, à peine la roue.

J'allais quand même dans les calculs, hein : dans les notations, le symbolisme, le vocabulaire, le langage des noyaux, de « caractéristique différente de 2 »... Les quaternions d'Hamilton. Les octaves de Cailey. L'espace courbé des masses : on te demandait : « Tiens, petit ! explique-moi pourquoi l'espace se courbe quand une masse s'approche, et tu auras une bonne note. » Elles ne s'attirent pas, voilà. Courbures ? Pas très clair : coordonnées, Pythagore, l'ellipse, des calculs formels, la quadrature de la lunule, cylindre R, 2R, Cône R, 2R, Sphère R... La section du cône par P est une ellipse, par P' ? Une parabole !

— Une parabole !

— Un polyèdre...

— Le p-ème terme de la n-ième ligne du triangle de Pascal s'obtient en additionnant le terme occupant l'emplacement (n – 1, p) et celui de l'emplacement (n – 1, p – 1)...

— Moix est d'accord ?

— T'es d'accord Moix ? (Toute la classe qui me demande, à moi l'idiot.)

— Bon, si Moix est d'accord, alors tout le monde est d'accord. C'est de la logique ! Je continue donc... Ceux qui « collent » avec moi là-dessus ce soir, ce sera au programme, je vous préviens... Bon, donc, la somme des nombres de la n-ième ligne vaut 2n – 1. Tout nombre est la somme des nombres de la colonne précédente jusqu'à la ligne précédente. Et les diagonales donnent la suite de Fibonacci 0, 1, 2, 3, 5, 8... D'autre part l'hypocycloïde de Steiner, comme on l'a vu, est tangente à MH, à laquelle s'applique le critère, *n'est-ce pas Moix*, de Simson-Wallace, ne reste plus alors qu'à l'étalonner par le processus de Kalberg, et le soumettre au théorème d'incomplétude de Gödel, dicté par l'axiome du choix de Zermelo, et après c'est du Laplace tout con, en se replaçant bien entendu en semi-euclidien, et non pas, comme j'en ai vu certains, en non-legendrien qui donnerait des résultats erronés pour une relation d'ordre – Moix, vous allez passer au tableau et montrer comment on peut emboîter cette structure logique dans la théorie des agrégats de Weierstrass pour un ensemble non fini de rationnels. Allez zou ! Au Panthéon, Moix, puisque ça vous travaille tellement y paraît, sachez que y a pas que des « littéraires », hein, vous devriez savoir ça avec votre

« culture », oui, vous avez Condorcet dans les grands matheux grands hommes...

— Oui oui... Et Marat !

— Donc, je continue : soit f une fonction réelle, définie dans un intervalle [a,b] et une suite (x_i), $0 \leq i \leq n$ telle que $a = x_0 < x_1 < \ldots < x_{n-1} < x_n = b$.

— Marat...

— Je pose ensuite, n'est-ce pas, $\partial_i = x_1 - x_{i-1}$ et $S = \partial_1 f(a + \varepsilon_1 \partial_1) + \partial_2 f(x_1 + \varepsilon_2 \partial_2) + \ldots + \partial_n f(a + \varepsilon_n \partial_n)$, où, bien sûr, $0 \leq \partial_i \leq 1$. (Il se retourne vers son auditoire, désignant les formules du doigt.) Si la somme S a la propriété, de quelque manière que les ∂ et les ε puissent être choisis, de s'approcher indéfiniment d'une limite fixe A, quand les ∂ tendent vers zéro, cette limite s'appelle la valeur de l'intégrale... Et alors on a : $\int [a,b] f(x)dx$ = quoi Moix ?

Je reste muet comme une carpe.

— Et ça veut intégrer Polytechnique ! Et ça rêve des Mines de Paris ! Y en a qui vont avoir des mauvaises surprises au concours ! Qui vont terminer à Céramique Mulhouse ou à Robinetterie Béziers !

Le professeur (de mathématiques) ne me criait même plus dessus à la fin : il n'avait plus rien à dire à mon cortex, à mes neurones. Je n'étais plus pour lui (il avait raison) qu'un appareil digestif installé devant un tableau saturé de chiffres qui n'avaient pour moi (et pour moi seul !) aucun sens, chiffres et lettres, et nombres, lettres grecques, russes parfois, serbo-croates, *qu'importe*.

Polytechnikourien

Et oula oh ooolalala ma mère qui faisait les marchés, accourait dans des ruelles, les plus culs-de-sac, sombres, dangereuses, à dire se vanter : « Mon fils est en Maths sup ! C'est spé l'an prochain ! C'est une tête grosse. Il va ramener des feuilles avec son nom comme quoi il va faire Polytechnikourien. »

— C'est quoi Polytechnikourien ?

— Ben une grande école avec des Σ et des ∫, des π et pis aussi des Π et des √ dedans, que prépare avec beaucoup de travail mon fils qui n'est pas tant que ça un con pédé. Le premier qui l'insulte, je le tue. Vive mon matheux doué sup fils, et viendra demain le temps béni de mon très doué matheux spé fils ! J'ai enfin un fils supérieur, et je vais enfin avoir un fils spécial. Mais ça, à la réflexion, je me demande si j'étais pas déjà au courant.

Planqué sous un bureau, je ne demandais pas mon reste : je voulais que les mathématiques me lâchent les mollets. Elles remontaient jusqu'aux cuisses, elles faisaient des exercices sur mes jambes, je regardais à leur insu, je trichais. Je trépassais dans les livres de cours : ce n'étaient pas les mêmes notations que celles du prof... A devenir fou ; pas homogène, en rien. La cabèche en feu, furoncles, début de dépression c'est sûr.

J'entrais dans ma chambre en pleurant : le moral en dessous (de tout). J'imaginais dehors les (douces) jeunesses qui s'échappaient de cours moins compliqués pour aller louvoyer dans les slips des filles non matheuses, non mathées, non mathématiques, non mathématisées : aromatisées. Les files devant les cinémas... Ceux qui baisaient pendant que moi, je me faisais baiser (par la société, le système), et comme bientôt, encore, j'allais me faire baiser par l'Etat sous la forme de l'Armée – un an de ma vie qui partira en fumée, *un de plus*. Maintenant à faire des équations, demain à faire du tir ; taupin ici, là lieutenant. C'est quelque chose de très désagréable, l'avenir, quand on a 20 ans. Je rêvais de choses en couleurs avec plein de, je sais pas moi, jaune.

Cesser toute activité scientifique et quitter l'équation de Fermat, le théorème de Plutarque, les points de Lagrange, les monoïdes unitaires, les noyaux, le calcul différentiel, la topologie du discontinu, le développement décimal illimité, l'axiomatique de Hilbert, les corollaires, les relations de congruence, l'algorithme de Matiassevitch, les fractals de Mandelbrot, les fonctions continues non dérivables, les inégalités de Roberval, la kampyle, la cissoïde de Dioclès, le lemme des Bergers, les maxima, les minima, les asymptotes, les nombres transcendants, les logarithmes népériens et les logarithmes décimaux, le corps des imaginaires, les sept ponts de Königsberg, les hachages, les collisions, les nombres k-adiques, la formule d'Euler – j'arrête.

Changer de voie, me « lancer » dans autre chose, oui : dans quoi ? La bande dessinée, mais non : ça, ce que tu lis, ça ; et le cinéma (les films de moi, camarade, que tu iras voir dans les salles)...

— Fi de putain, mon crapaud ! hurledejoite Poelvoorde sur mon portable. C'est enfin venu le temps des films ! J'ai cru que tu allais repartir avec des maths à faire chez toi dans un tableau noir et des craies, des trucs à résoudre en *x*... Tu me fais des frayeurs... Bon, alors attaque, hein : je lirai ton scénario comme un chameau. Je suis très là, hop et bosse, chameau haha !

Cette belle Loire

Je ne respirais pas bien parce que je n'osais pas crier à la face de madame Mère que les mathématiques c'était pas ma came et que c'était du caca ; que je n'étais pas dans le bon cerveau pour ça. Que mes mathématiques devaient se situer ailleurs (j'ai pas prononcé le mot « dessin »).

— Tu es un dégueulasse : tu feras pas ton con et tu travailleras pour passer en Maths spé, sinon, nous allons pratiquer sur toi des tortures neuves. Non encore complètement brevetées... Des spécialités du Loiret, de la Région de cette belle Loire, qui ondule. Des supplices de la Sologne. On va te remplir la bouche d'excréments, tu avaleras terre, orties et petits méchants serpents, et un oncle disparu reviendra pour toi rien que pour toi, la nuit, pour t'arracher fantastiquement les ongles, à l'unité... Nous travaillerons ton corps à plusieurs. On finira par s'approcher des autopsies, gaffe. Tu seras dedans la souffrance, avec de la varice éclatée, des morceaux de fils de fer sous les ongles et sous les yeux, des petits tessons de bouteille sous les pieds, laine de verre pour dormir dans ton froid de la cave, pas d'eau : et j'oublie pas pratiques chinoises nègres, des supplices bantous de Shanghaï.

Je mêle au passé le présent comme à mes bras le linge lourd

Et cette nuit pour moi la mémoire fait patte de velours

Tout prend cette clarté des choses dans la profondeur des eaux[1]

1. Aragon, « Le mot "vie" », *Le Roman inachevé*, 1956.

34
Mitterranland

Blancs draps

Je dors ce soir à Château-Chinon, dans la chambre de François Mitterrand, à l'hôtel du Vieux Morvan. Je fais face au miroir dans lequel, pendant trente ans, François Mitterrand s'est reflété, miroir habitué à ne réfléchir, à ne renvoyer pratiquement que du Mitterrand.

— Pardonnez-moi si je m'attarde sur le cas de Château-Chinon. Que voulez-vous ? Je parle de ce que je connais. Je ne propose pas en modèle ce petit monde qui est le mien. Mais combien de microcosmes comme celui-ci expriment mieux que les discours abstraits ou de fameuses théories la réalité de vie...

Dans le lit de Mitterrand : j'ai dormi. Il n'y a pas grand monde dans l'hôtel. Un type de trente ans en uniforme, une blonde imbaisable, quelques enfants assez laids, et un chien qui va pas tarder, me semble-t-il, à claquer d'un cancer des chiens.

J'ai essayé de me débarrasser, avant de partir à

Mitterranland, de toutes les filles avec lesquelles j'ai pris l'habitude de coucher. Baiser n'est jamais le problème : c'est ce qu'elles exigent *après* la pénétration qui complique tout. Il y en a qui veulent, par exemple, prendre le petit déjeuner avec moi. D'autres que ça « amuserait » de me « regarder travailler ». Une troisième catégorie de filles « désirent » retourner au lit, afin d'écarter une nouvelle fois les jambes. Le problème, c'est qu'il faut que j'aille nager et je suis bien trop avare de mon temps de piscine (l'écriture je m'en fous, je n'écris *presque jamais* : personne ne m'a jamais vu écrire) pour le dépenser facilement en positions érotiques. Il me reste peu de temps, en réalité, pour devenir un très grand nageur.

Au restaurant

Au « restaurant » du Vieux Mourant, je dîne seul à une table et *elle* aussi, à une autre table. On se fait face. *Elle* n'est « pas dénuée de charme » et j'ai envie de connaître son prénom. C'est un charme étranger. Plus tard, quand nous coucherons enfin ensemble, elle me dira qu'elle s'appelait M. et que la vie, pour elle, n'a plus la moindre importance.

Elle me sourit depuis sa table... Je suis trop « timide » pour sourire en retour ; je plonge bêtement mon regard dans un magazine. Son visage est léger et absent. Elle porte des lunettes par intermittence, ce qui lui donne un air d'institutrice. Elle lit aussi. Des livres de philo. Mon portable sonne...

— Hé, mon con ! Y paraît que tu continues à annoncer que je vais jouer Mitrand dans ton prochain film ? Tu me prends pour Maïkeul Bouquet dans un « spécial Arte » de Guiliguian ou quoi ?

— Mais pas du tout, Benoît, je...

— Je te préviens : si c'est pour avoir un bonzomme qui rigole dans *Télérama*, tu te passeras de mon génie ! Demande à Mamalric, un président des Français il te joue ça fastoche, lui ! Y peut tout jouer Mamalric : une feuille de laitue SM, un caniche dictateur, un jeune berger sur Mars, tout ! Y lui suffit de rouler des yeux, là, tu sais, quand il pond ses yeux, et c'est dans la boîte à césar !

— Je te dis que ça n'a rien à...

— Si tu veux, à la rigueur, je veux bien faire Louis-Pierre-Pantaléon Resnier, at the rigueur ! Hein ! Mais en apparition... En silhûette ! Mais payé... Oula : payé.

— Oui mais je te dis que...

— Allez tchao mon pantin ! Mais, hé...

— Quoi ?

— Fais bien attention à ce que j'en vienne pas à te mépriser, hein ? Passque j'ai dans l'horreur de mépriser mes amis ! Bité ? Oh ! Kapiert ?

— Mais je...

— Allez tschüß !

Dans le miroir qui renvoyait à François Mitterrand l'image de François Mitterrand, c'est Janus Moixus que je vois aujourd'hui. Mal rasé. Ou plutôt : très bien pas rasé. J'ai peut-être, j'ai sans doute été laid : à présent je suis beau.

— Comme Mamalric !

Il y a encore trois, quatre livres, j'étais laid – c'est fini tout ça. Définitivement. J'ai un truc : je fais complexer les autres. Surtout les très jolies filles – sachant que j'ai raison de les percevoir comme elles seules se perçoivent (et comme elles pensaient être les seules à se percevoir, paniquées à l'idée que quelqu'un d'autre les perçoive ainsi) elles se rapprochent infiniment de moi en réclamant des compliments que je ne leur concède *jamais*.

Dubuffet

Je laisse la parole à Jean Dubuffet, pour quelques secondes (pour quelques lignes : effroyable correspondance entre l'imprimé et le temps : quand on achète un livre, on achète le temps qu'on va passer à le lire). Ouvrez les guillemets (c'est Dubuffet qui parle) : J'aimais les peintures que font les enfants, je ne visais à rien de plus qu'à en faire d'équivalentes, pour mon seul plaisir. J'étais dans le sentiment que des peintures dépourvues d'habileté comme sont celles des enfants, faites sans effort et rapidement, peuvent être aussi efficaces, voire davantage, que les tableaux produits dans le circuit culturel, et qu'elles peuvent être aussi surtout porteuses d'apports inattendus offrant à la pensée des ouvertures nouvelles[1]. Fermez les guillemets. A la ligne.

« Je resterai peut-être toujours un enfant », dit Zola (promo 1908), sans s'apercevoir, ou faisant semblant de ne pas s'apercevoir que, comme tout génie, et comme tout saint, il ne l'est pas resté (enfant) mais il

1. Jean Dubuffet, *Bâtons rompus*, Paris, Minuit, 1986, p. 8.

l'est devenu, il a travaillé pour le devenir. Zola : « Une de ces âmes faites d'amour, bonnes pour aimer et pour pleurer. » Les enfants, les enfants biologiques, les petits enfants humains ne sont pas faits d'amour, mais de haine ; les enfants qui le sont, les enfants qui le restent ne sont pas faits d'amour, ils sont faits de haine ; sont faits d'amour, par l'amour et pour l'amour, les enfants majuscules, les *E*nfants : ceux qui le deviennent. Ceux qui mettent une vie à le devenir. On s'approche du *grand secret*...

> Ma petite espérance est celle
> qui s'endort tous les soirs,
> dans son lit d'enfant,
> après avoir bien fait sa prière,
> et qui tous les matins se réveille et se lève
> et fait sa prière avec un *regard nouveau*[1].

1. Charles Péguy, *Le Mystère des saints Innocents*, *op. cit.*

DEUXIÈME PARTIE

Révolution

Moi, je préfère déranger.

François MITTERRAND

à 54 ans, 5 mois, 12 jours.

1

Elysée

> La liberté, c'est passer d'un état à l'autre, c'est s'arracher à quelque chose. C'est donc une rupture.
>
> François MITTERRAND
> *à 78 ans, 5 mois et 6 jours.*

Les aventures de Tintin

Mitterrand arrive à l'Elysée. Son bagage théorique est nul... Il connaît, de la politique, tout ce qu'on peut en connaître – tout ce qu'on peut en savoir. De l'économie, il ne connaît rien. Il entre à l'Elysée comme il y est parvenu : au culot. Mitterrand n'a pas, en économie, le niveau d'un étudiant en deuxième année de Sciences-po. Il a même pas le trac.

Mitterrand ne fait jamais de complexes. Ni par rapport aux choses, ni par rapport aux êtres ; ni par rapport aux événements, ni par rapport aux hommes. Jamais François Mitterrand n'admettra être inférieur à quiconque (sauf peut-être à lui-même). Du moins chez ses contemporains – il concède, il admet que, dans l'histoire de France, certaines figures sont indépassables : mais il ne peut s'empêcher de les considérer comme des collègues. Non qu'il soit ivre de grandeur, non qu'il soit plein d'omnipotence : mais il sait que, désormais, il est au moins aussi grand que ce qu'il est parvenu à faire ; aussi grand que l'exploit qu'il est parvenu à réaliser : faire entrer le socialisme à l'Elysée, au suffrage universel, sans décès ni démission de prédécesseur. Il est le premier Président socialiste de la Ve République ; et le premier Président à qui l'on a *passé* le pouvoir. Car il n'y a pas eu démission : il y a eu passation. Car il n'y a pas eu décès : il y a eu relais.

Mitterrand arrive à l'Elysée et, technocratiquement, il ne vaut rien. Techniquement, il ne vaut pas un clou. Les instruments du pouvoir, dans les démocraties occidentales, se sont modernisés. Se sont complexifiés. Se sont mathématisés. Il y a de l'économie, de l'économétrie, de la microéconomie, de la macroéconomie.

Giscard d'Estaing fut le Président de l'intellect : François Mitterrand sera celui de l'intelligence. De Gaulle ce fut l'intuition, Giscard l'intellect et Mitterrand, l'intelligence. Et Pompidou ce fut l'instinct ; Chirac ce fut l'instant. On peut conduire la France par l'intuition ; on peut la conduire par l'intellect ; on peut la conduire par l'intelligence – on ne peut la conduire par l'instinct ; et on ne peut la conduire par l'instant.

Pour la première fois depuis longtemps, le pouvoir est entre les mains de littéraires, de cheminots, de poètes et de doctrinaires du dimanche, de bons vivants et de bons camarades, qui ne savaient de leur gauche que ceci : elle était eux-mêmes et rien qu'eux-mêmes, et que l'habillage économétrique, financiométrique, technicométrique pourrait attendre un peu dans un couloir, laissant défiler d'abord la garde républicaine dans son habit hiératique héroïque rigide historique séculaire. Les aventures de Mitterrand à l'Elysée commencent. C'est comme de la BD !

— Au fond, mon seul rival, c'est Mitterrand, dit Tintin.

Mitterrand et Mauroy ne savent pas à quel point ce ne sont pas tant les mots que les chiffres qui les attendent – qui les réclament. Ça va poser de légers problèmes aux lecteurs de classiques, aux amoureux de la prose classique française, que soudain se déguiser en expert, et faire HEC en deux jours, en deux heures s'il le faut, ou un IUT d'économie, en cours du soir, pour rattraper le programme.

Le programme ? Celui qu'ils s'apprêtent à mettre en œuvre aujourd'hui, quel culot, quel courage, quelle inconscience, devant toute la France. Parler de taux, d'investissements, de PIB, de stagflation à tout un pays, sans connaître (je parle de Mitterrand et Mauroy) les définitions, les implications, les modalités d'application, chapeau, bravo : cela s'appelle la folie totale ; le stress est l'ennemi ; il peut faire mourir ici et maintenant.

Mais Mitterrand est calme, étudiant en lettres dans une classe de Maths sup, largué par chaque théorème, bloqué à chaque postulat, interdit devant la moindre équation, incapable de débuter le moindre embryon de prémice de commencement de démonstration. Les énarques, les HEC, les X sortent par centaines de leurs trous, comme des rats, de leurs terriers, comme des lièvres, et, à la vitesse de la lumière, ils reprennent de zéro les dossiers.

Il va bien falloir que Mitterrand et Mauroy sachent *exactement* ce que signifie le mot « chômage », non pas seulement littérairement, non pas seulement romanesquement, lyriquement, hugolâtrement, bibliophiliquement, marxistement, poétiquement, chansonnièrement, stylistiquement, harmoniquement, mais aussi officiellement, scientifiquement, INSEEtement, catégoriquement, micro-économiquement, macroéconomiquement, politiquement, socialement, structurellement, conjoncturellement, géopolitiquement. Mitterrand, Mauroy vont retourner à l'école : une sorte d'ENA pour les nuls destinés au pouvoir exécutif, aux dirigeants de l'Etat. Avec cours magistraux et interros surprises. Jean Peyrelevade, conseiller économique de Matignon rend les copies, les corrige, met des notes sur 20.

Quand Mauroy n'a pas révisé, il flippe. La tentation est grande de sécher les cours les jours d'interro. Pierre préfère les devoirs à la maison. Il triche un peu en regardant les réponses dans des manuels de seconde, première, terminale. En décembre 1981, Mitterrand participe à la célébration du centenaire d'HEC : tous les étudiants présents, et les ex-étudiants, tous diplômés, tous les HEC présents ont, en économie, en finances, un niveau que François Mitterrand n'a pas – n'aura jamais. Sa seule issue c'est d'inventer, par inconscience et incompétence, une économie non euclidienne, cubiste, dadaïste, surréaliste. C'est une manière, très saltimbanque, byzantine, exotique, de se libérer des réflexes obligatoires et des lois de la pesanteur de la réflexion économique traditionnelle.

Extraordinaire culot :

Diriger la France en étant nul en éco et choisir comme premier Premier ministre un homme nul en éco. Quand les technocrates, les experts, les économistes, les spécialistes entrent dans le bureau de l'Elysée transformé en annexe de Sciences-po, des termes comme « prix », « déficit extérieur », « déficit budgétaire », « croissance riche en emplois », « réajustement monétaire », « logique de déflation », « situation de stagflation », « hyper-indexation » font leur entrée tardive, mais obligatoire, violente (fracassante) dans les esprits, dans les cerveaux, dans les intelligences, dans les intellects, dans les têtes, dans les crânes du président de la République et de son Premier ministre. C'est comme piloter un Airbus A-320 sans même avoir un simple permis auto. Mais Mitterrand ne stresse pas ; tout va bien. Il s'est persuadé que ce langage, très objectif, peut être remplacé par son langage à lui, très subjectif. La politique demande à l'économie d'aller se faire foutre. Le style, ce n'est jamais la technique. La politique c'est le style ; l'économie c'est la technique. La politique c'est un homme. La technique, c'est les profs, les spécialistes, les techniciens, les technocrates : ce sont tous les hommes au service d'un style.

Déficit budgétaire

Jean Peyrelevade commence son cours magistral. Ses étudiants, ses élèves, aux pupitres bien rangés, s'appellent le président de la République française et le Premier ministre du gouvernement français.

Peyrelevade – Il faudrait limiter le déficit budgétaire à 3 % du PIB, monsieur le Président – (silence de mort) Monsieur le Premier ministre ! (Mauroy sursaute, s'étant un peu avachi.)

Mauroy — Heu... oui ?

Peyrelevade — Vous pouvez nous rappeler ce qu'est, exactement, le PIB.

Mauroy — Oui... ben... En réalité c'est quelque chose qui... est brut... comme le prix du baril de brut...

Peyrelevade (soucieux) — Mais... encore ?

Henri Guillaume tente de souffler (il est l'un des autres conseillers économiques de Matignon).

Peyrelevade (énervé, à Guillaume) – Hé, oh ! On ne souffle pas !

Mitterrand regarde ses souliers (on dirait des Church's) ; il aimerait qu'on l'oublie un peu : le PIB, il n'a pas révisé. Il voit ce que c'est, en gros ; c'est un mot qu'il a déjà lu dans des livres empruntés à la bibliothèque du parti ; c'est un terme qu'il a très (très) souvent rencontré dans les journaux – de droite, de gauche, du centre. Il sait qu'on peut prononcer soit « P-I-B » (« péhibé ») soit « pib », mais il ne s'en explique pas totalement la raison. Quand on prononce « Mit-ter-rand », il le sait, c'est qu'on l'aime bien ; quand on prononce « Mitrand », il le sait, c'est qu'on ne l'aime pas beaucoup (Delon dit « Mitrand », clame

Roger Hanin, parfait : moi je dis « Dlon »). Est-ce que ceux, donc, se demande Mitterrand (un peu amusé) qui disent « pib » n'aiment pas le PIB ?

Peyrelevade — Bon, alors, en gros, personne ici, personne de Matignon ni personne de l'Elysée ne peut m'expliquer, si je comprends bien, la phrase « limiter le déficit budgétaire à 3 % du PIB » ? C'est assez grave, messieurs, car je vous annonce quand même que c'est la décision qu'il va sans doute falloir prendre.

Mitterrand a entendu Peyrelevade prononcer PIB « péhibé ». « Ça ne m'étonne pas, se dit-il... les technocrates passés par Polytechnique ont des têtes à l'adorer, le PIB, à le vénérer. A le ramener à leurs enfants le dimanche pour jouer dans le jardin... Le PIB, pour lui, ce doit être comme moi pour les vieux livres : une passion. »

Peyrelevade se tourne à présent vers le président de la République :

— Monsieur le Président, pourquoi 3 % du PIB ? Et pas 2, ou 4, ou 5 ?

— Je ne suis pas certain que c'était à réviser pour aujourd'hui, cher Peyrelevade...

— Mais,... Monsieur le Président...

— Assez perdu de temps, n'est-ce pas ? Vous me mettrez tout ça sur des fiches, hein, des mémo-bacs, et je les consulterai...

— Mais...

— Et faites-moi ça bien, hein... Je veux que ce soit concis et clair...

Du coup ma mère s'emballe :

— Tu vois Mitrand il aurait dû faire Maths sup,

spé. Des choses plus déductives, plus trigonométriques, plus métriques même : plus métriques tout court. Les littéraires c'est comme des dessinateurs de pédés. Avec Tintin Braque, avec Blondin et Cirage et Michel-Ange. Il n'a pas dû se faire frapper suffisamment cet homme-ci, moi je te le dis. Avec moi il eût fait Poly, comme son frère Robert, qui lui aurait mérité d'intégrer l'Elysée en bizuth, pas en carré, en bizuth. Bon, pas grave : la droite reviendra balayer le tout. Sinon, fils, je trouve que tu sens toujours autant extrêmement mauvais, tu devrais t'en aller de la maison, la saleté je ne supporte plus : si tu allais faire ton armée, non ? Te mettre en kaki, loin très loin de mes narines : je ne veux plus de toi, tu sais, dans mes parages maternels, n'est-ce pas, je ne veux plus de toi dans mes marages. Et ton père ne veut plus de toi, non plus, dans ses parécages, ni moi dans mes marécages. Mets un casque, déguise-toi en fusilier marin, et va-t'en. Marcher dehors la nuit, troupe et croquenots, dans les provinces de la France, te fera du bien, loin dc Wattcau, loin dcs Marsus, loin dcs cocosocialocommunistosocialistes, et tellement, tellement loin de Picabia, de Gaston Lagaffe et de Duchamp. Fous le camp saloperie : s'il te plaît. Tu es encore là ? Il est encore là le petit enculé.

— Frappe.

— Il est un peu grand, non ?

— Appelle les flics.

2

Gadvô

> Nous sommes allés au service militaire sans bonne grâce.
>
> François MITTERRAND
>
> *à 28 ans, 7 mois et 26 jours.*

Verdun

J'ai fait mon service, par conséquent. Préparation militaire supérieure (PMS) d'abord, pour que les choses sérieuses puissent : commencer. Ensuite aspirant, chef de section : mais avant, les classes. Six mois de classes. Dans le génie, Angers. Et puis l'artillerie, Draguignan. Et enfin six mois à Verdun, au 3e Rama (Régiment d'artillerie de marine). Les Troupes de marine (TDA). L'ancienne « Coloniale ». La « Colo »... Comme Ernest Psichari.

Je suis arrivé avec des cheveux. Pas longtemps, tondeuse, dignité : on ne te souhaite pas la bienvenue. Pas la moindre. Il faut se préparer aux cheveux courts, au crâne sans rien, pour être chef, donner des ordres, hurler, se calmer, jouer les sérieux, les convaincus, les courageux, les persuadés, les héros (de Verdun), les patriotes, les Français, les matures, les perspicaces, les sécurisants. Moi, chef de section ! Avec quarante soldats derrière le dos, sur les épaules, dans la forêt, sur les dunes, au bout d'un rocher, sous des averses, sur un terrain, un pas de tir, à la piscine, sur le stade, dans une fosse.

Mais avant : je suis passé par les mêmes sévices, les mêmes parcours, en plus ardu, en plus sadique, en plus physique : « officier », ça exige de la sueur, des larmes, pas forcément du sang, mais il faut que tu en donnes quand même, transfusion, morale, courage : valeurs. Mitterrand avait été chef, il n'y avait strictement aucune raison pour que je ne le devienne pas à mon tour. Chef de quoi ? De têtes gentilles de nœuds, de triples buses charassiennes, de très débiles êtres humains, mais adorables : cent fois plus que ceux que j'ai croisés depuis à Paris, dans les rédactions floues des journaux où, du matin au soir, on multiplie les frousses, les coups bas, les trajectoires minuscules, les vols de stylos Bic, les tasses à café, les cuillères à thé, les sucres, les sucrettes.

Ils n'étaient pas très « évolués », dans ma section : je ne vais pas mentir. Je les aimais beaucoup. Beaucoup. Pas malins, mais. Pas fins, mais. Tout est dans le mais. Mais : jamais méchants. Jamais ironiques. Jamais au « second degré » – degré que je déteste. Degré qui se veut plus malin que les autres.

— Couille de loup, là ! Moix !

— Mon capitaine ?

— Présentez-vous correctement !

— Elève officier de réserve heu... Moix... Troisième compa...

— Ta gueule !

— Mais.

— Reçu ?

— Oui.

— On dit pas « oui ». Reçu ?

— Reçu.

— Reçu qui ? Mon cul ?

— Reçu mon capitaine.

— Gadvô.

Je me mets au garde-à-vous, car c'est ce que signifie gadvô.

— Rrapô.

Je me mets au repos, car c'est ce que signifie rrapô.

— Couille de loup, va.

Je me rassure comme on peut. Breton, Mitterrand, Aragon, Lamartine, Sartre, Guitry, Péguy ont fait leur service militaire. Et même la guerre, pour la plupart. Céline. Malaparte... Même Cocteau. Même ce pauvre imbécile de Bernard Werber – je déconne. Gide, évidemment, a encore échappé au truc. Gide aura échappé à tout, finalement : sauf à la mort. Proust ? Service militaire dans ma ville : à Orléans. Comme Albert Ayler et Laurent Voulzy. Jeanne d'Arc, Georges Bataille, Albert Ayler, Laurent Voulzy, Charles Péguy, Marcel Proust : ça fait du monde, à Orléans. Même de passage. Et aussi : Alain Corneau, Eric Zonca, Vuillemin. Ça fait pas mal : il y en a qui viennent gâcher un peu le décor, comme Pierre Michon...

Pierre Michon

Pierre Michon, avec Bernard Werber (mais pour des raisons symétriquement opposées) est sans doute ce qu'il y a de *pire* dans la « littérature » française...

Dans ses « ouvrages » Pierre Michon parle des sandalettes et des pieds, des morceaux d'arbres qui sèchent tandis qu'il pleut : il se moque bien se branle du 11 Septembre™, des tsunamis et du Net, il fait comme si ces entités étaient hors monde : il compose à la place, au burin dans les brumes, le pull au vent, le cimetière à portée de vue et les moignons pleins d'encre, des « poèmes en prose » qui font mouiller les vieilles, les libraîîîres, les universitaires et deux critiques cancérigènes.

Il fume une clope, ses doigts sont violets, sa prose bruine, tranquille et posée, travaillée bien sculptée, sans couille, mais avec des rois dedans, des haubans, des collants, des arbres, des sapins. A un moment, un type qui porte un lourd sac marche dans une flaque et pas loin de lui, il y a un âne, du houx, des graviers, une plaine, des souffrances, une soupe de poireaux, du crottin d'animal mort, un ciel qui devient plus gris, la couperose, les pissenlits et toutes les orties du monde, un café noir, huit dépressions, une bière et des cognacs, un vieux crachat d'homme agonisant, des lendemains qui foirent, des deuils, des trains usés, des femmes fripées, les vieilles compagnes abruties de souvenirs et de crasse, les vieux linges pendants : tous les articles littéraires des littéraires, des suppléments, des impléments, des compléments, des condiments littéraires, des ajustements, des pansements, des lettrés, des littrés : Michon la Miche est hors monde et pleut, pleut, pleure, pleurésie, nunuche gravats clope fripes ridules, couperose et absinthe, champs de blé boue et vieux parchemins, les manuscrits sueur, qui sentent : la mort et la pisse.

Ah, Mimiche Michon Minouche, je t'aime comme tu es : sale et plat, triste et aboli, chauve et mauve, seul et malade, fini et usé, honoré et nobélisé dans les colchiques et les alluvions, les vaches qui pissent, les ardoises sur le toit qui partent en couille, la texture de ta peau moche, tes vers et tes verres et tes verrues nombreuses, le nombre inouï de tes varices infinies, de tes schnaps et tes opinels, de tes promenades saoules dans la nuit qui sent le fumier, télérama campagnole et vieux mulots, le numéro de Bergougnoux dans ta poche, les bourdons et les tiges de feuilles, les pourritures qui germent, le pavé des dimanches, les églises qui perforent l'azur. Ta pépère prose artisanale qui sent la tisane, mèmère, tonton tontaine et tonton, les infusions, la menthe conne et tes vieilles boîtes à biscuit rouillées, le bruit bête de la pendule qui fait tic et puis tac et miche et moche et mouche et mimiche et chonchon – tiens, regarde, une mouche : elle est belle et gaie et fait zzzz oh ! elle se pose ma Michonnette sur ton crâne dépressif de cercueil humain exigeant dans la prose, et Faulkner, camarade, que tu vénères, lui, aurait fait sur toi ce que toi tu fais dans les fougères : vomir.

FAMAS

Je suis arrivé sans fleurs, on m'a donné un fusil. Et puis des plus gradés que moi m'ont conduit dans une salle de classe triste pour un cours de TAM[1]. Pour l'instant, on m'apprend le tir au FAMAS[2], mais une fois officier, hé, j'aurais mon PA[3] perso, que j'irai *percevoir*. Mais ça, ce serait seulement à la fin du PEG[4]. Au moins (ma mère est contente) j'ai réussi à échapper au PESO[5].

— Moix ! Si t'as une couille qu'explose tu vas avoir la main arrachée !

— Pardon mon capitaine ?

— Enlève tes mains de tes poches !

J'ai rampé sur des pierres, dormi sur des pitons, eu froid dans des duvets trempés. Il fallait les emmener, les bigors, faire de la marche, du campement en forêt, des « manœuvres ». J'ai chanté : *Dans la brume et la rocaille, soldat marche au combat*, etc. A Verdun, les sols sont tordus de douleur encore de la Grande Guerre, et de fer prêt à tuer cent ans plus tard. Une mine peut te réduire en millimiettes sous un sapin calme et vert, haut et beau et fier. Les basses continues de la guerre. Il y a le soldat, le bigor, et il y a moi

1. Tir Armement Munitions.

2. Fusil d'assaut de la Manufacture française d'armes et cycles de Saint-Etienne.

3. Pistolet automatique de la manufacture d'armement de Châtellerault modèle 1950.

4. Peloton d'élèves gradés.

5. Peloton des sous-officiers.

habillé en soldat supérieur, en soldat plus gradé : plus dégradé dans le civil en réalité. Ceux qui, à l'intérieur du régiment, viennent donner des ordres, distribuer des tâches, des punitions, des emplois du temps et des habitudes à prendre, sont les pires une fois camouflés dans leur chambrette à la maison ou même à la caserne : lit jamais fait, et pourtant cet officier (toi) au lit jamais (jamais) fait, va descendre dans moins de 33 secondes dans la chambrée des bigors, des lambdas, des pékins, des anonymes et hurler à s'en faire péter les cordes vocales parce qu'il y a par terre un grain de riz, un acarien à l'agonie, une poussière de cadavre de mouche morte il y a deux ans, et un drap dont le pli n'a pas été calculé par ordinateur.

« Officier », il fallait aussi savoir lire des cartes : afin de ne pas se perdre dans la nuit des forêts. Ça mettait la pression : je doutais sans cesse du chemin, de ma lecture des cartes, j'hésitais dans les plans, les indications, les dénivelés, les couleurs, les légendes, les échelles : j'avançais quand même, azimut sanglier. Ce qui veut dire : tout droit, tu coupes. On coupait : par des ronces et des gros cailloux, des fleuves et des lacs et des montées, des petits précipices, de plus grands, des mers et même par les toits, par le ciel, du moment que la boussole continuât d'indiquer quel nord ou quel sud imbécile et droit, droit et buté, suivre, continuer de suivre, sans réfléchir une seule seconde.

— Tu sais quoi toi Moix ?

— Négatif mon capitaine.

— T'as une tête de mouche.

— Affirmatif mon capitaine.

— De mouche à quoi Moix ?

— A merde mon capitaine.

— Tu te moques de moi, là, Moix ? Tu joues au plus malin ?

— Négatif mon capitaine.

— T'es qu'une Anglaise, Moix ! Je te confierais pas mon quatre heures...

Orientation

On croisait des sapins, des cailloux, des décharges publiques, des plaines de sable, des plantations d'arbres militaires, d'arbousiers louches, et la nuit : c'étaient les étoiles qui nous guidaient, il fallait pas se planter ; je me suis beaucoup planté... Mais au régiment, il y avait pire que moi, plus psychoteur : plus « psycho » : le lieutenant Doucet. Le lieutenant Doucet, ça je le savais, ça j'avais appris à le déduire de quelques manœuvres antérieures, était une brêle monumentalissime question orientation : il n'aurait pas su utiliser une boussole dans sa cuisine pour aller de la cuisinière vers le lavabo. Sauf que le lieutenant Doucet avait lui aussi quarante gorets, quarante bigors au cul, piaffant d'impatience dans le froid du noir des forêts verdunoises : comme une chenille kaki et bottée qui te suit imbécilement, fidèlement, sans esprit critique mais sentant instinctivement les failles du commandement, les laps de doute, les fragments d'amateurisme, d'incertitudes que l'officier pas sûr de lui rencontre dix fois par jour à l'armée, surtout « su'l terrain ». Alors, les petits pioupious soldats imbéciles frêles et obéissants, soumis, taiseux, au garde-à-vous, corvéables, humiliables à merci, deviennent soudain une grosse informe rampante bête féroce, carnaval dangereux derrière, méfiant dans la galère qu'il appréhende et devine. Ce ne sont plus des soldats : c'est un peu eux le chef ; leur manque de confiance en leur chef les fait devenir chef par la peur ; par la démission de la soumission ; par la crainte d'être mal commandés ; d'être mal méprisés ; par la peur, humaine, de n'être pas humiliés comme il était prévu qu'ils le soient, comme ils avaient accepté de l'être. Bref : Doucet se perd dans la forêt, avec toute sa section. Je l'entends depuis ma tente, sur mon TRPP 13[1]. Et là j'entends le capitaine réclamer, sur les ondes (sur les ondes militaires) sa position. Ses coordonnées. Exactes, précises :

— Ze suis zuste sous la Grande Ourse !

AD

Quand il me confiait une nouvelle section, le capitaine disait : « AD aspirant Moix ! ». AD : à disposition de. Quand tu avais le droit de souffler un peu, d'être seul (enfin) avec toi-même, tu étais « AD perso » (à la disposition de toi-même, de ton libre arbitre, seul avec ta liberté humaine d'homme humain libre en liberté). Je me mets sur mon lit, je ne suis

1. Transporteur récepteur phonique portatif modèle 13 (gros téléphone avec une antenne comme dans les films de guerre, sauf que là ce n'est pas un film et que c'est la paix. Mon armée, moi, fut non pas un film de guerre mais une réalité de paix).

encore qu'une bite bleue, gradée zéro, et je commence à lire. Le capitaine entre (avec fracas) :

— Eh ben les mecs ! C'est AD la plage, ici ! Hein ? C'est AD la nouille ! Allez ! Gadvô ! Râââppp'ô. Gaadvô ! Rââppp'ô. Allez, vous allez percevoir les ANP[1] au magasin, tenue de combat qui va bien et c'est parti ! Faut que ça pulse, là ! Allez, ça pulse !

— Moix ?

— Mon capitaine.

— T'es élève de jour.

— Reçu mon capitaine.

— Combien d'ASM[2] ce matin dans ta section de tarlouzes ?

— Zéro mon capitaine.

— Zéro virgule combien ?

— Zéro virgule zéro mon capitaine.

— Reçu, Moix. Bon, sinon, Moix, hein, Moix, je veux pas de mauvaise surprise *sul* terrain : tout le monde sera *op* ou ça va chier la calamine. Je veux que tout le monde ait sa paire de BAB[3], au moins une paire par binôme, et que ce soit pas une organisation de branle-quéquette ! Qu'ils oublient pas non plus les BTB[4], comme l'aut'fois... Parce que moi les gars, je vous le dis : quand vous serez en régiment et que vous aurez quarante bitos à commander, vous ferez pas les marioles... Et en régiment, je vous le dis, les Bacs + 40 sont pas très bienvenus, je vous fais pas le dessin,

---

1. Appareil normal de protection (masque à gaz).
2. Absence sans motif.
3. Bouchons anti-bruit.
4. Bouchons de tir à blanc.

n'est-ce pas ? Bon ! Alors je veux, Moix, hein, je veux quelque chose qui soit péchu et carré.

— Oui mon capitaine.

— Carré de chez carré !... Et en manœuvre, on est prudent ! On fait pas n'importe quoi : on chie pas dans sa gamelle et on respecte les consignes de sécurité... Je veux pas de macchabées dans la section. Alors on déconne pas, on va pas se faire faire des turlutes dans les sapins par la Mère Casse-Bite ! Pigé ? Et en marche de nuit, on chouffe : on regarde où on pose ses rangers...

— Mmmm....

— Ooooh ! Moix ! Réveil, là ! Réveil ! Deux de tension, là ! C'est toi le responsable Moix, je te préviens...

— Oui mon capitaine.

— Et sur le pas de tir, hein, j'en vois encore qui psychotent... Qui font caca ! Vous êtes pas là pour faire de la danse à chaussons, non : mais pour en chier votre race. Alors moi je vais vous faire chier votre race. Moix en cas de couille je veux un CRI[1]. Et carré, le CRI. Carré de chez carré ! Pas un CRI de mange-trou ! Si y te font chier, Moix, je t'autorise à sortir les BP[2], hein... Bon, assez causé : je donne trois minutes à ta section de fiottes pour qu'elle soit correctement *fombectée* ! Moix !

— Mon capitaine.

— Tu rappelles à tes pingouins ce que ça veut dire...

1. Compte-rendu immédiat.
2. Bulletin de punition.

— Ça vient de FOMBECTO...

— J'écoute, j'écoute, allez... C'est mou de chez mou, là... Ça se regarde écouter ! Allez !

— Fond/forme, Ombre, Mouvement, heu...

— Y a pas de heu à l'armée.

— Excusez-moi.

— On ne s'excuse pas à l'armée. Et on ne remercie pas...

— Fond/forme Ombre Mouvement Eclat Couleur Trace Odeur !

— Ok ! Pour l'ensemble : Gaadvâ ! Rrrâpppo. Gâddv'hôh ! Rrrrepôhooô. Gâââdv'oohô ! AD aspirant Moix !

3
S'échapper

Son Zou

Le (dimanche) 3 septembre 1939, François Mitterrand est envoyé par-delà la ligne Maginot : Sedan, les Ardennes. La guerre qui commence est une guerre sans guerre à faire : personne à tuer, personne à ne pas tuer, personne à ne pas savoir qui tuer, qui ne pas tuer, pas de coup de feu ; on attend. Les hommes ont des fesses : ils décident de s'asseoir dessus ; ils ont des yeux : ils regardent un peu de ciel ; ils font des jeux avec des cailloux, des lacets ; de l'arithmétique avec leurs doigts... L'un d'eux s'amuse à construire des petits personnages avec des patates. Concours de bêtises, de crachats, des bras de fer : François ne s'ennuie pas. Il écrit des lettres d'amour à la femme qu'il a décidé d'aimer sans lui demander son avis : Marie-Louise Terrasse, son Zou... Séduite par terrorisme, séduite à grands coups de mitterrandien volontarisme, à force de forcisme. Une crêpe offerte boulevard Saint-Germain, en 1938 : elle a accepté la crêpe : c'était accepter l'homme avec. Mitterrand ne ménage pas sa Marie-Crêpe : il l'aura. C'est une loi très connue de la psychologie humaine que lorsque la volonté masculine est démente, la femme finit par céder. Il lui propose un chef-d'œuvre de vie qui n'est alors que le brouillon crêpé, le brouillon crépausucré de son avenir : mais en souvenir, le jour de son intronisation, il se promet, là, Mitterrand-rien-du-tout, qu'il aura quelque chose de sucré dans la poche (des bonbons, des biscuits) qui viendront symboliser, pour lui seul, cet instant de drague crêpeuse, cette crêpe de moment crêpeux de vie en forme dentelée de crêpe.

Evasion

Reprenons l'histoire de l'humanité de zéro, en accéléré : après les Etrusques, Napoléon III, nous voici arrivés aux nazis. Plaçons-nous en orbite autour de la terre : on voit des forêts, des camps de concentration, des océans, plus loin, les forêts, agrandissons : une forêt, un Stalag, un grillage, je change de focale, je l'ai ! C'est d'ici, tout à l'heure, que François Mitterrand va s'évader ; c'est ça, ce grillage, ces barbelés-là qu'il va escalader.

Pour l'heure, il ne dort pas, il mange du chocolat. Et des figues qu'un camarade lui a données. François Mitterrand a la lèvre inférieure très grande, dodue, rose, gorgée de sang, volumineuse ; il est lippu en bas. Il est, en haut, moins lippu : sa lèvre supérieure est fine, c'est un fil. Ses ennemis : « C'est un signe de mesquinerie. »

Les membres de sa famille sont éparpillés sur la terre : un frère dans un arbre, un autre dans l'eau, sa mère sur la lune, son père sur un rocher, et la femme de sa vie, son « amoureuse » : peut-être dans les bras d'un autre, moins prisonnier que lui ; et plus beau. Avec des lèvres égales, sans miettes de biscuits secs dessus, sans morceaux de figue qui collent : Jarnac, Angoulême, quartier Latin tiennent tous dans ces extraits de figue, et Marie-Louise Terrasse, à épouser le plus vite possible, tient, elle aussi, tout entière dans cette figue. Tiens ? Georges Dayan... à la caserne d'Ivry, qui retrouve son ami Mitterrand, avec lequel il glandait non loin du Flore... Je zoome encore, cette fois sur l'œil de François Mitterrand : on commence dans l'œil, et, à mesure que le grossissement augmente, l'œil se dissout dans quelque chose de plus mélancolique que l'œil, et de plus inflexible que l'œil, et de plus résolu et plus intelligent que l'œil : le regard. Le regard de François Mitterrand.

Marie-Louise Terrasse, alias Catherine Langeais : la voix de *La Séquence du spectateur*. (Y avait quoi, à *La Séquence du spectateur* le dimanche 10 Mai 81™ ?) François n'avait vécu que pour elle : prétentieux, mais pour elle ; orgueilleux, pour elle – et courageux, courageux pour elle. Ils devaient se marier après les quelques bombes de cette guerre secondaire. La secondaire guerre mondiale : un lopin de drame dans leur vie qui serait longue. Ils s'étaient promis des choses. Ils avaient des projets pour l'avenir. L'avenir doit être plein à craquer : avec tout ce que les gens mettent dedans. François écrivait à Marie-Louise tous les jours, depuis le camp de prisonniers.

Des lettres de toutes les couleurs : noires, rose bonbon, peintes, filmées, écrites, sculptées, chantées. On verrait tout à l'heure pour la psychologie : d'abord les ailes à déployer, les adjectifs, l'arsenal littéraire et les illuminations (romantiques).

Que fait-elle, là, maintenant, dans les siècles terminés, la Marie-Louise aimée des années 40 ? Quelle Liliane Gish est-elle, et dans quel film muet mort incrustée ? Sur quelle pellicule ? Sur quel nitrate ? Elle est partie avec un Polonais, mais revenons juste un moment en arrière : avant que la Pologne n'envahisse son cœur, ne passe sur son corps ailé mitterrandien, stalagien, aérien... C'est un sourire de slapstick, étoilé, ouvert, 1942, de dix-neuf ans : comment « François Mitterrand » et tout le destin qui irait avec pourrait-il entrer dans cette femme à bouclettes, sage et trop jeune, si évanouie, si frêle ? Elle a tout compris : elle préfère désaimer Mitterrand, mais ce n'est pas complètement possible – au lieu de le raturer, d'en biffer l'histoire qui s'écrira avec ou sans elle : lui superposer une masse plus brutale et ramassée, plus polonaise et plus massive. Tant pis pour les phosphores et l'ascenseur, la romance et tous les destins en attente, en latence, en évidence.

Marie-Louise s'est enfuie par manque de manque d'arrivisme : c'est la réussite prodigieuse à venir de François, qu'elle avait pressentie, qui l'épuisait à l'avance ; qui la fatiguait comme si elle l'avait déjà vécue : elle laissera à Danielle, elle laissera à une autre le soin de la vivre. Alors, Marie-Louise ? Aucun ADN commun à Marie-Louise et à François : pas le moindre Alphonse-Bertrand Mitterrand (1946-...), Maxime-

Jérôme Mitterrand (1948-...), et jamais, coude à coude, sous un drap, au Vieux Morvan, un petit matin avec oiseau obligatoire l'été et pluie obligatoire le reste de l'année. Liliane Gish n'est pas morte dans la mort : elle continue sa vie morte dans les œuvres de Griffith et dans *The Wind* de Victor Sjöström (1928). Les femmes enfuies, très mortellement mortes, qui courent encore, ce matin, dans les jardins des films, s'amusent, sont des boules furieuses de temps qui a déjà passé mais qui repasse pour d'autres, sans cesse, dans un coin du temps qui ne dépend plus de son écoulement. Marie-Louisiane Gish, avec ses chaussons de danse, ses yeux blancs, tache noire pour l'iris, ébahie, translucide, victime et mouche et peureuse : insecte et poupée.

— Tu veux pas de moi, n'est-ce pas mon Zou ?

— Exact François. Pas.

— J'aurai quand même de nous un enfant, rétorque Mitterrand. Car quand je veux quelque chose... Quand je veux quelque chose : je l'ai.

— Tu seras le premier homme enceint.

— Oui. J'engendrerai quand même : contre ton gré mais en accord avec ma volonté. Je fais tous les enfants que je veux à ma volonté : jamais ma volonté ne me refusera quoi que ce soit. Et surtout pas un enfant.

Mitterrand a eu un enfant de son Zou, de Marie-Louise (Terrasse), future Catherine (Langeais) : cet enfant ne fut pas exactement un être de chair et de sang : mais un état ; une manière de se comporter dans la vie, de contempler le ciel.

Marie-Louise, son « Zou », François Mitterrand

l'aimait ; il l'aimait sur les pages de mots d'amour, qui sont des mots qu'on écrit pour les absentes, pour celles dont la présence nous agace vaguement : les présences qui nous empêchent de travailler, d'être génial, les présences chronophages sont tellement décevantes par rapport aux absences. Marie-Louise Terrasse est le réceptacle naturel des lettres névrotiques, douloureuses et enflammées du sergent Mitterrand ; je n'ai pas la moindre preuve, en revanche, que Mitterrand ait eu les couilles, à cette date précise, en tête à tête, de lui dire direct, sans emphase, sans lamartitinerie : je te veux, c'est comme ça. Ton Polack ne m'impressionne pas. Il retourne dans son froid pays, et c'est mieux pour tout le monde.

Marie-Louise : ne dors pas... Je suis Mitterrand et j'arrive ; j'arrive à l'envers, au passé (une crêpe au sucre, peut-être ?) ; je recommence tout et cette fois tu m'aimes : voici une vie dans laquelle je ne veux pas être président de la République française, mais rien qu'un homme fait d'os, de désirs de jours à vivre – une vie sans Polonais à combattre par de l'ambition, par de la présidence : une vie exemptée de légion d'honneur et de Nièvre, de préfecture et de dossiers avec dedans des mots comme « stagflation », tiens, oui, oh ma Marie-Louise, oui, mon Zou : je te le promets, tiens, une vie dans laquelle, au sein de laquelle je n'aurai jamais croisé ni Rocard ni Barre, ni le moindre Giscard, et pas le plus petit Juppé, Marchais, Mollet, Pinay, Debré, Debray... Je t'aime, mon Zou.

Les femmes aimées retrouvent nos mères, sous un houx du maradis : les porteurs de lourdes couilles ne sont pas acceptés dans ces nuages où sont construites de petites églises en bois, très modestes, et où toutes les femmes de notre vie, mamans, sœurs, petites copines, vraies amies, grandes maîtresses, petites salopes en passant, putes, nièces, cousines, tantes, grand-mères et arrière-grand-mères se rassemblent, longtemps, toutes vêtues de jaune, elles prient d'abord, ensuite commence leur glose : sur nous, sur toi. Sur moi. J'aime que toutes les filles, toutes toutes les filles (tellement toutes toutes) parlent de moi, de mon autoradio, de ma religion, de mon poids, de mes pieds, de mes goûts, de mes défauts, de mes insupportables névroses, de mon humour qui n'en est pas, de ma cruauté, de mon sadisme, de mon masochisme, de mon égoïsme, et surtout, surtout, de mon immaturité. Elles virevoltent autour de toi moi nous, tes mes nos femmes, tes mes nos salopes, tes mes nos maîtresses, car je souligne ici, il le *faut* : aucun être humain de sexe masculin situé sur la planète n'est capable d'être fidèle sexuellement à aucun être humain de sexe féminin situé sur cette même planète.

François Mitterrand aurait pu être l'homme des énergies perdues : non, et il n'a pas fini, anonyme et aboli, en vieillard plein de culture, entre deux chênes immuables. Il fut le casse-cou de sa perpétuelle stratégie. Demain, par exemple, il s'évade du Stalag. Il escaladera l'impossible : jusqu'à la fin de ses jours. La fin de ses jours c'est demain matin peut-être. François Mitterrand est disponible pour la mort, quand elle répond à l'autre nom d'être libre. Il se souvient que derrière les barbelés et les clôtures à tessons, il y a 479 347 fraises des bois, des femmes et des livres, et huit fleuves à revoir. Sa survie s'appelle chaussures : il faut courir sous les rafales et marcher jusqu'à l'usure. Et avant d'embrasser la liberté, cet Orient à portée de courage, il faut trouver des habits civils : François Mitterrand n'en possède pas, que faire. Il prend une paire de ciseaux. Rien de plus troublant que la beauté de cet homme, jeune, peut-être normal, qui se découpe une panoplie d'homme libre dans un uniforme de prisonnier.

Des ouvriers allemands lui procurent un imper qui lui va mal (il lui descend jusqu'aux chevilles) : ça ira bien. Il est temps d'ouvrir la porte : toute prison est arbitraire. Quant à la volonté d'être ailleurs, elle ne se décrète pas : je ne suis déjà plus là, il est déjà libre, l'évasion n'est qu'un adoubement. C'est dans la décision de s'évader qu'habite le courage, pas dans l'évasion, qui n'est qu'une question de foulées, de biceps et de manteau. De godillots et de quelques futaies idéalement disposées dans l'énorme extérieur.

Couture

Dans une baraque, à pas d'heure, un Jésuite a cousu pour François Mitterrand un sac à dos pour la fuite. Des amis lui donnent des biscuits de guerre imbouffables, du sucre trop sucré et du chocolat écœurant. On a l'intendance qu'on peut dans les moments immédiats. Dans ce sac, il mettra des vivres, et s'il meurt, il y aura des vivres dans le dos de ce mort. Il s'évadera avec un abbé et l'aide de Dieu. L'abbé Leclerc est bon en gym. Douze biscuits secs par jour, plus une barre de chocolat et deux sucres, c'est le calcul fanatique de François Mitterrand pour tenir trois semaines au milieu des loups.

Et la marche à travers bois sera entrecoupée de pauses : thé. Dans les nuits sans lune, on pourra dormir, livrés à rien, et boire de l'eau dans des ruisseaux placés là. Un mardi qu'on ne saura pas être totalement un mardi, car l'aventure brouille les calendriers, on entendra un crapaud gros et deux chats mégasauvages. Tout l'espace sera formidable. Et tout l'espace sera dangereux. Il est pourtant absurde d'être méticuleux dans une forêt, millimétrique dans la liberté, prudent parmi les arbres et les animaux, et suspicieux dans la fougère. Ce qu'on est obligé de faire en temps de guerre n'aurait strictement aucun sens en temps de paix. Pour un oiseau, ou pour un arbre, ou pour de l'herbe qu'on foule, c'est équivalent : ils nous voient faire la même chose – exécuter les mêmes mouvements, guerre ou pas guerre.

On conseille, il a failli oublier, à François Mitterrand d'emporter du cirage : les brodequins négligés sont la griffe des évadés. Les quelques minutes qui séparent la veille du lendemain, le maintenant de tout à l'heure, sont comme des réserves d'émotions dans lesquelles on pourra puiser toute sa vie. Et l'énergique pression des camarades qui encouragent ou mettent en garde, applaudissent : deux ou trois sermonnent. François Mitterrand voit des amis courageux qui : restent.

— J'ai connu des camarades dont le courage m'émerveillait et qui n'ont jamais songé à s'évader.

Ils aiment la liberté, mais moins que lui. Ils aiment la liberté mais pas très.

— La liberté est une rupture. Elle n'est pas une affaire de courage, mais d'amour.

— On m'a tant répété, dit la petite Thérèse de Lisieux, que j'ai du courage, et c'est si peu vrai, que je me suis dit : Mais, enfin, il ne faut pas faire mentir tout le monde ! Et je me suis mise, avec l'aide de la grâce, à acquérir ce courage. J'ai fait comme un guerrier qui, s'entendant féliciter de sa bravoure, tout en sachant très bien qu'il n'est qu'un lâche, finirait par avoir honte des compliments et voudrait les mériter[1].

François Mitterrand emporte avec lui (il a failli oublier) des petits rasoirs à main alors appelés « sabres ». Quand tu croises une patrouille dans le monde de la nature et des bois, il s'agit d'être rasé de près : même raisonnement que pour les godasses. Le départ est retardé de vingt-quatre heures. La logistique patauge, les sacs à dos n'ont pas été livrés à temps, les abbés sont lents dans la couture, plus habiles avec les âmes qu'avec le tissu rêche des casernements. C'est de l'attente qui succède à de l'attente : avec les hésitations qui peuvent surgir sans crier gare, et les doutes. L'ajournement d'un courage fait peur.

François Mitterrand sourit : il se prépare mieux encore, il révise ; il bachotte, il n'a pas de suée parce qu'il n'a jamais été aussi calme de son existence. Sa sérénité habite les chaos. Il est content quand la vie explose. Dans quelques instants, on quittera la lavasse et les poux ; rester c'est pourrir, et puis il faut visiter

---

1. Thérèse de Lisieux, « Le Carnet jaune », *Derniers Entretiens*, in *Œuvres complètes*, coédition du Cerf et de Desclée de Brouwer, Paris, 1992, p. 1001.

la nature. Des biches et trois marcassins. Il faut croiser des rossignols et d'autres oiseaux qui ont des noms plus compliqués que rossignol mais dont le chant est plus simple.

Pour disposer de plus de temps de préparation, François Mitterrand passe une visite médicale. Le médecin, allemand :

— Vous n'avez rien, mais si vous voulez, je peux vous prescrire huit jours de repos.

— Une journée suffira.

Nous sommes le mercredi 5 mars 1941 : François Mitterrand a 24 ans, 4 mois et 8 jours. Il a dissimulé, la veille, son sac à dos sous un tas de paille près de l'usine où les prisonniers travaillent dans la journée.

La scène (qui suit) se déroule très très très tôt le matin, puisqu'il fait nuit noire et nuit glaciale et nuit peur : elle est affreusement simple et sa rapidité ne la fait exister que rétrospectivement, quand l'évadé y repensera, avec l'éloquence du souvenir et du risque tardivement évalué, de la frousse différée commune aux rescapés égaux.

François Mitterrand et l'abbé Leclerc sortent des rangs et roulent jusqu'au grillage. Ce grillage est : le lieu de mille attentions + la capitale du tétanos. Un curé a des raisons de ne pas avoir peur, François Mitterrand n'en a aucune : il est donc seul pour deux dans la peur de mourir. On est rempli de simplicité quand on risque sa vie : il n'y a pas de hors sujet ni de figures de varappes quand François Mitterrand escalade le grillage qui lui lacère les mains comme une lame de canif. Il s'agrippe et s'écorche et son équilibre est précaire. Il est fait de coupures mais ne sent pas la douleur : ça fait comme des glaçons dans ses paumes. La clôture de barbelés ploie et se courbe, oscille, et François Mitterrand a l'impression d'être le plus visible des hommes sur la terre, comme s'ils étaient mille ou un million à lui tout seul, en spectacle d'évasion devant toute une foule, en spectacle d'évasion plus qu'en évasion, et il achève ce « raisonnement » quand il comprend qu'il est de l'autre côté de lui-même : le côté vainqueur. Il ne s'est pas totalement vu basculer là.

L'évadé se mue en fugitif : il n'est plus prisonnier que du destin. Il n'est plus prisonnier que de la suite des événements. Il court. L'abbé court un peu moins vite que lui. Aucun cri derrière eux, aucun hurlement allemand. Pas de coup de fusil, pas de bruit de moteur, pas de sirène : mais un silence spécial.

Dans le décor des forêts, François Mitterrand cicatrise et avance, longeant des choses et des sapins. Ce champ fut éclairé par la lune. François M. dévale des dunes herbues, se plie des fois, halte, rejoint des buissons. Tous ses pas ne font pas sens. François Mitterrand + l'abbé dorment pudiquement l'un contre l'autre, emboîtés, pour lutter contre des froids. Ils se réveillent en sursaut : violence du noir. Des chuintements – des bêtes, des phénomènes. Il se passe toujours un peu des choses... Les bosquets manigancent. Y a des monstres. On est toujours un peu comme un enfant à la belle étoile.

4

Corps d'Etat

Les corps biologiques

On entre dans l'histoire par une date. On est adoubé par l'histoire quand on arrive avec une date, quand on arrive avec sa date, quand on présente sa date aux siècles derrière et aux siècles devant. Mitterrand a montré patte blanche, et sa date c'était le 10 Mai 1981™, et en pénétrant au Panthéon, en arpentant les couloirs du Panthéon, c'est cette date qu'il était en train d'ancrer dans l'histoire. Il rivait cette date, sa date, aux clous de l'histoire, il ne fallait plus que cette date puisse jamais quitter l'histoire.

Mais ce qui devrait nous intéresser le plus, intéresser le plus les historiens (et dont ils ne parlent jamais) c'est le corps ; le corps des personnages historiques, des figures historiques. Le corps de De Gaulle et le corps de Pompidou (fascinant le corps de Pompidou). Le corps de De Gaulle : os à képi, très long, terminé par de l'éléphant, de la calvitie et de la microcéphalie. Une bouche de mémé polaire, les yeux non pas plissés mais cousus dans l'orbite. Des cernes qui ressemblent à des panières de chats de Malraux, bien rembourrés mauves.

Pompidou : marin mammifère, style veau baleineau aimant tripes et clopes, fruité dans le vin, le vocabulaire et le geste, mais assommant dans le goût, le modernisme vieux : un président tas, roublard et fin comme sont fins certains gros, de cette acuité des gros qui transperce au couteau le cœur de leurs graisses. Calorique Pompon : amas à déplacer, à translater, corps en clope et sueur, toussant ses glaires, irrité du gros cou mentontripliste par des cols roulés grattant à mort.

Le corps de Valéry Giscard d'Estaing : un chiffon en fer. Etendu corps long fil, giscardien fer d'Etat, impôts maigreur calvitie chauve, gris grand mec, ossu, osseux, infini des jambes et les mollets si maigres, dans les feuilles à chiffres, sous les draps de femmes qu'il a romantisées. Giscard discours femelles mou bande : c'est sa tragédie, les rimes – trop poète au moment des éjaculances, et trop technochiffre dans la transe des os. Sa ligne d'os... Giscard est trop long dans sa ligne, trop altitudisé dans sa hauteur grandeur hautaine taille, son sang louiquinzisé, son sang révisé, son sang emblasonné, son sang rectifié, son sang généalogisé, son sang revisité, son sang acheté, son sang traficoté, son sang importé, son sang falsifié : il descend de, il monte vers... Tout dans la descendance et la montée. Le sang roi de Giscard, qui ne veut pas d'un sang élu, d'un sang peuple : sa science du sang... Sang compensé, sang défiguré, sang retouché. Globules érigés en. Globules particules. Hématites biffées ; son sang corrigé. Son plasma falsifié. Son faux passeport de sang, sang bleu, bleu repeint, bleu kitch. La longueur longiligne, raide, de Valéry, marchant piquet translation sur les Champs-Elysées, ivre de tellement de gloire que la cuite va durer sept ans, presque : des instants de sobriété, peu. Belle minceur acier chiffres : sous le crâne, dans son crâne – la République française à la botte des neurones de Giscard. Cette France aplatie, aplanie de Giscard d'Estaing. Quand on a un destin, un vrai : ce n'est jamais apostrophe ; on n'apostrophe pas le destin ; c'est une pose qui coûte cher. Cette France passée sous un camion, cette France plane, sans aucun relief, cette France unidimensionnelle, cette France où – non, rien. Cette France où rien.

Lorsque François Mitterrand entre au Panthéon, c'est son corps qui entre, préfigurant l'entrée tonitruante, peut-être (demain, après-demain) d'une dépouille à venir, de sa dépouille historique et mitterrandienne, socialiste, pour les siècles et les siècles. Le secret de la cérémonie mitterrandienne du Panthéon, ce n'est pas le symbole politique d'un Président socialiste qui après Jaurès entre dans les siècles, c'est ce corps animé et vivant qui entre dans le corps des : morts. Le corps de François Mitterrand se détache, par contraste, du corps gisant des morts historiques, parallèlement se détache des corps innombrables de la foule restée dehors qui l'acclame le réclame l'attend. Il est un corps seul et un seul corps, seul corps vivant parmi les corps des cadavres, et seul corps social, seul corps présidentiel, seul corps historique face aux corps anonymes plantés dehors sous la : pluie. Il est le plus vivant des corps historiques et le plus historique des corps vivants. Il est le seul corps dans ce cas-là. Moins historique encore que Jaurès, mais plus vivant que Jaurès. Je regarde le corps de François Mitterrand : c'est ce corps-là qui s'est évadé du Stalag et qui a fait l'amour à tant de femmes, ce corps qui a fait des kilomètres et encaissé des coups. Il a une sorte de maladresse dans le maintien, quand il marche, quand il arpente les couloirs du monument funéraire des grands hommes : le corps de Mitterrand, râblé, petit, n'est pas un corps véloce et gracile, il n'a pas cette tenue naturelle, cette élégance immédiate des grands corps des grands, des grands corps élancés des grandes tailles, non : il est petit comme une province, il est normal et français dans son petit corps, et c'est un culot absolu que d'être aussi grand socialement dans un corps biologiquement si étroit. Une scoliose...

Et si Mitterrand fut beau, il ne l'est plus autant : rares sont les femmes qui, comme dans les années 50, rêveraient de passer une nuit d'amour, non avec lui (son esprit est toujours pénétrant) mais avec son corps. Mais la magie va opérer sur Mitterrand, si dans la quarantaine et la cinquantaine la laideur s'empare de ses traits, un retour de beauté va s'opérer, pouvoir aidant, cancer aidant : il sera Président et malade et beau ; émacié ; dessiné : sculpté. Vitrail... Il sera dans l'attitude de sa carcasse, au couteau les joues, au rasoir ; quelque chose de viennois : Klimt ? Kokoschka ? Non non : Schiele. Evidence du dessin ; du tracé ; de l'esquisse, qui vaut mieux que l'œuvre.

— Kwwâ ? hurle Mamère ! Klim ? Totoshka ! Chileux ! C'est des gars à pinceaux ça ?

— Mais non, madame Moâks... Ce sont des Viennois, très vieux, morts...

C'est avec la simplicité d'un enfant, et le culot *qui va avec*, que le corps de Mitterrand, sans vergogne, sans s'excuser de rien, bravant les jalousies, les haines et la peur du ridicule, s'enfonce dans la cérémonie, comme s'il habitait le Panthéon depuis toujours, comme s'il y était né, lui qui en cet instant réclame un peu d'y mourir. François Mitterrand dépose une rose sur le tombeau de Jean Moulin : il sent monter en lui une puissance invincible, capable de nettoyer et de renouveler le monde.

— Picasso je tape frappe Fragonard Fraconnard Marsu Spirou vlan.

Le vendredi 14 juin 1940

Mitterrand est attentif aux corps... Il a été blessé à Verdun. Le 14 juin 1940. Un vendredi. C'était un jour où le ciel était bleu comme il est parfois capable de l'être quand il met le paquet (de bleu). Le bleu lui jaillissait au visage : un bleu qui fait qu'on s'épouse parfois, qu'on crée des enfants pour les poser dans l'avenir. Le bleu, c'est la couleur qu'on se fait de l'avenir à l'instant où on se donne à soi-même, et à celui ou celle avec qui on les fait, des enfants. C'est après, quand il est trop tard, qu'on comprend que les couleurs se compliquent : qu'aucune couleur n'existe *vraiment*, qu'aucun bleu n'est droit, que le bleu est une couleur qui au fond n'existe pas dans la nature : la mer, le ciel, quand on est dessus, ce sont des forces et des poussées, ce sont de la matière laborieuse, de la texture effrénée, de la réalité dangereuse et décevante.

Ce vendredi, François Mitterrand marche sur les routes comme quelque chose qui a peur : il a raison, dans quelques minutes, un morceau de sa chair lui sera arraché et son menton sera là, exactement là, dans cette herbe verte, mais le vert n'existe pas *vraiment*, lui non plus. Qu'importe : les deux premières guerres, à cause des films que nous en avons vus, ne sont jamais en couleurs : noir et blanc, gentils et méchants, vainqueurs et vaincus. Le lundi 3 juin 1940, quelques jours plus tôt, chef de section, le sergent François Mitterrand s'est fait déborder par les Allemands : le Président a reçu l'ordre de se replier.

— On a passé la guerre à me donner l'ordre de me replier. Moi qui adore me déplier. Moi qui adore me déployer.

Sa section et lui ont marché des heures et des jours, le long de la Meuse, je connais bien, j'ai fait les mêmes marches que Mitterrand, à Verdun, aspirant au 3e Rama. J'ai refait en 1993 les marches forcées du Mitterrand de 1940 : c'était la même Meuse, extrêmement même, et les arbres qui étaient là en 93 étaient les arbres de 40. Et quand il avait plu toute la nuit en 1940, le lendemain c'était mouillé en 1993. J'ai failli glisser sur les mêmes galets que François Mitterrand. Nos sections ont dû faire des bruits absolument similaires : les mêmes cliquetis de gamelles contre le sac, le même enfoncement de brodequin dans la terre meuble, les mêmes froissements rêches de tissus : le même bruit de la sueur. La lune au-dessus : nous avons eu la même lune. On a passé certaines mêmes nuits dehors – empêtrés dans le froid ; je rajoute à François Mitterrand : dans le froid + la peur.

— Tu pues du cul avec ton army ! hurle Poelvoorde. J'attendais de toi quelque chose de film : du tournable, avec de la comédie dedans. Et des gens dedans cette salle qui rient... Des gens accompagnés d'enfants... Des enfants accompagnés de parents ! Et là tu baragouines ! Tu t'égares dans le romanesque non filmique du tout !... C'est du pâté en boîte, là... Illisable ! Si tu continues dans tes choses de bidasses, plus jamais je lis un scénario de toi... Tiens, t'es qu'un laitage ! Va te faire éculer : je cause pas aux laitages !

Combien étions-nous à jouer à Mitterrand soldat ? Jouer à des soldats, des petits soldats à Charlot soldat, j'en ai vu : mais à Mitterrand soldat ? Je suis le seul. Nous arrivons, Mitterrand et moi, sur la cote 304, pour lui qui n'a pas vécu la cote 304 de 1914, la cote 304 de 1940 est moins importante, moins dangereuse, plus inoffensive. Pour moi qui n'ai pas vécu la cote 304 de 1914 ni la cote de 1949, la cote 304 de 1993 paraît de la rigolade, de l'imitation et de la frime. Du tourisme. Nous sommes chacun avec notre section : celle de Mitterrand risque la mort, la mienne, le rhume.

J'entends François piquer une sorte de crise de nerfs, ce qui n'est jamais dans ses habitudes. (Je fais mettre ma section au repos.) Il se lâche, un peu à bout, et, ouvertement, sur un ton d'une violence extrême (due aussi à la fatigue) :

— Regardez, regardez-moi ça, Moix ! Les sections d'assaut allemandes se baguenaudent en short et chemisettes et se déploient aussi mobiles que des libellules dans « l'immense plaine » comme l'aurait écrit votre ami Péguy ! Il n'est plus là pour l'écrire...

— Arrêtez de parler à Moix, sergent ! Moix est une couille de loup ! Un flan ! Dans sa tête, y a que des nougats... Je vais dire à sa mère qu'il dessine ses chefs !

— Péguy a été là pour pouvoir l'écrire avant d'y être. Ce qui est fait n'est plus à faire.

— Et nous, regardez, nous – mais même vous, Moix, même vous cinquante-trois ans plus tard, regardez, on ploie sous les kilos de notre barda, on a les jambes prisonnières, enserrées, bandées dans des molletières : c'est ridicule évidemment, on dirait des grenouilles, et c'est surtout contre-productif... La guerre est déjà bête en soi, mais là en plus nous sommes bêtes dans la guerre. Nous sommes bêtes dans la bêtise. Nous trouvons le moyen de nous soumettre au joug de la bêtise en nous enfonçant chaque jour un peu plus dedans. Moix : c'est de bêtise que nous allons mourir – bêtise des ordres, bêtise des décisions, bêtise des états-majors, bêtise des politiques, bêtise des stratèges, bêtise des généraux : et bêtises des fourriers, bêtises des couturiers...

Tous les officiers de la compagnie sont morts, sauf un. Mitterrand est l'un des tout derniers sous-offs vivants. « Le caporal Baudiou, que François aimait tant, a explosé sous un obus. On n'a rien retrouvé de lui. » « Un type épatant. » Sous un obus, l'épatant type : mort. Pendant ce temps, des « jeunes gens », comme dirait Pierre-Jean Rémy de l'Agragragagadémie française courent très vite dans la direction du lambeau de peau déchiqueté du sergent Mitterrand :

plus tard, Pierre Bergé pourrait peut-être le faire encadrer dans une des larges pièces de l'IFM (Institut François Mitterrand).

— C'est pas filmique ! Laitage, va...

ADN

Un morceau de François Mitterrand a été arraché d'un coup de François Mitterrand. Une partie de sa chair, perdue donnée, à sa patrie, qu'il va faire sienne, beaucoup plus : tard. Il a donné à la France un lambeau. Tandis que j'écris « tandis », où est cette part d'ADN ? Le soleil et le lambeau, sur fond de ciel : les Allemands chantaient. Il a senti la douleur bien avant le bruit : j'ai dit que les douleurs sont décalées. Décalage vers le rouge, comme les galaxies qui fuient les galaxies. Le claquement sec qu'il a entendu, il croyait que c'était le bruit de la blessure d'un autre : mais la tache sur sa chemise (un « camarade » lui déchire). Merlino l'infirmier : accourt. Merlino rend service à l'avenir : et Mitterrand entre dans le courage, presque à son insu.

— Rembrandt Vermeer des gnons. Des Delacroix la rouste. Fusain ça part : je cogne. Milou !

La *trouille*. Les vomissements, les vrombissements : des mouches vivaient dans ses tympans, puis des guêpes (de plus en plus fort) : il emportait partout ce bruit. Parfois il trouvait de la morphine : le reste du temps, il ne trouvait que des douleurs. Les dents, les yeux, les bras, les poumons, le foie. Mais jamais il n'a été comme ces soldats qui, à force de frôler la mort, à force de l'esquiver, venaient à se soustraire de son spectre en l'acceptant, voire en la : souhaitant. Mitterrand mitterrandisait : il avait peur quand il le décidait et seulement quand il le décidait.

La petite Thérèse

Dans les suées rances malades du Carmel (l'été), dans le sale froid qui tuait (hiver), sainte Thérèse de Lisieux, sans eau, sans rien, nourrie d'un riz, captive d'elle-même et dévorée d'amour, offerte comme une fumée d'encens au corps d'un seul amant au corps qui coule (sueur + sang), Jésus, Thérèse inventait l'Enfance au milieu des grossièretés, des mesquineries, des vieux vagins, des pisses, des prières hypocrites, des odeurs malades.

Thérèse accroupie : c'est un cierge, elle fond en larmes (de joie) parmi les convulsions et les mégères... Ce silence qu'elle distribue sur les guerres... Personne jamais ne l'a entendue se plaindre : sur son lit de passion, avec un quart de poumon valide, elle faisait des blagues sur le toussotement des locomotives, elle imitait des gens : elle chassait de l'infirmerie les pleureuses, les fléchissantes et les grenouilles de bénitier... Elle faillit s'étouffer (de rire) parce qu'une des sœurs lui avait montré la direction du « vrai » ciel (bleu) en parlant du Ciel !

Thérèse, se dit François dans les boues (un morceau de sa chair rappelée au Ciel) : tu étais couchée sur ton petit lit de métal, entourée de vieilles de 30 ans, tu en avais 24, et tu es morte à force d'humour et d'humilité, d'ironie et de petit sourire en coin (comme ta statue de la Vierge des Buissonnets) : tu n'as pas fait don de toi à Jésus, non : tu lui as fait don de ton don. Tu n'as pas léché les plaies du Christ : tu lui as léché la langue. Tu lui as mordu les dents. Tu as vu ses yeux. Tu as regardé son regard. Tu n'as pas aimé Jésus, Thérèse : tu as aimé son amour. Tu as tué sa mort. Tu as embrassé ses lèvres... Tu as mis ton sexe sur le sien. Tu as pensé sa pensée. Tu as compris sa compréhension. Tu lui as pardonné ses pardons... Tu ne pardonnais pas les péchés des hommes : tu pardonnais le pardon que Jésus leur octroie.

Tu craignais la peur de Jésus. Tu punissais ses punitions... Tu n'écoutais pas ses paroles : tu parlais ses paroles. Tu ne traduisais pas son message : tu traduisais ses traductions. Tu ne priais pas pour toi, ni pour personne : tu priais pour les prières. Tu priais pour qu'on puisse prier. Tu n'as jamais vraiment eu ce qu'on appelle « la foi » : tu n'as jamais eu, comme tous les très grands saints, que la foi en la foi. Tu ne croyais qu'en une seule chose : en la croyance. Tu ne croyais pas en Dieu : tu croyais au Dieu de Dieu, or le Dieu de Dieu, c'est Jésus. C'est un Enfant. C'est l'Enfant. Tu ne croyais pas au passé, mais au passé du passé, au passé enfant, au passé quand il était enfant : à Dieu quand Dieu était un enfant ; tu ne croyais pas au présent, mais au présent du présent : à Dieu qui se présente en présentant (un Enfant) ; à Dieu qui se présente en présentant (son Enfant, son Fils) ; tu ne croyais pas à l'avenir de l'avenir : à tout ce qui est devant ce qui est devant : (le devenir) l'Enfance. Non pas l'âge (fini, temporel) de l'enfant ; mais l'état (infini, intemporel) d'Enfant.

François prie sa petite sainte qui est la plus grande de toutes les saintes ; c'est une sainte qui aime les corps et le corps ; ce n'est pas une sainte qui ne comprend pas le et les corps. François Mitterrand, très thérésien sur ce coup, sait que l'histoire de la France s'est jouée dans des corps : dans l'ovule des corps. Les tragédies, les révolutions, les élections : corps et corps et corps, corps à corps. Mitterrand croqueur de corps de femmes ; croqueur de morceaux de veaux, de diverviandes : le cuit-cru lui plaît ; les goûters, tous les pains les plats, ortolans gigots thons, turbots choux moules, radis poulet poules, fricassées morues multifrites, sauces et tous les beurres, steaks hotus melons, foie lapin tripes, retripes et relapin refoie, resauce et barbaques : les belons les moutons – beaucoup beaucoup d'escargots. Des mets des menus des spécialités : ragoûts merci. Encore un peu de ce flan : de ces haricots mûrs ; oula ces fières fraîches tomatomates. C'est un corps qui aime les corps et mange comme un corps. A la fin (vers novembre 94) : déjeune avec A, B, C (ou D) : bouffe trop, sort s'excuse, blêmissant, se fera vomir et deux piqûres (aux toilettes).

5

Chapitre religieux

Pour l'humour de Dieu

Les martyrs n'ont pas beaucoup souffert. J'habitais à Orléans, enfant, au Parc Saint-Laurent. Saint Laurent : qui demande qu'on le retourne comme un bifteck sur le gril. C'est de l'humour : le saint, c'est celui qui meurt, non pas avec humour, mais dans l'humour. C'est son dernier bras (du Christ) d'honneur aux bourreaux : le saint est au-dessus de ça : au-dessus de sa mort. Au-dessus de ceux qui en veulent à sa vie : qui n'en veulent qu'à sa vie. C'est toujours joyeusement qu'on va au martyre : c'est dans la joie, comme les sept nains vont au travail. Il y a un côté heili heilo chez le (futur) saint.

— C'est pour ça, monsieur le Président, que selon moi l'expression « enfant martyr » est une aberration. Une insulte aux enfants, d'abord, et aux martyrs, ensuite. Une insulte aux enfants battus, d'abord, et aux enfants martyrisés, ensuite.

— Votre remarque est intéressante, Mohâks, continuez... Je vous en prie.

Le lieu de l'aide absolue aux martyrs, c'est Jésus, qui est le lieu absolu de l'humour juif, qui est lui-même le lieu absolu de l'humour. L'humour juif est la Jérusalem de l'humour. L'humour juif est le royaume de l'humour : sa capitale céleste. Dieu est humour. Quand un martyr meurt, c'est d'abord de rire.

Religion chrétienne

— Vous savez, Mouaks, c'est un sujet que je n'aime pas évoquer ailleurs que dans mon for intérieur, dans ces retranchements intimes où il m'arrive parfois de prier. Mais je prie pour moi – d'une manière très personnelle... La vérité objective du christianisme dépend tout entière, est suspendue tout entière à l'appropriation subjective de chacun... Le christianisme n'existe en général que s'il est littéralement transmutable en particularité, en individualité, en molécules, en éclatements d'atomes... Ce ne sont pas des atomes qui, comme des pierres, le fondent brique après brique pour en faire un tout homogène, évident, totalisant, transcendant et céleste : c'est d'abord un tout, un tout objectif, mais dont on ne peut *a priori* rien faire, car d'un tout, on ne peut jamais rien faire, et quant à l'objectivité, c'est quelque chose qui n'est pas de l'ordre des capacités humaines. Il faut bien saisir ça dans la religion chrétienne, M. Moixyann Janus : elle ne va jamais du bas vers le haut, mais c'est toujours le haut (de Dieu) qui vient s'inquiéter des hommes (du bas), leur permettant, leur ordonnant parfois, d'abandonner la vérité pour une vérité moins vérité, moins vraie, mais plus véritable : les vérités partielles, erronées, parcellaires, sont les vérités vécues : le christianisme est un moment (est un geste) d'appropriation... Vous savez bien, je sais que vous l'avez bien compris, vous, Moixounet-des-Prés, qu'il est un cas de figure, ça va faire plaisir à votre Péguy, et ça va aussi faire plaisir à votre Suarès, et à Picasso, à Watteau, à votre Varèse, qu'il est un cas de figure, n'est-ce pas, où la vérité ciélue du Ciel et la vérité terrue de la terre, où la vérité nue dense simple lumineuse de Dieu, objective, est unie à la vérité ratée, à la vérité en loques des humains, à la vérité fractionnée, abîmée, trouée truquée, trouquée, des êtres humains.

— La vérité objective et la vérité subjective, la divine et l'humaine, sont réunies dans les martyrs, les saints, les génies et les Enfants.

— Je n'aime pas cette majuscule que vous mettez à « enfants ». Vous avez écrit vous-même que tous les enfants étaient des enfants martyrs.

— Faux : j'ai écrit que tous les enfants étaient des enfants battus. Battus à la tendresse ou aux coups, qu'importe. C'est grosso modo la même chose.

— Vous disiez quoi ?

— Je vous parlais du *Grand Secret*, monsieur le Président.

— Nous sommes bien d'accord.

— C'est le sujet de *Panthéon*.

— Comme la poésie pure était le sujet de *Partouz*, n'est-ce pas ?

— Je ne vous le fais pas dire !

— Vous n'êtes pas allé un peu loin dans *Partouz* ?

— Loin comment ?

— Avec votre thèse : les terroristes du 11 Septembre™ sont des gens qui, suite à un chagrin d'amour de trop, se sont encastrés dans les Twin Towers pour aller chercher des filles faciles au paradis...

— Monsieur le Président, je suis désolé, mais depuis la parution de *Partouz*, les faits m'ont donné raison... Vous avez suivi le procès Moussaoui ?

— Oui...

— Non seulement il a expliqué qu'il avait pété les plombs en 1990, à l'âge de 22 ans (il est né en 68, comme Mohammed Atta et moi), à cause d'une blonde, mais en plus, pendant son procès, il n'a pas cessé de répéter que le Boeing 747 était pour lui un moyen d'atteindre le paradis... Du moins : le paradis des islamistes...

— Mmm...

— Je me demande d'ailleurs si c'est si incroyable que ça...

— Quoi ?

— Cette histoire de se dépêcher de claquer pour aller vivre la belle vie là-haut...

— C'est vrai : vous trouvez déjà ça dans sainte Thérèse d'Avila...

— Là vous avez raison. Dans sa *Vie écrite par elle-même*... J'ai même le passage sous les yeux... Je vous le lis...

— Je crois que je le connais, mais allez-y...

— « Mes frères ne me détournaient en rien du service de Dieu. Il y en avait un qui était à peu près de mon âge. Nous nous réunissions tous les deux pour lire la vie des saints. C'est celui que je chérissais le plus. Toutefois j'avais pour tous l'amour le plus vif, et ils me payaient de retour. Je lisais donc les souffrances que les saintes martyres avaient endurées pour Dieu ; il me semblait qu'elles achetaient à bon compte le bonheur d'aller le posséder. Aussi, j'appelais de tous mes vœux le même genre de mort. Ce qui me guidait, ce n'était pas un amour de Dieu dont j'eusse conscience, mais le désir d'aller promptement au ciel pour y jouir de ces délices ineffables dont nos livres nous entretenaient. »... Promptement au ciel !

— Tout est là...

— Oui. Tout est là... Bible ou Coran... Tout est là... Mais vous disiez, monsieur le Président ?

— Je dis, je disais, que tous les martyrs ne sont pas des saints, que tous les saints n'ont pas été des martyrs, que tous les enfants ne sont pas des martyrs : je dis que la plupart des enfants ne sont pas des martyrs, mais que la plupart des martyrs deviennent des Enfants, sont en train de devenir des Enfants ; que ce sont des adultes accomplis qui n'ont plus qu'à passer à l'ultime étape intéressante de la vie, l'Enfance. Pour les saints, c'est plus simple : les saints sont des Enfants confirmés. Des Enfants avérés, entérinés... Avérés.

— Jésus serait donc l'Enfant des Enfants ?

— Jésus est le Père de tous les Enfants. Et le plus Enfant des Enfants, savez-vous quel nom les hommes lui ont attribué ?

— C'est ça le *grand secret* ?

— Oui.

6

L'Express

> Les Finnois disent : sans nous, il n'y aurait pas de jambon !
> Les journalistes disent : sans nous, il n'y aurait pas de culture !
> Les asticots disent : sans nous, il n'y aurait pas de cadavre !
>
> Karl KRAUS.

Dieu est amour

— Dieu est amour, monsieur le Président. Un père, même s'il s'agit d'un Père, et même s'il s'agit du Père, ne peut pas être amour. L'enfant est amour et la mère est amour (dans le domaine de la biologie) ; dans le domaine de la création (artistique, mystique, religieuse, poétique), l'Enfant est amour et sa Mère est amour. Si Dieu est amour, Dieu ne peut être qu'un enfant ou Dieu ne peut être que la mère de cet enfant. Mais Marie n'a pas pu se porter elle-même : Marie n'est pas la mère de Marie. Marie n'a pu mettre Marie au monde : Marie a mis au monde un Enfant qui s'appelle Jésus. Cet Enfant a d'abord été un enfant, puis un adulte, et alors il a été le seul père possible de tous les enfants du monde puis, par sa passion, le seul Père possible de tous les Enfants du monde – c'est-à-dire des martyrs, des génies et des saints. Les enfants ne sont pas (encore, du moins) des martyrs, des génies ou des saints – ce sont les martyrs, les génies et les saints qui sont parvenus, non pas à redevenir des enfants (les « petits enfants » qu'ils étaient par exemple lorsqu'ils avaient sept ans), mais des Enfants. J'entends par là : des créateurs, des créatifs, des artistes absolus, des perpétuels novateurs, des révolutionnaires de l'esthétique, de la philosophie, de la littérature, de la peinture, de la sculpture, du cinéma... De la musique. Oh monsieur le Président, l'enfance, tout le monde en a eu une : sauf les petits Zouzous et ses congénères, des petites proies du Ciel... Mais ceux qui ont survécu ont une enfance : qui peut se targuer en revanche d'avoir une Enfance ? En 1905, année où (comme par hasard) il recouvre la foi, Péguy récupère son « enfance »... Sous quelle forme ? Sous forme d'« Enfance ». Il évoque la « grâce de ses mystérieux commencements[1] ». Il faudrait croire en Dieu plus souvent (quand on est orléanais, qu'on débarque à Paris) ; pour « réussir ». Socialement ? Littérairement... Pour manger tout court, puis, plus tard (éven-

---

1. Intervention du R.P. Duployé in Péguy, "Fidélités et reniements de Péguy", « Actes du colloque international d'Orléans, 7, 8, 9, septembre 1964 » Paris, *Cahiers de l'Amitié Charles Péguy*, n° 19, 1966, p. 51.

tuellement) accumuler quelques biens matériels. On ne pense pas alors aux milliers de Parisiennes baisables, prêtes, offertes, qui attendent leur heure (avec moi !) – on pense à ne pas mourir d'anonymat, en premier lieu et avant tout, j'avoue ; puis de faim ; (éventuellement) de froid. Mais l'absence d'anonymat devrait préserver du reste : une jeunesse à Paris, monsieur le Président. La position du stagiaire, dans la société française, est la seule position réellement christique... Je vous explique ça quand vous le voulez ! Vous le voulez ?

Je suis « entré » à *L'Express*. Stagiaire (évidemment). J'y suis resté près d'un an sans que personne, jamais, ne se préoccupe une seule fois de savoir *de quoi* je vivais. On trouvait normal, on trouvait logique, on trouvait (d'abord, les premiers temps) sympathique que je vienne travailler là tous les jours, pour les beaux yeux d'on ne sait qui, d'on ne sait quoi (du « journalisme » sans doute).

— Tu sais de quoi Moix se nourrit, toi ?

— Il est pas payé ici ?

— Non mais dis hé toi ça va pas ! Il est stagiaire, le mec... Moi à sa place je la ramènerais pas trop quand même : il a vachement de chance de travailler pour nous.

— Tu sais de quoi il vit ?

— Il a les dents qui rayent le parquet.

— Mais parce que tu sais qu'ils le payent pas au journal, hein...

— Ah ouais ? Ben c'est que ça doit être un fils à papa alors... On va bouffer ?

Je voudrais utiliser un peu de papier, là : pour vous

dire que. Je suis désolé mais pour vous dire ceci : que. Vous dire eh bien mais : que. Que je (c'est parti !) n'ayant pas reçu le moindre centime de vos poches radines, de vos accolades rassurantes et de vos mains sachant signer des chèques et des notes de frais, et des... des tickets restos ! Je n'ai jamais approché de ma vie, je le jure, jamais vu de près, dans mon existence qui est quand même une existence qui existe : un ticket restaurant. Comment marche-ce ?

Ooooh mais hé : tu imagines (pauvre lecteur, qui baise pas beaucoup) (par rapport à moi) (mais je ne suis pas prêteur) (je ne suis complètement pas du tout très partagiste), tu imagines, mec : des tickets meufs. Tu montres ton ticket et tu plais... La fille t'accepte... Pute, pas pute, pas le probl' : non elle t'accepte en tant que fille fille, fille pas pute forcément, parce que le ticket tu le possèdes il est là, sale arié, espèce de sale arié... Je voudrais bien savoir, tiens, ce que ça signifie, « arié ».

— Ne pas avoir de pensée et pouvoir l'exprimer – voilà qui fait le journaliste !

— Vous êtes parano, stagiaire Moix... Et cessez de citer Kraus dans une salle de rédaction : on n'aime pas Kraus dans les salles de rédaction.

Dehors, le soir, en face du bâtiment de *L'Express*, je m'entretenais avec Kraus...

— Laisse tomber, Johannes, ce sont des cons... Ils écrivent parce qu'ils n'ont rien à dire...

— C'est vrai.

— ... et ils ont quelque chose à dire parce qu'ils écrivent !

— Exact.

— Le peintre a ceci de commun avec le barbouilleur, qu'il se salit les mains. C'est précisément ce qui distingue l'écrivain du journaliste.

— Bien dit.

A *L'Express*, les journalistes avaient des habits qui n'étaient ni beaux, ni élégants, ni chers, ni donnés, ni démodés, ni de mauvais goût, ni de bon goût : les journalistes avaient des vêtements qui étaient les mêmes. Pas les mêmes entre eux : c'eût été drôle, déjà qu'ils pensent tous la même chose à la virgule près avec juste de microvariations pour se rapprocher de la nouvelle direction ou, au contraire, jouer les électrons libres parce que c'est vaguement prestigieux d'en avoir un, deux, dans une rédaction. Les journalistes avaient des vêtements qui étaient les mêmes mais pas les mêmes entre eux. C'étaient des vêtements qui étaient les mêmes entre eux-mêmes : entre eux aujourd'hui et eux la veille.

Et, si je puis me permettre : et eux le lendemain. Ils étaient sales. Ou obsessionnels : ils avaient tous acheté les mêmes vêtements en série, pour des mois, des années, des siècles, par souci de cohérence, pour leur « personnage », ou bien, parce que c'était plus simple, plus quelque chose (je ne sais pas quoi exactement). Ils ne sentaient pas tous très bon, non ! c'est vrai : je suis désolé, j'ai le droit, c'est mon droit de le dire : un versailles ; tous les parfums, les cocoteries ; les express effluves. Ce n'était pas une rédaction dans laquelle les gens étaient propres ; ce n'était pas une rédaction dans laquelle les gens étaient jeunes ; c'était une rédaction où les gens étaient bourrés à quatre heures de l'après-midi. Pas tous :

ceux que moi je fréquentais ; c'étaient les bourrés qui me passionnaient le plus. Les non-bourrés racontaient des trucs saoulants. Les bourrés, eux, évoquaient des (vodka + âge élevé =) souvenirs intéressants, j'avoue. Mon préféré : Jean-Pierre Dufreigne, vieux beau cultivé, bourré du matin au soir, racontait les aventures sexuelles de Françoise Giroud.

La pourriture végétale de *L'Express* : ces têtes de mort ; les tortures dans les bureaux. Les plantes carnivores qu'on appelle les pigistes. Les vieillesses anéanties : les ratages commentés. Les ratages partagés... Les ratages déniés. Les archaïsmes dans les analyses : les prétentions suicidaires à décider. Les nouvelles formules pires que les anciennes : qui rapportent de l'argent pendant trois numéros, et se vautrent pire que la précédente. Parce qu'on a voulu changer du vert, ici une bordure rouge, un bleu cassé : aérer la lecture, c'est toujours la même idée qui revient, obsessionnelle : que ce soit plus clair, plus aéré... Il faut aérer la lecture : qu'il n'y ait plus rien à lire du tout, ce serait ça *le* journal : un journal avec le journal écrit ailleurs qu'à l'intérieur, ailleurs que dedans ; dans une galaxie aérée spéciale, et dans le journal, plus d'aération, de l'air, des branchies, des bronches, beaucoup moins de lecteurs mais beaucoup plus de poumons de lecteurs...

Thym

Ce n'était pas la coriandre que ça sentait, quand on entrait à *L'Express*. Ce n'était pas la cardamome, non plus. Ni le thym (encore appelé serpolet). Ça ne sentait pas du tout la luzerne, et ça ne sentait pas la coronille. Ça ne sentait pas le myosotis, l'orcanette, la lavande, le lavadin, le crocus, et ça ne sentait pas la pâquerette, et ça ne sentait absolument pas l'œillet, l'hélianthe, la marguerite, la gentiane, le dahlia, le bleuet, la sauge, l'iris, le pin, l'aloès, la jacinthe (mon Dieu que ça ne sentait pas la jacinthe, à *L'Express*). Aucun parfum, vraiment aucun, non plus, de fraisier. De rose, de saintpaulia, de caladium, de pontederia, de gingembre, de mandragore, d'achimène, de fumeterre, d'isatis, de filipendule, de pimprenelle, d'aphélandra, d'adonis ou d'anémone. A *L'Express,* ça ne sentait pas la quintefeuille, le narcisse, le clivia, le persil, l'angélique, l'aneth ou le cattleya, ni le cerfeuil. Non. Ce que ça sentait, c'était, vraiment, ce que ça sentait c'était : la merde.

Tout le monde chiait dans son pantalon. C'est que tout le monde terrorisait tout le monde. Les chefs en chef terrorisaient les chefs supérieurs, qui hurlaient sur les chefs inférieurs, qui s'en prenaient aux chefs intermédiaires, qui se vengeaient sur les chefs qui n'étaient pas chefs mais qui étaient chefs quand même car à la rédaction de *L'Express*, il n'y avait que moi et deux ou trois poissons rouges qui n'étaient chefs de rien. Les chefs sous-chefs arpentaient les couloirs dans l'espoir de croiser « par hasard » un chef surchef dont ils allaient pouvoir se faire bien voir en lui « vendant » une idée « porteuse ». Le chef sous-chef avait volé cette idée à un chef moins chef que lui, à un chef un peu moins chef, juste un petit peu moins chef, et s'était déjà empressé d'aller la revendre : quand la racaille fait ça avec une voiture, on appelle ça un délit. A *L'Express*, on appelait ça faire son métier.

C'est qu'il fallait bien passer chef plus plus. On n'allait pas passer sa vie dans la peau d'un chef plus moins ou d'un chef moins plus. Mon responsable de stage, moi, était surchef sous-supérieur-en-chef et espérait passer sous-chef supérieur-inférieur-en-chef-supérieur-en-chef avant Noël. Il dirigeait le supplément « cadres ». Sur une petite dizaine de pages, il racontait comment un fabricant de cure-dent de Nogent-sur-Meuse était parvenu, grâce à une volonté de chien et un DESS de Propreté de l'Entrefesse à l'Ecole des Cadres Motivés (Pithiviers), à « évoluer dans le marketing » sur le marché du récurage très intime. Vous aviez aussi des interviews de pizzaïolos neuneus, qui, après avoir fait breveter trois neurones par une fac aujourd'hui démolie, avaient « monté leur propre entreprise », et posaient pour la photo, devant des scooters « Fissa Pizz' » ou « A tout de suite Macaroni ».

Sociétés de tuyaux d'arrosage, PME spécialisées dans la frite, coopératives new age commercialisant des pommeaux de douche fluos ou des arrache-tétines pour bébés à dents, c'étaient toutes les facettes du « manageurial » qui étaient représentées là. Le manageurial a des allures d'arrivé un peu bovin, un peu ovin, un peu vin aussi, qui lui donnent un teint rougeaud qui est le teint de la réussite commerciale dans les provinces où on fait la nique à Paris. D'ailleurs, ce supplément s'intitulait sobrement *L'Express Réussir*. Seuls ceux qui réussissaient, ou voulaient réussir, ou étaient en train de, sur le point de, avaient un accès immanent à ce bréviaire de la *win* où les diplômés des Grandes Ecoles, même petites, trouvaient des avenirs découpés sur mesure.

C'était la revue des « débouchés », si tu préfères. Des « débouchés »... Les « débouchés », qui est un mot qui n'est pas beau, ça m'a toujours paru assez mystérieux : car on ne dit jamais les débouchés sur quoi. Les débouchés sur qui. Les débouchés, en gros, c'est l'égout de ceux qui veulent réussir dans la vie.

Les gars des écoles de commerce lisaient ça comme une Bible, *L'Express Réussir*. Tu penses : on parlait enfin de leur école. De l'Ecole supérieure de commerce de Lisieux, avec la filière marketing des eaux, option droit. Et dans le supplément « Réussir », on essayait aussi de consoler les ratés, les merdes, les épaves : un futur diplômé de Sup de Co Mâcon trouvait toujours un pigiste-en-chef pour lui prouver par a + b que son école, niveau infrastructure et gestion du potager, était bien supérieure à l'ESSEC ou HEC. Les écoles faisaient imprimer quelques publi-reportages sur leurs « établissements » fameux : des morceaux de bâtiments blancs posés dans l'herbe tondue, avec, sur la pelouse tondue, une trentaine de demeurés en tee-shirt « Vive nous », calamiteux de suffisance scolaire, hilares à mort de bonnes notes et ivres fous de cursus arrogant. Ils levaient les bras en l'air en criant yeah.

J'étais à *L'Express* en 94... Il n'y avait pas un chauve, un blond, un rouquin à lunettes, un alcoolo, un scolaire, un véliplanchiste, un spécialiste du mollet, un interviewer de starlettes, un grand combattant du reportage, un guerrier des Afghanistans et des Seychelles, un grince-papier, un titrailleur, un cruciverbant qui ne parlât du seul unique unique seul unique obsessionnel important unique seul sujet possible : la francisque de François. La françouisque... Les journalistes sportifs, le soir, n'enlevaient pas leur slip pour niquer des grosses vaches après des matchdefooteries sur TF1, les mondains de la galipette ne sortaient que moroses avant d'aller chez Fouquet's pour palper l'huître et l'entraille des veaux aux amandes : ils ne parlaient que de Mitterrand facho, Mitterrand décoré, décoré de bave et de mort, et de la poitrine fasciste de Mitterrand ; de son pin's nazi. Personne ne parlait d'une tête d'enfant que Rubens aurait peinte : du palais Rucellai à Florence : d'Oscar Wilde dans sa prison : des os de mon chien : de la notion de sarcophage : ni de dérivées mathématiques, des intégrales dites « de Wallis »... Pour un flirt avec toi, je ferais n'importe quoi (pour un flirt) (avec toi) : Mitterrand François a joué les Delpech avec Vichy, c'est sûr et certain et c'est évident, et c'est sûr (et c'est certain) : c'est évident... Il a évolué parmi les putois... Il a connu les convulsions du doute, a frôlé des damnés. Il a eu des compagnons méchants. Il a vu trajecter des trajectoires droites.

7

Mitterrands

Station t(h)erm(in)ale

Mitterrand a léché : des bottes ? Non : ses babines ; avec un peu de patience, se dit-il, Vichy, qui est le Paris nouveau, le transitoire Paris, la capitale intérimaire de la France, est le lieu neuf des Rastignacs empressés : Mitterrand est entouré de puissants temporaires, mais il sait que : tous les puissants sont : temporaires. Vichy est une possibilité pour lui : parmi d'autres : il saura s'en arracher s'il trouve mieux pour se catapulter dans l'avenir : et atterrir ici : au Panthéon ; athlétiquement entré dans : l'histoire. Vichy est une hypothèse de travail. Il s'y adonne rêveur : pas zélateur. Il s'y affaire évasif : pas convaincu. Mitterrand n'est fanatique que des nuages... Vichy, station thermale : le chemin de la mort des juifs passe pour un lieu agréable à vivre. Mitterrand, précaire dans la conviction, postule à la Légion des combattants – ce ne sont pas des tendres. La Légion des combattants : de vrais collaborateurs, oui. Qui n'ont pas, eux, comme certains à Vichy, dont Mitterrand je crois, l'innocence persécutrice.

Regarde

Regarde quand même, journaliste de *L'Express*, viens ici à Vichy en 42 et regarde, observe la figure de François : il est dans l'hésitation, tu le vois bien. Il est dans la tergiversation : le vent, les feuillages, les eaux de Vichy : ce ne sont qu'un bruit quand il doute. Jusque-là, 1994, « on » n'avait pas compris, « on » n'avait pas voulu comprendre, « on » ne s'était douté de rien. « On » n'avait rien vu... La « face cachée » de François Mitterrand l'accompagnait comme un génie maléfique qui restait invisible tant qu'ils « ignoraient » son existence, sa présence : et puis un jour, « on » sort le diablotin de la boîte... Ça s'échappe (les gens s'échappent) dans tous les sens et toutes les directions, en hurlant :

— Fasciste.
— Satan !
— Nazi le diable.
— Hitler au PS !
— Pétain n'est pas mort.
— Mitrand = SS.
— Moi j'ai fait maths sup : Mitterrand = ∫∫ !
— PSS.
— Salaud !
— Ça alors.

La vraie véritable raison de tout ce « scandale » est simple : nous sommes passés d'une époque où la vérité était étouffée (les années de Gaulle) à une époque (aujourd'hui) où la vérité est insupportable. Or, il n'y a aucune insupportabilité dans le fait qu'un homme de vingt ans ait été saisi par la tentation du fascisme en 1942 et soit devenu le plus grand socialiste du XXe siècle. Il faut dire clairement la vérité claire (à la Péguy). Tristement la vérité triste. Il faut dire compliquemment la vérité compliquée. Il faut dire complexement la vérité complexe ; il s'agit de dire humainement la vérité humaine.

Transmutation ?

Il n'y a pas eu de transmutation de François Mitterrand en un François Mitterrand nouveau (entouré d'un brouillard invisible et nauséeux), mais passage de l'état adolescent à l'état adulte. Rien n'était plus courageux que d'entrer dans la Résistance (elle vous plaît cette phrase ? je la pense – je pense qu'elle est vraie). Mais n'était-il pas angoissant, pour François-Mitterrand-Parexemple, d'hésiter entre le squelette de la France et le cœur du combat ? La lâcheté physique : il ne l'a jamais eue. Il a dû comprendre, par lui-même et par lui (tout) seul que la graduelle présence des jets d'eau et du soleil de Vichy était une désertion de tragédie, un renversement de courage. Alors ce courage, il est allé le rectifier : il est allé haïr au bon endroit ; il a changé d'insomnies. Il quitte le service de la documentation de Vichy pour se mettre au service des ponts, des bois, des cailloux (il y a des couleuvres, des vipères), des ruisseaux. Il va regarder la lune, ramper sur de la terre qui fait mal, dormir la nuit sur des végétaux humides qui vont lui donner des rhumes – des chefs vont même lui donner des ordres.

— De toute façon à Vichy je ne servais à rien...

Juste avant de devenir Résistant (et partir à la conquête des fraises des bois, des escargots, des arbousiers, des pluies, du lichen et de nombreux escargots – pour ne pas parler des limaces et des larves d'æschne), il reste un peu au Commissariat des prisonniers : c'est mieux payé ! « C'est payé combien par mois, Résistant ? » Un être humain sur la terre a-t-il déjà posé cette question ? Y avait-il des Résistants salariés ? Des Résistants « free lance » ? Des Résistants pigistes ?

— Tu fais quoi, ce soir ?

— J'ai un pont à faire sauter, et juste après, une voie ferrée à démolir.

— T'es payé au mois pour faire ça ?

— Non, à la pige.

— Tu es en frais réels ?

— Ouais, je fais une fiche et après je me fais rembourser...

— Notes de frais ?

— Ouais...

— Ah d'accord... Tu es payé en droits d'auteur...

— Oui c'est ça : en droits d'auteur... Je dépends de l'Agessa-Résistance...

— Qu'est-ce qui est le mieux payé : un pont ? une voie ferrée ?

— Ça dépend des besoins du moment... De l'enjeu du moment... Et puis ça dépend aussi de ton chef de réseau... Tu peux tomber sur des cons... Parce que pour te faire bosser ils sont très forts : mais après, pour se faire payer, c'est l'horreur...

— Ça fait longtemps que tu es collaborateur ?

— Je suis Résistant, je viens de te dire.

— Je me suis mal exprimé : ça fait longtemps que tu es collaborateur régulier dans la Résistance ?

— Ouais. Mais ils veulent quand même pas me régulariser... Alors que y a des stagiaires qui en foutent pas la rame et qui risquent de l'être avant moi !

— Bof... Y a beaucoup de mecs, et beaucoup d'homos.

— Je vois...

— Certains sont là parce qu'ils ont suivi un type dont ils étaient fous amoureux... D'autres parce qu'ils espèrent rencontrer quelqu'un... C'est des réseaux, la Résistance, mais ce qu'on ne dit jamais assez, c'est que ce sont aussi des réseaux de rencontres...

— C'est génial...

— Ouais, c'est pratique...

— Mais ça, tu vois, j'aurais pas cru : autant de pédés dans la Résistance.

— Enormément. Mais tu le répètes pas, hein : c'est un grand tabou chez les gaullistes. Ils veulent, eux, des réseaux de gaillards virils hétéros le torse prêt à recevoir une balle tout aussi virile qu'eux... Ce qu'ils veulent créer, eux, comme mythe, c'est pas tant les « héros de la Résistance » que les « hétéros de la Résistance », tu comprends.

Un troisième « personnage » (assez bien roulée – c'est une « meuf ») s'avance...

— Mais... Mais tu es qui toi ?

— Tu le vois bien : je suis Francisca, la Francisque de François Mitterrand.

— Tu as quel âge ?

— Je suis née au début de l'été 1943. Mais mes grandes sœurs, elles sont nées toutes en même temps, pratiquement, le 16 octobre 1941... Tu... Tu viens jouer ?

— A quoi ?

— Je sais pas, moi, à faire chier les Allemands, les Français, les Français qui se prennent pour des Allemands et les Français qui se prennent pour les seuls Français...

— Mais heu... Toi, Francisca, tu...

— Je te plais ?

— Tu as du charme, tu es attirante, mais ce qui me gêne, c'est tout le reste...

— Viens, on va foutre la merde entre les Collabos et les Résistants ! Ils nous font tous chier de toute façon...

— Comment ça ? C'est grave ce que tu dis, là...

— Mais non c'est pas grave : ça le sera en 2006, quand ce qui se passe maintenant sera relu en termes de bons très très bons et de méchants très très méchants... Mais je peux te dire, moi, que la réalité est moins lelouchienne, en 42...

— Ah ouais ?

— *Ach ja* ! J'ai vu de tout, mec. Il y a eu une phase, avant le 11 mars 1942, entrée de la Wehrmacht dans la zone sud (en violation formelle de la convention d'armistice), plutôt très très floue... J'ai vu de tout... De tout : des Collabos qui désiraient l'écrasement de l'Allemagne parce qu'ils ne supportaient éthiquement plus d'être Collabos ; des Collabos qui désiraient l'écrasement de la France parce qu'ils ne supportaient plus éthiquement qu'on puisse les considérer un jour comme des Collabos ; des Collabos qui avaient été Collabos par arrivisme ; des Résistants qui avaient été Résistants par arrivisme aussi ; des Collabos qui avaient été Collabos par amour (d'une femme, d'un homme) ; des Résistants qui avaient été Résistants par amour (d'une femme, d'un homme) ; j'ai vu des Résistants homos et des gestapos hétéros ; j'ai vu des Collabos qui avaient le fond gentil et des Résistants qui avaient le fond méchant ; j'ai vu des Collabos qui regrettaient de n'être pas des Résistants et des Résistants qui regrettaient de n'être pas des Collabos. J'ai vu des Collabos qui pleuraient sur le sort de leurs victimes, j'ai vu des Résistants qui ne prenaient pas le temps d'ensevelir un de leurs morts. J'ai vu des Collabos subtils et salauds, des Résistants lourdingues et bons ; j'ai vu des Collabos brutaux et généreux, des Résistants raffinés et justes. J'ai vu des Collabos justes et des Résistants injustes ; j'ai vu des Collabos drôles et des Résistants sans humour ; j'ai vu des Collabos qui résistaient et des Résistants qui collaboraient. J'ai vu des hommes dans une époque qui n'était pas humaine.

— Mais dis-moi, Francisca, ton François, il se situait où ?

— C'est simple : Mitterrand est un Collaborateur qui a compris qu'il valait mieux collaborer avec les Résistants dans la Résistance, que résister aux Résistants dans la Collaboration. Si vous voulez mon avis, plus subtilement encore : Mitterrand, avec les Résistants, s'est vraiment comporté en Collabo ! Collabo parce que vraiment au service des ennemis de Vichy ! Son côté Collabo s'est manifesté au sommet de son art auprès des Résistants ! Car il ne s'est pas fait seulement Résistant : il a collaboré avec l'ennemi de l'Allemagne, il a collaboré avec les ennemis des Collabos. Il a trahi un camp (la Collaboration) pour aller en livrer tout ce qu'il savait à un autre camp (la Résistance) : Mitterrand a bien été Collabo – tout le temps qu'il était Résistant. Ce sont les Résistants qui en ont fait un Collabo, leur Collabo.

8
Collaboration

« Collabo » à L'Express

Je suis un collaborateur, moi(x) aussi... arrivé extrêmement stagiaire, là-bas. Je stagiais. Je collaborais (avec le « grand capital » c'est comme ça kelon dit). Nombreux très nombreux étaient les péteux, les foireux, les extrêmement peureux, les craintifs hors norme, les belettes de compétition. Ça trouillait sec dans les couloirs infinis. On se retrouvait à la machine à café. Les gens fermaient la porte de leurs bureaux pour dire du mal des gens. Tu avais là quelqu'un qui te souriait jusqu'aux cheveux, qui te faisait un cours théorique sur la canine et le sourire en général mais qui, une fois sa porte refermée sur toi, te maudissait comme mille vermines et appelait, d'une voix douce, des collègues pour dire que tu avais de gros défauts.

On se montrait quand il fallait, c'était calculé. Et juste après, il y avait la science inverse : celle de savoir se faire oublier juste au moment propice. Il y a une balistique sociale. Une physique newtonienne de l'entreprise, avec sa mécanique qui prévoit des mouvements d'orbites, des équinoxes de chefs, des éclipses de sous-fifres. Mais ce qui régnait je dois dire à *L'Express*, c'était la trouille. Tu sentais que les types n'étaient pas d'une extrêmissime sérénité. On vérifiait les regards, on se tenait au courant. On regardait dans les coins. On plaquait son oreille où il fallait.

Ce n'était pas une violence ouverte et publique, évidente, facile à voir tout de suite. C'était une violence induite et sinueuse, moléculaire et comme plaquée sur des morceaux de murs, une violence volatile comme de la poudre d'amiante, c'était folliculaire, parcellaire. C'était des atomes de trahison qui se promenaient. On ne voyait pas les couteaux : il fallait les imaginer, se les représenter. C'était tout un travail de symbolique. De décodage épuisant. Jean-Marc Biais se promenait avec des dossiers et il me recevait dans son bureau, il était gentil, il m'avait fait « entrer ». Mais je ne pouvais pas lui demander de me faire rester : une fois que tu entres, tout se met secrètement, tout se met mécaniquement tranquillement en branle pour te faire sortir, t'éjecter, comme un corps étranger. Qui gêne...

Christine

Dans les couloirs de *L'Express*, tout le monde avait peur de Christine Ockrent (elle dirigeait alors le magazine). Je voyais des gens qui m'avaient crié dessus, qui avaient tenté de m'humilier, qui tout d'un coup, qui soudain devenaient des gens très gentils, tellement gentils dans leur gentillesse que le mot qui leur va le mieux, quand j'y repense après toutes ces années est le mot : agneau. C'est mignon, un agneau. Quand des nouveaux chefs arrivent, dans une entreprise, il y a une sorte de terreur qui se crée de la part des cadres en place, des cadres déjà sur place, et, dans cette terreur, les stagiaires jouissent d'une sorte d'immunité, étant donné leur transparence et leur totale inimportance, que tout le monde, tout à coup, envie. Le stagiaire est le seul qui ne puisse être en danger dans cette (minable petite) tempête où tous les salariés, que ce soit les salariés sous-sous-chefs, les salariés sous-chefs ou les salariés chefs, font caca dans leur culotte.

Je n'avais pas peur moi, puisque je n'existais pas. Je ne pouvais rien craindre pour ma vie humaine, puisque je n'avais aucune existence salariale. J'étais ectoplasmique au milieu du futur charnier. On me regardait avec jalousie parce que je n'étais rien ! Et peut-être même que les stagiaires sont utiles au nouveau pouvoir qui arrive : ce nouveau pouvoir peut se servir d'eux, leur promettre des trucs, des bureaux, des salaires, des portemanteaux, en échange (et même des gommes, et même des crayons), en échange (et des notes de frais !), en échange de quelques informations. De deux ou trois belles et bonnes délations. Alors l'ancienne armée en chef salariée des cadres qui vont vite *gicler*, mais font tout quand même pour rester, commence à se méfier de toi, de toi le stagiaire qui as ta vie devant toi, qui es jeune devant toi et si dangereux devant eux, qui n'est rien, qui n'a rien, et qui pourtant a l'essentiel : de l'avenir plein les poches et rien à se reprocher, rien à réclamer ni rien à défendre, qui n'a pas de passif, zéro dossier, pas la plus petite minuscule réputation dans ces murs.

9

Return of the Son of the Revenge of Marie-Louise Terrasse

Catherine Langeais

Je suis en mesure de vous apprendre, comme dirait Michel Mohrt, de l'Akolvésie française, dans *Panthéon*, que François Mitterrand avait envoyé plus de 2 000 (deux mille) lettres d'amour à Mademoiselle Marie-Louise Terrasse. Elle n'y répondait plus depuis longtemps... Pourquoi faire ? Les cœurs + croupes + seins + bouches sont plus utiles aux mains crabeuses des Polonais qui gamahuchent et râlent, au moment qu'ils éjaculent en offrant à la face du monde (qui ne peut pas les voir) une série de grimaces qui est peut-être ce qu'il y a de plus laid dessus depuis sa création.

Les jouisseurmecs à lèvres pincées, ceux à lèvres ourlées dédaigneuses, l'œil circonflexe, ou lui, là : le nez en groin, dents serrées et jouissance flûtée par petits cris de colibri ridic, lui sinon : la narine dilatée et prognathe juste au moment de l'éjac, qui renvoie des grognements caverneux graves et volcaniques, comme s'il arrachait un continent avec sa mâchoire pour le recracher dans la mer, les dents en moins. Il y a le cri de jouisse vainqueur et le petit de truie, plus excusé, plus trouillé, plus craint : domestiqué par les remords, la culpabilité ; et les hurlements déments de ceux qui veulent que ça se sache ; les fous en thorax saillant, suant de tous les cheveux, écumant, bavant, éructant, le torse trempé...

Revoyure

Ils se sont revus à Paris. Ils ne se sont pas revus très longtemps. François est éloquent, mais pas là. Il a dit à Marie-Louise, lui rendant sa bague de fiançailles, de conserver les lettres de lui comme celles qui furent celles d'un enfant : il est à présent autre et, surtout, il lui glisse cette phrase que jamais, jamais elle n'oubliera (que jusqu'à sa dernière *Séquence du spectateur*, elle a entendue en écho) :

— Je crois avoir acquis à présent une capacité PHÉNOMÉNALE à pouvoir passer à autre chose.

François, désormais, ne fera plus rien pour aimer les femmes et se faire aimer d'elles ; il ne fera jamais rien que pour les séduire. Il s'imagine beaucoup trop bien ce que son Zou a fait au Polack quand il était enfermé au stalag avec les rats, les ratés, les tarés... Son Zou en pyjama bleu ciel, sans le moindre lambeau de peau dé-zousé, est venu se zoucher après avoir pris une zouche... Elle est venue se zoucher auprès du Polack. Il l'a enzouchée devant un moiroir polonais ;

elle aimait bien se faire enfourzoucher devant une glace. Parfois des types étaient invités à voir, à mater un peu : c'est comme ça qu'elle est née : *La Séquence du spectateur* ! Les zoufesses devant la glace, elle se met zous les pieds du Polack, elle zousse ses pieds, remonte, puis lui zousse les polockouilles, deux grelots bibelots zoulustrés. Elle aime recueillir le seperme du Polonais beau dans des verres de lait : ils trinquent au foutre ; ils avalent pas du lait de chèvre, mais du lait d'homme, de lait de Polack repu, du lait de Mitterrand cocu, du lait de Mitterrand casse-cou, détruit par la douleur ; détruit par beaucoup de nuit. Mais le Zou de Mitterrand (qui appartient à la poitrine de ce grand Polack si beau) veut absolument voir le seperme gicler d'un verre à l'ait vers un vert à lait... Plein les bouches de tout le couple. François n'avait rien à faire dans ses doses, ses principes de plaisirs, faits de forces, de beaucoup d'horreurs et de seperme spécial.

10

Georges Méliès

Montreuil-sous-Bois

Méliès comme Mitterrand m'avait sauvé la : vie. Je connaissais tout sur lui, tout. Et j'avais vu presque tous ses films (à 10 ans). C'était un grand il a fait beaucoup pour la grandeur, son studio à Montreuil était sous bois (puisque la particularité de Montreuil est principalement d'être sous bois, sous les bois). Méliès c'est aussi quelqu'un qu'ils ont « emmené », « qu'ils sont venus chercher », dans un matin de brumes, de froid, de pauvreté car Méliès ne gagnait plus avec ses films de quoi faire rire presque toute la planète... Ils l'ont laissé crever dans les courants d'air, dans une échoppe gare Montparnasse, il attrapait des grippes, lui qui avait décroché la lune : vendédé bonbons, des cartes postales...

Avec lui on s'y perd un peu : d'ailleurs les Sélénites lui ont toujours fait un bien meilleur accueil que nous... Méliès avait inventé des sagas, des aventures de fées, des tragédies jaunes avec des dragons ailés, des contes chinois et des explosions nucléaires, le toit gouverné par des angédésirènes, des monstres à cornes qui portaient drôlement, dans ses décors d'une abyssale tristesse gaie : il y rajoutait du bleu. Demandait une licorne pour 15 heures : elle devait s'envoler dès la deuxième bobine dans les cieux de plafond bas de la verrière de Montreuil de Méliès qui, dans la superficie d'un appartement plus petit que le tien, idiot, a créé des mondes lunaires et sous-marins, des calligraphies humaines aquatiques. Il y avait un trottoir normal qui venait jusqu'à sa bicoque panthéonique et cinémagique : et dès que tu entrais, tu te promenais sous l'eau avec des fakirs, des girafons, trois baleines et un mage.

Diablédémons

Mais qui va le mettre au Panthéon Méliès ? Les licornes s'éloignent, nous sommes dans une eau, mauve... C'est un peu saccadé. C'est partout très truqué... D'autres voyageurs, en bus, décollent (depuis Montreuil !) vers des soleils extrêmement orange. Ces soleils rient en feu : les diablédémons, rouges ou violets, tournibulent au sol en exécutant des danses : ils ont des écailles et ouvrent des malles, de ces malles sortent : d'énormes infinies hélium têtes chapeautées de Méliès : pluies de fruits verts, gris, bleus. Et partout ça virevolte et ça s'affaire : les poissons robustes avec des jambes, les sérieux messieurs « venus constater », les badauds toujours conviés. Le tourisme de masse a été inventé par Méliès : entre les mammifères cornus et les iguanes 1900 des femmes fluettes, blanches, transparentes et mortes aujourd'hui depuis des milliards d'années, flottent, graciles, en transe de gratuité poétique, enrobées dans des collants qui montrent des muscles de mollets, des poitrines ingénues Belle Epoque.

Elles fusent, ailées ou seulement sautillantes. En coulisses elles doivent être dans la frénésie sexuelle... Griffith s'enfermait avec *toutes* ses figurantes dans une grande pièce et exigeait qu'on lui foute la paix – il devait se concentrer, oh : il fallait qu' : il se : concentre. Méliès : des grosses machines à turbins, à turbos, moteurs naïfs et peints, et les minuscules femmes-mouches qui s'élèvent dans le ciel (un plafond assez bas)... Les spirales technologiques de Méliès : crayons de couleurs et NASA, apparences de décollage imminent dans sa grange où tout est tasserangé. Tout est étudié dans son poème : longueur du plan, longueur des ongles de doigt du démon... Chaos bleus, les diablotins sont d'un rouge passé : ça fait des enfers roses. On prend des départs place de l'Opéra : on a tôt fait de se retrouver sur une plus que lune, sur du surlunaire, du métalunaire, du gigalunaire, du lunulunaire... Habité évidemment : soit par des messieurs à crocs, soit par des cailloux qui dormaient et, réveillés en colère, nous ingurgitent pour nous recracher car ils ont peur des grimaces et de nos prières... Tout l'univers de Méliès au Panthéon : il finirait ses tours là-bas, inventerait encore des mouvements inédits, des translations impossibles aux morts mais possibles (mais enfantines) pour lui Méliès.

Méliès au Panthéon de quelque étoile : accroché au

portemanteau de Saturne, avec des escargots à jambes. Des girafes pondent leurs œufs sur la Voie lactée : l'osseuse nervure colorisée des translations de figures chez Méliès : ce petit monde en ébullition de non-importance, d'Enfance : une dimension parallèle de sphères et de boucles, indépendante de toute mort, en suspens dans ce qui existe et existera de toute façon, a existé – le monde élastique ; le carburant spécial de Méliès. Qui s'en va ailleurs...

« Entre ici, Georges Méliès ! »

Entre ici, Georges Méliès : parmi les panthéonisés aux tripes malrucisées pourries : tu as ta place de vivant, avec tes moustaches pastel. Tu es la plus vivante de ces viandes. En accéléré. Ton langage... Entre ici, avec toutes les figures du cinéma muet, les loucheurs, les longilignes et les gros lards, les moustachissimus à haut-de-forme et queue de pie courant entre des blocs déserts pour attraper des brigands aujourd'hui malicieux dans leurs os, leurs défunts os sans musique au piano par-dessus.

Entre ici, Georges Méliès, dans le lit célèbre de la République, pour rappeler aux pauvres vivants déjà morts que des petites comédiennes maquillées de blanc, fluettes comme des moineaux et au sourire nuageux, à chapeaux de cloches et drôles de turbans, ont eu des jupes soulevées dans des rues adjacentes, parmi des vents soulevant la casquette de policiers à matraque, qui ont passé, moustachus eux aussi et très colossaux, à courir, saccadés brusques, dans une mécanique parfaite de poursuite impeccable essoufflée, derrière des clochards charlots lunetteux malins malingres, juvéniles et maquillés, crève-la-faim.

Entre ici, Georges Méliès, avec ta magie noir et blanc, sortie de tes trouées de cieux saturés de satellites et de poupées, de planètes hilares et de fées bandantes. Entre ici, maintenant, avec ta cohorte d'instruments et de spectres jolis, de balançoires et d'orchestres, de corps disjoints et de maillots de marins, d'orients de sous-préfectures, de jérusalems de banlieues 1900. Ton firmament de hangar... L'étoile noire de tes studios : entre avec tes confettis et la totalité de tes lunes, entre avec ta collection de femmes agitées, tes marchands de sable hagards et tes étranges faunes. Ces poissons... Les mêmes que dans la baignoire de : Marat.

11

Panthéon (6) : Jean-Paul Marat

L'impostérité

Dans la crypte, Marat a été là, juste là. Il n'y est plus. Ejecté six mois après sa panthéonisation pour « haute trahison » !!! C'était la plus grande figure, peut-être la seule, de la Révolution. Il est entré dans l'impostérité. L'impostérité est généralement mal vécue par ces loyaux serviteurs de la France éternelle. Pauvre vieux Jean-Paul... On l'a jeté avec l'eau de son bain.

Les femmes, c'est ce que Jean-Paul Marat a compris, aiment la crasse et la gloire. Les sécrétions et la célébrité. On a dit que c'était un rat d'égout, une merde dégueulasse, une putride hyène qui coinçait : un ragondin rempli de bactéries mortelles. On a moins dit, on n'a presque pas dit, on n'a pas dit du tout, on a « oublié » de dire que Ma-Rat s'est mué en Rat tout court parce qu'on l'a contraint à le faire. Pas une journée, pas une nuit, pas un après-midi sans que l'Ami du peuple ne soit obligé de se planquer, de se terrer, d'aller écrire et imprimer, corriger et relire dans les caves de la capitale ; chaque jour, chaque nuit, chaque heure son matériel était saisi ; chaque seconde, on décrète des décrets visant à le détruire, à le chasser ; ce n'était pas les rats qui grouillaient, non : mais les mandats d'arrêt. Les types de la Commune, les gardes nationaux (de La Fayette) qui, rue après rue, et dans toutes les venelles du globe, se faufilaient doucement, méchamment, avec des bâtons plein les mains, et du sang plein les mains aussi, et des bâtons dans les poches, dans les habits, sur les chevaux, pour taper Marat, pour bastonner Marat – de vraies maratonnades ! Et attention, pas seulement le samedi soir, bourrés : non. Les ennemis de l'Ami du peuple (bientôt regroupés en un seul et même ennemi générique fantomatique et spectral, sourd et invisible et permanent, fait de gueule de censure et de jalousies diverses, de déçus et d'aigris, d'aristocrates et de cocus manifestes : l'Ennemi de l'Ami du peuple) passaient des nuits entières à le fliquer, à le pister, à le dénoncer, à le filer, à l'intimider, à l'empêcher, à l'étouffer, à le repérer, à l'espionner, à le surveiller, à le guetter.

Sa peau (scrofuleuse, eczémateuse, marateuse, pamphléteuse, présomptueuse) : c'est ça qu'ils convoitaient. Souvent (la plupart du temps), ils vendaient la peau de l'ours mal léché (mais bien sucé par leurs femmes, connaisseuses). Car quand ils arrivaient ces universitaires microtesticulaires, ces aristoquards à bedaines et bas, ces contre-révolutionnaires troués, ces intégristes de la couronne, ces royalistes détraqués, ces gardes nationaux bourrés comme des coings, ces lafayettistes, ces académiciens quadruplés du menton, quand ils arrivaient pour le passer à tabac, Marat était déjà ailleurs ; Marat faisait la Révolution cinq cents mètres plus loin. Il était toujours dans les parages : Marat se sentait en sécurité dans le quartier de l'Odéon, où étaient rassemblés les Cordeliers, ses fans et défenseurs. Marat se sentait bien dans les parages et les parages se sentaient bien dans Marat. Marat était un homme de parages ; il est l'inventeur du parage.

Ils le voulaient mort-mort ou mort-vif. Marat voulait sauver la Patrie, mais pour ça, il devait sans cesse se sauver. A peine saisissait-on un numéro de *L'Ami du peuple* dans la cave d'une imprimerie, que déjà Marat faisait de cette saisie le sujet de son édito le lendemain dans la cave d'une autre imprimerie. S'il n'avait pas le temps de relire les épreuves, c'est parce que les épreuves, il était en train de les vivre.

Flic à l'envers

Les hommes de plume, habituellement, n'aiment pas en laisser, surtout dans les batailles : ce sont des planqués. Marat, lui, c'est pour se battre, c'est pour pouvoir continuer de se battre qu'il a été obligé de se planquer.

La conviction, chez Marat, passe d'abord par la forme : le fond ne vient que si ça sonne – si ça hurle. Si ça hurle convenablement. Ce n'est pas un gueuloir flaubertien, dans les couloirs des caves de Marat, c'est un hurloir. Sa conviction n'est profonde que lorsque le cri est profond. Que lorsque le souterrain d'où vient le cri est aussi profond que le sous-sol où Marat le fait naître, ce cri – le cri du peuple. Il y a un feed-back maratien : les cris du peuple deviennent des mots de Marat, et les mots de Marat deviennent de nouveaux cris pour le peuple. Quand le peuple lit Marat, lit du Marat, le peuple se lit lui-même. Il écoute (il entend) ses propres cris, il reconnaît la signature de ses hurlements. Il s'enivre de ses propres passions *via* Marat. Marat recueille, amplifie (restituer la voix du peuple par écrit, c'est amplifier) et restitue : ses exagérations sont l'histoire du peuple, mais vue par le peuple.

Quand Marat est le plus théorique, c'est lorsqu'il est le plus emporté. Il est le plus dialectique dès qu'il est le plus fou. Quand Marat réfléchit, la guillotine est toujours posée sur son bureau, comme un taille-crayon. Plus son raisonnement est complexe, plus les charniers qu'il exige, recommande, annonce, sont importants. Plus sa philosophie est profonde, plus ça doit saigner dehors.

C'est aussi un homme de réseaux : un flic à l'envers. Marat a passé sa vie à faire fliquer des flics fliquant des flics qui fliquaient des flics qui le fliquaient en faisant semblant de ne pas fliquer des flics qui ne le fliquaient pas pour pouvoir mieux le fliquer. Si Marat était parano, c'est parce que la seule manière de ne pas l'être en vivant ce qu'on lui faisait vivre aurait été d'être mort (ou bien jamais né). Tu parles d'un homme des Lumières ! Il ne l'aura pas vue pendant les cinq dernières années de sa vie, lui, la lumière... Marat a passé la première partie de sa vie à travailler sur l'électricité pour passer la seconde dans le noir quasi total.

Marat est un clandestin de la Révolution : il n'est pas vraiment d'un bord politique précis. Les clandestins, on le sait, c'est par-dessus bord qu'ils terminent : Marat a été Montagnard, c'est vrai ; proche des Jacobins, héros du Club des Cordeliers, qui lui a souvent sauvé la mise : mais Marat était maratiste, exactement comme Péguy, qui n'aimait pas les mots en *isme*, était d'abord péguyste, et Mitterrand, qui se disait tout sauf mitterrandiste, était mitterrandiste.

12
La Galerie des glaces

Le sommet de Versailles

Ce que Jean-Paul Marat a le plus reproché à François Mitterrand, en ce début de premier septennat, c'est évidemment Versailles. Le sommet de. On a beaucoup, on a longtemps, on a souvent reproché à François Mitterrand le sommet de Versailles, qu'il préside en juin 1982, sommet des pays industrialisés : fêtes, dîners incroyables, vins rares, sons et lumières, garde républicaine et jeux d'eau, dépenses somptuaires, chevaux, gants beurre frais, casques et parades. Pur-sang.

La lune flamboyante, par-dessus ce théâtre ; et l'air fait de senteurs si douces de l'été. Galerie des glaces ; bal et robes ; jabots smokings. Coiffures, toilettes. Des fleurs et des mets. Des concerts et dans le ciel, au ciel, des feux d'artifice et c'est la France dans le ciel de son histoire. On s'inscrit dedans. Dans l'histoire – on s'y perpétue ; on s'y insinue ; on s'y fait accepter par ses rites ; et par soi-même à travers ses rites. Les femmes sont belles. Soie, drapures, cavaliers au garde-à-vous : le roi va venir, et vive le roi. Quelqu'un fume un cigare. Enorme.

On danse au futur Arc de triomphe, celui de la Défense ; au futur Opéra, celui de la Bastille où tout a commencé. On danse, on boit, on remue, on se trémousse, froufrous, jarretelles, mousse et smocks, on rit à la Cité des sciences de la Villette. Au nouveau ministère des Finances à Bercy où les technocrates de tout poil se rendront en bateau, en voilier, en surf, en ski nautique, en hors-bord, en sous-marin, en barque (à la rame), en pédalo, en bateau-mouche, en jet-ski, en canoë, en kayak, à la nage, brasse, crawl, papillon, dos crawlé, nage « indienne », en apnée, en scooter des mers, en radeau, en catamaran, en zodiac, à cheval sur un hippocampe loué à l'heure, ou bien encore avec des palmes, des grosses bouées, avec un tuba, en faisant la planche, en se faisant dériver. Atteindre Bercy, atteindre le ministère des Finances trempé, décoré d'algues boueuses et d'étrons beiges, lavasse, boue, bouillasse, tout en déjections post-natatoires. Aux Finances, vite, en hommes-grenouilles, très Cousteau, mais seul Alain Bombard fut ministre, naufragé solitaire dans l'historique tout premier gouvernement Mauroy. Naufragé solitaire, direction le PIB, le budget, l'inflation et la stagflation, les taux d'intérêt, glissant sur l'eau beige, acier, nuit, de la Seine-1981, qui n'est plus un fleuve de droite, mais de gauche, comme l'Arc du triomphe, qui devient de gauche, et de gauche la tour Eiffel, de gauche le Panthéon (a-t-il jamais cessé de l'être ?). Et de gauche, sans le vouloir, sans le savoir, les arbres, les avenues, le ciel, quelques nuages, les grands magasins, le pont Alexandre-III :

de gauche, oui : de gauche aussi le Sacré-Cœur. Toute l'architecture soudain est de gauche, et la réalité, et les oiseaux, tous les arbres, l'oxygène, les gens, la pluie, l'atome.

Reagan et fiches

6 juin 82 : François Mitterrand reçoit les autres pays « industrialisés ». Mitterrand préside le sommet (de la connerie) des pays infatués. Le sommet (de la prétention) des pays infatués. François Mitterrand (le moins méprisant de tous, de loin, le moins condescendant de tous, le moins bête de tous, le moins suffisant, le moins arrogant de tous les chefs d'Etat réunis là, le moins étroit d'esprit) préside le sommet (de la médiocrité) des pays infatués. Un nombre inouï d'abrutis, sous prétexte que tout ça, tout ce simulacre se déroule à Versailles, croit que Mitterrand veut en mettre plein la vue à ses invités. Château de Louis XIV ; Galerie des glaces. Mitterrand est plus raffiné que ça : il sait qu'il n'a affaire qu'à des incultes, des technocrates ou des marionnettes – Reagan, cow-boy cacochyme, passe son temps à lire des fiches bristol dont il ne comprend pas un traître mot.

On lui pose une question sur les taux d'intérêt, le cow-boy dégaine une fiche. Il est très souple ; tout est dans le poignet. L'œil plissé, hop, il tire sa fiche. Vitesse de l'éclair ; le plus rapide de tout l'Ouest. Il tire une fiche, une autre (sur les Pershing 2, sur la politique de la FED) de sa poche revolver.

— Vous allez bien, *mister president* ? lui demande

Mitterrand avant de lui demander de bien vouloir avoir l'obligeance et la gentillesse de baisser les taux d'intérêt américains pour favoriser la relance à la française.

Alors, très calme, Reagan sourit. Dans un silence de mort, face à Kohl et Thatcher et d'autres infatués, dans un silence de mort Reagan sort aussitôt un jeu de fiches. Son œil (de lynx, de perdrix) saute les centaines de bristols qu'il a sous le menton. Il lance un regard noir à l'un de ses principaux collaborateurs : il ne trouve ni la fiche « VOUS », ni la fiche « ALLEZ – ou ALLER », ni la fiche « BIEN » ; et puis il se rétracte, c'était une erreur de sa part : c'est à la fiche « ALLER BIEN » (fiche n° 4158-B) qu'il fallait chercher. C'est ça : « ALLER BIEN ». C'est inscrit en lettres capitales – rouges. La réponse est inscrite, là, en bleu, elle, très clairement, sous la question : « oui ». Il n'y a plus qu'à l'utiliser ! Elle ne se fait pas attendre. La voilà qui fuse :

— Oui (« yes » dans le texte, mais je traduis tout, c'est plus simple).

Et là, sous le « OUI » bleu se trouve, en lettres vertes, une sorte, non tout à fait de variante, mais d'approfondissement de la réponse ; de prolongation de la réponse. D'affinement de la réponse – alors Reagan, levé de bonne santiag ce jour-là :

— Oui, merci. Je. Vais bien et. Vous-même ?

— Ça va très bien, je vous remercie, improvise Mitterrand devant Reagan admiratif.

TROISIÈME PARTIE

La mort

1
Le cancer

Je suis foutu.
François MITTERRAND.

Der französische Gaullistenführer

Le 1er septembre 1982, Jacques Chirac (der französische Gaullistenführer und Obermeister von Paris Chirac) annonce, depuis la Nouvelle-Calédonie, que « l'expérience socialiste ne durera pas deux ans ».

Jacques Chirac est un soupirant. Il ne laissera qu'un soupir dans l'histoire de France – comme dirait Alain Decaux de l'Acalifornie française.

Il boit sa Corona. Il se tord, se contorsionne. Il s'anime dans le futur. Il cherche un peu de pouvoir sur des routes, Jacques Chirac fait des voyages et des bonds. Il sursaute électrocuté. Ses erreurs ne lui apprennent (jamais jamais) rien : il ne consulte qu'au galop. Il habite l'Etat : rien ne soulage son ennui. Et ni les poufs qu'il baise, ni les voix qu'il demande. Et ni la dure campagne, et verte, qu'il arpente. Des bataillons de vaches à lait le saluent. Chirac est agricole. De village en bourg : votez pour moi, mangez des bananes. Et des choux et pétrissez vos femmes. Rien n'est secret pour lui dans les granges.

Il prononce des discours à l'étable ; automne et purin. Il quitte soudain la ferme : et vient crotter des avions et des trains, des barques et des vaisseaux, des salons et des gymnases, des mairies et des couloirs. L'Elysée le préoccupe. Il ne voit pas d'autre lieu où bouffer gratos.

L'Elysée fut trop petit pour Mitterrand ; il est trop grand pour Chirac. Jacques Chirac est là, président d'on ne sait quoi, peut-être de la République – ou d'autre chose ; comment savoir ?

« Je suis foutu »

A peine est-il au pouvoir que les médecins annoncent à François Mitterrand qu'il est atteint d'un cancer. On lui prédit, au mieux, une espérance de vie de trois ans. Il ne laissera pas la maladie gâcher son destin : il va la regarder en face et la dissimuler aux autres. Officialiser publiquement le mal, c'est officialiser la victoire du mal – c'est ouvrir (officiellement, publiquement) les portes de l'Elysée à la mort.

Le « mal révélé » (comme dirait Hector Bianciotti de l'Arinaldie française) en 1981 n'est rendu public que le 11 septembre 1992. « C'est un combat honorable à mener contre soi-même », dit Mitterrand à la presse.

La mort l'intrigue plus qu'elle ne l'effraie. « Tu vas entrer dans un monde nouveau pour toi. Ne t'étonne de rien et ne tremble pas. » Voilà sans doute ce qu'on a écrit de plus beau sur la mort. C'est signé Léon Bloy. Un auteur qu'il connaissait bien. Un auteur qu'il aimait – et qu'il avait cité, soixante ans plus tôt, dans un de ses premiers textes. Ce qui lui déplaît, dans la mort, c'est la déchéance physique, physiologique qui y conduit : cette emprise de la biologie sur la volonté.

Bulletin

François Mitterrand s'engage, au début de son premier septennat, à publier régulièrement son bulletin de santé. Mais, *entre-temps* il apprend qu'il est atteint d'un cancer. Ce n'est pas pour mentir aux Français qu'il va leur annoncer officiellement que tout va bien. Mais c'est pour mentir à la maladie. C'est pour informer (officiellement) la maladie qu'il ne tiendra pas compte d'elle. C'est pour avertir la maladie qu'il ne tiendra aucun compte de la maladie. Comme on ne reconnaît pas un coup d'Etat, ou des frontières, ou un gouvernement, Mitterrand, chef d'Etat et chef aussi de son état, ne reconnaît pas la maladie – ne reconnaît pas l'annexion du territoire de son corps par l'armée de sa maladie.

Son cancer : un adversaire beaucoup plus politique que biologique puisqu'il veut l'empêcher (il veut tenter de l'empêcher) de gouverner la France.

Sa maladie, son cancer, sa tumeur : ils sont dans l'opposition, ni plus ni moins, comme Chirac et Barre, et Léotard. La maladie ne sera pas élue. Faire de la rétention de mort. Dans la présence de la mort comme dans l'ascèse du pouvoir, on habite seul. Mitterrand a tous les droits, sauf celui de se laisser intimider par une tumeur de droite, par un cancer de droite. Mitterrand décide arbitrairement de s'en foutre.

« Je suis foutu », annonce-t-il (sans le moindre point d'exclamation) à d'extrêmes-proches. Un cancer de la prostate. Qui commence à se diffuser aux os. Et alors ? Où est le problème ? Le communiqué peut bien annoncer que « l'état général est tout à fait satisfaisant » et « qu'aucune anomalie n'est décelable ».

C'est vrai, après tout : mis à part ce cancer de la prostate, que Mitterrand décide de considérer, de traiter comme un *détail*, l'état *général* est satisfaisant. C'est l'état *particulier* qui ne l'est pas. « Aucune anomalie n'est décelable. » Phrase également exacte : tout se passe normalement dans le cancer de Mitterrand ; sa tumeur est conforme au comportement de toute tumeur à ce stade ; c'est une tumeur en règle, répertoriée, dont il n'y a pas grand-chose à dire. C'est une tumeur classique qui procède classiquement, normalement, sans la moindre anomalie, à son exercice de tumeur ; c'est une tumeur qui remplit tranquillement son devoir de tumeur.

Avec la rémission que va bientôt connaître François Mitterrand, on ne pourra plus dire, demain, qu'« aucune anomalie n'est décelable ». Parce que ça ne sera plus vrai. Parce qu'il s'agira alors d'un cancer qui n'obéit pas aux traditions du cancer ; un cancer capricieux qui ne se comporte pas comme un cancer digne de ce nom doit se comporter. Mais pour l'instant, les deux phrases du communiqué officiel (je suis désolé) sont vraies ; sont exactes. Sont conformes à la réalité. Mitterrand a rusé ; mais Mitterrand n'a pas menti. Mitterrand ne s'est pas moqué de toi ; Mitterrand s'est moqué d'elle. Mitterrand ne s'est pas moqué des électeurs, Mitterrand s'est moqué des tumeurs. En jouant sur les mots, il a voulu se jouer d'elle. Elle. Sa maladie. Combattre le mal tout en gouvernant la France. Il ne s'agit pas là d'un quelconque état de grâce. Mais de grâce d'Etat.

2

Thérèse de Lisieux

Extasaison

Dès qu'un corps sort du Panthéon, il perd son âme : il est déséternisé. La postérité est la fosse commune du panthéonisé. D'où l'intérêt de faire breveter son éternité autrement : sans l'aide de cette institution qui vend des éternités au rabais, des charters d'éternité, des morceaux, des parcelles d'éternité, des éternités de groupe, des éternités en solde. Péguy, Bergson, Berlioz ont « failli » y entrer : mais ils ont senti *in extremis* que la seule éternité qui vaille, c'est l'éternité solitaire et isolée, têtue dans son isolement ; l'éternité boudeuse, l'éternité fâchée ; l'éternité hautaine vaut mieux que l'éternité étatique, républicaine, scolaire et remplie d'incertitudes qu'offre le Panthéon. Mieux vaut être éternel ailleurs finalement, que dans cette académie de l'éternité, que dans cette éternité académique ; loin de tout, oui, dans une pose arrogante et sûre, dans une démarche immuable sur le temps, le front buté vers le temps qui s'écoule dans toutes les directions à la fois, et dans tous les sens à la fois, où les minutes contiennent les siècles et les secondes digèrent les années.

Trouville ou rien

J'ai aujourd'hui 37 ans. Je suis le fils spirituel de ma mère biologique. La plupart des mères de trentenaires sont passées de mode, elles ont des mamelles à la place des seins... Cela tombe. Les mères habitent un monde de matins, elles ne sont jamais du soir, elles ne veillent pas. C'est dans le matin que leurs seins finissent par tomber, par se flétrir et tomber. Elles finiront toutes avec des rides sur les doigts, des plis de bagues, dans une campagne. Des décors verts où conclure une vieille vie. Ta mère va s'en aller mourir dans un espace de lumière matinal, abouti, normand. Il y aura la mer.

Ce sera à Trouville ou rien. A Cabourg-Balbec, trop de fantômes : Proust, Marcel, le Narrateur, Jean Santeuil. Et puis le « Festival du film romantique », très peu pour moi ! Pourquoi pas la « Convention internationale du Spleen », tant qu'on y est ? Ou la « Quinzaine normande du Sentiment » ?

— Djamel Debbouze bonjour. Vous êtes cette année la star de ce Festival du film romantique, ça vous fait quoi ?

— Ben honnêtement tu vois je suis hypertouché, je suis venu avec des potes là, on s'éclate, c'est la folie pure je te jure... Pis ici c'est super trop la classe ! J'arrive les mecs !

— Vous venez pourquoi ?

— Les cons, putain ! Non !!! Mon maillot ! Quoi ? Ah pardon ! Ouais, ben non, ben ouais, moi au départ je kife trop le cinoche, et je kife aussi pas mal les meufs, les trucs sentimentaux, tu vois, romantiques, quoi. Et là en plus y a Chabat, y a mes potes de Canal, c'est carrément un truc de ouf !

— Ça vous fait quoi de dormir dans la « suite Marcel Proust », où Proust a *réellement* dormi ?

— Hein ? De ?.. Puuutain ! Nooon, les mecs ! Va y avoir du sable plein dans mon maillot, làââ... Ça va me gratter les couilles, le sable : moi je te le dis, hein, le sable, c'est pas humain le sable, si y a trop de sable sur la plage heu de Tracattrabourg, de Catattatabourg, Tabourg, *Kaburg*, je m'en vais ! L'eau je veux bien, mais le sable, je te jure, je le calcule pas le sable !

A Trouville, si tu sais regarder, tu apercevras, éparpillées comme des miettes de fourré aux amandes dans une poche présidentiationalistique (les détraqués des mots en *ique* viennent de me rejoindre, je voulais vous prévenir), les filles Martin en train de jouer sur la plage : des fusées de sœurs qui courent, parallèles. C'est comme une seule entité – « les Fillemartins ».

— Nous pourrons vraiment entrer en *Extasaison*[1] ! jubile Thérèse (avec raison).

— « Extasité », reprend son père, Monsieulouimartin (avec fermeté).

— On dit pas « Extasisme » ? demande Léonie (avec pragmatisme).

---

1. Thérèse de Lisieux, LT 46.

— N'importe quoi, s'insurge Céline (avec engouement) : on dit « Extasement » !

Début du mois de mai 1885, vacances de Pentecôte. La « tante Guérin » a invité Thérèse au bord de la mer. Mouettes et remouettes. Thérèse est dingue de Trouville. « Ma tante nous procura tous les plaisirs possibles : promenades, pêche à l'équille, etc. J'étais encore bien enfant malgré mes 12 ans et demi[1]... »

— Nous plongeons dans l'avenir à reculons, me glisse François Mitterrand en serrant nerveusement sa casquette (il vient de toucher un gros chêne). Personnellement, je me cherche dans le passé.

— C'est sans doute, dis-je, la phrase la plus importante que vous ayez jamais prononcée. Auriez-vous compris ce qu'est le *grand secret* ?

Ecailles

Là, il marque un temps assez long ; il cligne des yeux et le soleil est haut. On dirait qu'il envie les arbres ; c'est un spécialiste du froissement des cimes entre elles. La voix de François Mitterrand prend corps parmi les branches et le vert des feuilles. Il admet qu'en hiver les arbres à feuilles caduques soient des squelettes, parce que l'hiver est la saison de la mort.

— Vous devez savoir que plusieurs comités d'experts se sont récemment réunis dans le plus grand secret au sujet de « Thérèse et Trouville ». C'est une question fondamentale.

---

1. *Ibid.*, Ms A, 41 v° et 42 r°.

Regarde : c'est elle, c'est une petite fille encore, elle marche parmi les rochers sous un ciel qui forme une abaisse bleue. Quelle intruse insensée elle est déjà, dans le réel des choses : faite pour le Ciel, elle a les pieds dans la mer – son « futur Epoux » aurait couru comme un dératé sur les flots ; elle se contente de marcher sur le sable. Selon Zylberg, Ritzen et Palmer[1], elle a ébauché un château de sable. Pour van Kryck et Wilson[2], elle a tracé ses initiales sur le sable. Pour le père Chabrier, o.c.d.[3], elle a tout simplement ôté ses chaussures et senti le sable sous la plante de ses pieds.

1. Redmond Zylberg, Edward Ritzen & Moritz Palmer, *The Trouville Experience : Time and Space according to sainte Thérèse of Lisieux*, Paris/Montréal, International Bozzio Press, 1999.

2. Tobias van Kryck & Francis Wilson, *Thérèse à la plage : de l'enfance à l'Enfance*, trad. Jaqueline Viard, Caen, Théologika, 2003.

3. Père Raoul Chabrier, « Thérèse chez Tante Guérin », in *Bulletin d'études thérésiennes* n° 4323, juillet-août 2005, p. 56-57.

3

Carmel

Tourisme

Murmure de la mer. Thérèse va, s'amuse, court, ralentit, elle accélère.

« ... malgré mes 12 ans et demi je me souviens de ma joie en mettant de jolis rubans bleu ciel que ma Tante m'avait donnés pour mes cheveux, je me souviens aussi de m'être confessée à Trouville même de ce plaisir enfantin qui me semblait être un péché[1]... »

Thérèse ne connaît pas encore le *grand secret*, elle ne l'a pas encore découvert. Elle est tout à sa joie bleue, bonbons au citron, sucettes à l'ananas, pommes d'amour éternel et caramel. C'est une caramélite qui, avec un seau + une pelle, sous la splendeur du soleil chrétien, fait des Carmels de sable. Et Tatie Guérin qui accourt (soulevant un pan de sa robe pour ne pas prendre ses sandalettes cathos dedans) avec le goûter dans le sac de toile, des sablés au chocolat qui séjourneront dans la bouche de la petite future sainte, de la

1. Thérèse de Lisieux, Ms A, 42 r°.

future petite sainte, de la future sainte petite. Elle voudrait courir l'aventure dans des pays étrangers : le Carmel qui l'attend est à première vue la chose la plus contraire à la vocation de globe-trotter. Experte de l'excès, Thérèse y voit justement un inverse ajusté, un négatif parfait dans le jusqu'au-boutisme ; une ressemblance inouïe, (mystérieuse), dans l'infinie symétrie de la dissemblance.

Le tourisme absolu, l'essence du tourisme, le missionnariat (qui est un tourisme évangélique) ontologique, premier, primitif, c'est bien là qu'il réside : dans l'immuable et l'immobilité, l'infiniment statique et le définitivement clos. Dans la fixité topologique ; dans la constance géodésique ; dans la permanence géographique. Dans le centre géométrique. Dans le noyau géologique. Le Carmel de Lisieux est l'aimant central universel. Thérèse, la petite Thérèse de Lisieux, la grande sainte Thérèse (au Brésil, on l'appelle Santa Thérésinha – la sainte Petite-Thérèse) a compris, « dès le départ, si j'ose dire ! » (s'est égosillé Charasse dans des relents de homard sauce rouille, avant d'éclater d'un rire épais et cigarilleux puis de lorgner sur un plat de rognons aux astrilles) que le tourisme, ce n'est pas tout voir : le tourisme, c'est tout ne rien voir. Or, Thérèse, n'ayant pas le temps humain de passer sa Terre à en faire le tour, elle préfère s'intéresser directement à son Ciel. C'est encore de là qu'elle verra tout mieux – et, surtout, qu'elle verra mieux tout.

Les rat(é)s

Les *ratés*, c'est-à-dire les adultes bloqués au stade adulte, ceux qui ne s'intéressent ni à la question du génie (de l'art) ni à la question de la sainteté (Dieu), s'imaginent (naïvement) qu'entrer au Carmel c'est ne rien voir et que prendre avion sur avion c'est tout voir. Rien n'est plus idiot. Entrer au Carmel, c'est tout voir ; monter dans un avion et faire le touriste, c'est tout ne rien voir. Or, Thérèse veut tout – tout de suite. Elle préfère ne rien tout voir que tout ne rien voir. Le tourisme, c'est le pèlerinage du béotien. Le touriste s'envole ; le pèlerin s'élève.

— « Tu ne me chercherais pas si tu ne m'avais trouvé », dit Pascal, me susurre François Mitterrand en passant sa main droite sur sa main gauche comme s'il caressait un chat. On continue, cher Moix, à chercher la foi alors qu'on l'a déjà trouvée. De nombreux récits en témoignent. Voyez Thérèse d'Avila, grande mystique ; voyez aussi Thérèse de Lisieux, petite religieuse inculte.

Mieux faire tourner les choses autour de soi, pense la « petite religieuse inculte »... Pivot... Toute vraie géographie est spirituelle ; le seul véritable mouvement, c'est l'âme qui l'effectue. « Tout ou rien », tel est l'impératif catégorique thérésien ; tout voir ou ne rien voir.

Lisieux ne devient pas seulement, comme Perpignan dalinisé, le centre du monde, mais le centre de l'Univers ; densité infinie : concentration maximale de matière en fusion. La lave, le magma sont lexoviens. C'est là que Thérèse est une révolutionnaire, une copernico-révolutionnaire : le centre de gravité, c'est la Croix de Jésus du jardin des carmélites, dans la minuscule ville de Lisieux désormais planétaire, désormais planète, désormais la planète. Thérèse se meut dans le « monde des âmes qui est le jardin de Jésus[1] », elle n'a pas besoin de « parcourir » le monde (le monde matériel, beauf, géographique) ; c'est le monde qui viendra la parcourir (après s'être présenté au parloir, derrière le grillage – oui, Thérèse oblige le monde à faire comme tout le monde !). Le Carmel de Lisieux n'est pas le centre du monde : le monde est le centre du Carmel de Lisieux.

Pour Thérèse, le monde, ce n'est pas quelque chose de mondial : c'est quelque chose de mondain ! Fuir le monde, s'en éloigner, s'en retirer, s'en soustraire, c'est fuir la mondanité. C'est se soustraire aux mondanités. C'est très (très, très, *très*) clair dans le *Manuscrit A* : « Le bon Dieu m'a fait la grâce de connaître le *monde* que juste assez pour le mépriser et m'en éloigner. Je pourrais dire que c'est pendant mon séjour à Alençon que je fis ma première entrée *dans* le monde[2]. » Et plus loin : « Je regarde comme une grâce de n'être pas restée à Alençon ; les amis que nous y avions étaient trop *mondains*[3]. »

— Qu'est-ce qu'un mondain, Thérèse, pour toi ?

Elle m'a répondu (du tac au tac, comme *toujours*) :

— C'est quelqu'un qui ne pense pas assez à la mort[4] !

---

1. Thérèse de Lisieux, Ms A, 2 v°.
2. Thérèse de Lisieux, Ms A, 32 v°.
3. *Ibid.*
4. *Ibid.*

4

Un pédé au Panthéon

Marcel Proust

Et puis, elle est retournée jouer sur la plage. J'ai joué sur cette plage aussi – le vendredi 21 juillet 1972, Décade I, Tridi de Thermidor, de l'an 180 de la Révolution, fête du Melon (j'avais 4 ans et le melon, crois-moi, je l'avais déjà). Tu imagines, ennemi lecteur, l'effet bœuf (de la Crèche, cher Charasse) que ça ferait dans le Petit Larousse, ce Pseudopanthéon des mots : « **mondain, e** – adj. Qui ne pense pas assez à la mort » ! Proust, l'ultramondain impanthéonisable (considéré comme un planqué en 14), a stigmatisé pour l'éternité le ridicule des mondains. Proust ? Proust adorait Lisieux. Impanthéonisable ? J'ai bien peur que s'il l'est un jour, que s'il l'est demain, que s'il l'est après-demain (dans l'éternité ces dates seront équivalentes) ce soit pour les pires raisons : ce sera l'homosexuel qui entrera dans la crypte, pas le plus grand écrivain de toute « l'histoire de l'humanité », comme dirait Hélène Carrère d'Encausse de l'Acrachadémie française. C'est

Têtu qui organisera le transfert de ses cendres le jour de la Gay Pride... Avec des chars multicolores en formes de madeleine géante. Confettis, sifflets, pétales d'aubépine. A l'ombre des drag-queens en fleurs. Chars de Charlus en transe. On passera devant chez Gide, rue Vaneau, pour narguer son spectre. Aux abords du Marais, on se « fera cattleya » par tous les « le trou ». Dans les sous-sols des bars *spécialisés*, on se fera prendre contre le petit pan de mur jaune. Ce ne sera pas un jour de gloire pour l'esprit humain, mais un jour de gloire pour l'anus masculin. « Sodome et Gomorrhe pour la patrie ! » éternue Charasse en se grattant la couille droite (« C'est à ça que j'ai compris que j'étais de gauche : c'est toujours la droite qui me gratte ! »).

Un DJ sera là, *bien sûr*, (qui n'aura jamais lu *une seule* ligne de Proust mais se sera déjà fait plusieurs lignes de coke) avec casquette de pompiste, godasses de marin à la Popeye, porte-jarretelles en cuir sur ses jambes survelues, surtétramégavelues qui passera en boucle une version remix, électro-techno-junglo-pop, de la sonate de Vinteuil. Dans la foule : des types à moustaches de Proust pastiches, pardon !, postiches vert fluo ou rose phosphorescent collées sous le nez. Tout ce beau gay monde, évidemment, sera en *marcel*. *Libé* titrera (*sans aucun doute possible*) : « LE PANTHÉON UN PEU PLUS GAY » ou « UNE FOLLE CHEZ LES GRANDS HOMMES », à moins que ce ne soit « AUX GRANDES TANTES LA PATRIE RECONNAISSANTE ». « LA MADELEINE AU PANTHÉON », c'est bien aussi, mais la cause des pédés n'est pas assez clairement mise en évidence. La référence n'est *que* littéraire – au panier, donc. Le soir,

Delanoë, après un dîner d'honneur au Ritz, organisera une rave proustienne place de la Madeleine (ce qui lui fera des souvenirs).

Alors, Proust, mon écrivain préféré de tous les temps (perdus, retrouvés : tous) cessera d'être un grand écrivain tout court : il sera un grand écrivain pédé ; un grand pédécrivain ; un pédé grand écrivain ; un écrivain grand pédé. J'ai envie de vomir de toutes mes forces quand je vois que sur les chaînes câblées « gay » on passe des films de Fassbinder, de Pasolini ou de Cocteau : leur génie n'est plus que le cas particulier de leur pédérastie ; leur grandeur est confondue avec leur sexualité ; et leur homosexualité vient recouvrir, sous la forme actualisée d'une valeur sociétale suprême, un génie admis, certes, mais qu'on a envie, sans lui demander son avis et même en cassant la gueule à sa mémoire, à son âme, à son esprit, à son œuvre, d'honorer d'une sorte de talent supplémentaire, d'une dignité subsidiaire, d'un passeport pour les bonnes mauvaises mœurs de l'an 2006 qui est : se faire enculer.

Freaks

Nous vivons dans une société où Lord Byron serait invité par Mireille Dumas dans une émission sur les pieds bots, Michel Petrucciani sur le nanisme, Beethoven sur la surdité, Blaise Cendrars sur les moignons, Joyce et Hemingway sur les « ravages de l'alcool ». Roger Nimier, Albert Camus, James Dean, Françoise Dorléac, Yves Chaland, Fernand Raynaud et madame Pérez, concierge dans le 18e, à Paris, viendraient tous témoigner *à égalité* sur le plateau pour parler des accidents de la route... Et Marat (mon vieux Jean-Paul...) accompagnerait Napoléon Ier pour un spécial « maladies de peau »... Nous vivons dans une société stephenhawkinguisé : Hawking, grand astrocynique mondain qui a bien compris que sans sa maladie de Charcot, personne ne viendrait s'intéresser à ses élucubrations cosmogoniques pour taupins boutonneux. Hawking n'arrive peut-être toujours pas à comprendre l'univers, mais il a bien pigé, en revanche, dans quel monde il vivait : entre une photo de couverture montrant sa tronche mongoloïde de dégénérescent motoneuronal à faire fuir Tod Browning et l'échographie d'un trou noir, il n'a pas hésité 10^{-57} secondes : il a choisi sa tronche. Ses *black holes* à la con, personne ne les a jamais vus, mais en revanche, sa tête, ça, personne ne l'a jamais pas vue ! Ce qu'il a surtout retenu d'Einstein, le binoclotêtard aphasique de Cambridge, c'est le marketing. On ne sait pas où se trouvent les limites de la galaxie, mais en tout cas, l'astrophysique est en mesure de nous dire une chose : l'ego d'Hawking les dépasse.

Et la tronche de Proust, drapeau géant, qui claque au vent parisien. Techno-parade d'intronisation. Transfert. Rue Soufflot. Jack Lang est là. Il monte au pupitre, à la Malraux. Se saisit d'un micro (Laurent Garnier mixe juste derrière lui). « Entre ici, Marcel Proust ! » (« Il est entré par-derrière ! » écladerit Charasse en faisant claquer une bretelle.)

Alexandre Dumas

Dumas, je le répète, est entré au Panthéon parce qu'il était métis... Tu parles que la « Patrie » s'en fout de Dumas (promo 2002) et de ses *Trois Mousquetaires*, de son *Comte de Monte-Cristo* – romans dont on ne voit pas trop en quoi la Patrie devrait être « reconnaissante » à leur auteur. Cela dit (cela posé), on voit encore plus mal pourquoi elle devrait être reconnaissante à Dumas d'avoir été black – ou plutôt : de ne pas avoir été blanc ! Pourtant, c'est bien le représentant d'une minorité qui a été éternifié ; le mulâtre, et non le démiurge. Le Blackos, et non le créateur. Le Nègre, et pas l'écrivain. D'autant plus absurde que Dumas n'était pas un défenseur dieudonnesque de la « cause ». On a alors voulu, avec le gros Dumas (car à quinze ans près, cette panthéonnade aurait rendu honneur à son poids afin de donner le change aux obèses de la Nation ; « PANTHÉON XXL POUR DUMAS ») faire d'une pierre à l'édifice deux coups : quel auteur populaire se cache dans la peau d'un Noir ?

5

Le Général et le particulier

Fiction cacochyme

François va : mourir... Quelle place, dans l'histoire ? Par rapport à de Gaulle ? Aux autres ?... De Gaulle s'est inventé une France sur mesure, et il a attendu que sa France à lui, sa France subjective finisse par coïncider avec la France réelle. C'est ce que résume sa fameuse phrase « une certaine idée de la France ». De Gaulle se moque bien de la France réelle, il se moque (comme de son premier képi) de ce que la France est. Il ne veut pas le savoir. De Gaulle, ce n'est pas son problème de savoir, de faire un (petit) effort pour savoir comment la France est. Comment elle est dans la réalité ; non pas comment elle est dans la fiction cacochyme et militaire, héroïque et dépassée, lyrique et boueuse, verdunoise et médaillée, et belligérante, et pleine de grandeur grande immense, mais comment elle est ici, ou bien comment elle est là, réellement, dans la réalité, dans la vérité, dans la véracité.

De Gaulle n'a que faire du visage de la France telle qu'elle est : ce qui l'intéresse, dans sa passion, dans sa fiction, dans sa démagogie, dans sa folie, dans son aberration, c'est la France exagérée, la France enflée, la France boursouflée, la France infatuée, la France enflammée, la France inventée. Ce qui intéresse de Gaulle, ce n'est pas la France des Français, c'est la France de De Gaulle.

Ce qui passionne Mitterrand, c'est la France telle qu'il la vit ; ce qui passionne de Gaulle, c'est la France telle qu'il la voit. Mitterrand a compris que la France n'avait pas besoin de bomber le torse pour se hisser jusqu'à sa propre histoire, et que les destins sur talonnettes n'apportent que des postures, des ridicules, des hématomes et des hécatombes.

J'adore, j'ai adoré la France de Mitterrand : là où de Gaulle a lancé la France à la mer, comme une bouteille, pour qu'elle aille narguer les Amériques, sous le nez des Amériques, avec ses pieds de nez de potaches, de cornichons de Saint-Cyr, Mitterrand a fait de la France une France à sa place dans les continents, à sa place parfaite, à sa place exacte et précise, à sa place géographique idéale, sur la carte et sur le monde.

Il y a la France diluée floue frimeuse du Général, qui se balade comme sur les flots, hissant de dérisoires pavillons de suffisance, et la France précise définie géométrique de Mitterrand. De Gaulle, c'est la France du déplacement ; Mitterrand, c'est la France de l'emplacement.

La grandeur de la France de Mitterrand vient de l'intelligence qu'elle a de sa propre position dans la politique, et dans la géopolitique, et dans l'économie, et dans la géographie : un petit pays qui sait qu'il est un petit pays est un grand pays ; un grand pays qui ne sait pas qu'il est un grand pays est un petit pays. Le pays gaulliste est un petit pays qui se croit grand ; cela reste un petit pays, cela reste un avorton de pays ; c'est un prétentieux, c'est un morveux de pays. C'est un grand pays dans la fiction, c'est un pays pitoyable, c'est un pays pathétique dans la réalité ; la France gaullienne a partagé avec les dictatures dures, avec les dictatures vraies, avec les dictatures dictatoriales cet amour de la fiction, ce plaisir du déni de réalité, cette inflation de lyrisme, cette inflammation de fantasmes de gigantisme arrogant là où il n'y a que nanisme digne.

J'aime, j'ai aimé la France de Mitterrand car Mitterrand était un nain intelligent, alors que de Gaulle était un géant bête ; Mitterrand a voulu la France naine la plus intelligente du monde : de Gaulle a voulu la France géante la plus stupide de tous les temps.

L'insocialiste

François Mitterrand fut d'abord insocialiste avant d'être un socialiste. François Mitterrand fut Mitterrand, « Mitrand », avant de devenir François Mitterrand. Il a mis une vie entière à exister *in extremis*. Il a passé toute sa vie à ne pas être encore élu, à ne pas être certain d'être élu, et, durant toute sa vie, il a opposé à la force du réel la force de sa conviction, à la victoire des choses présentes sa victoire future, au présent méchant son avenir triomphant.

Il a misé sur lui-même, il a tout misé sur lui-même ; il a joué. Il a investi. Il s'est trompé toute sa vie, sur tout, sur les choses et sur lui, sauf qu'au dernier moment, à la dernière minute, toute sa vie soudain lui a donné raison ; et tout son passé, en un instant, lui a présenté des excuses. Il a transformé le 10 mai 1981 en 10 Mai 81™, le passé de François Mitterrand a présenté ses respects à son avenir.

Pas des excuses, car au fond de lui-même le passé de Mitterrand savait bien qu'il deviendrait historique un jour, qu'il finirait par avoir un sens. Le passé de Mitterrand avait quand même le sentiment, profond, de ne pas être un passé tout à fait comme les autres, il savait qu'il n'était pas un passé qui ne ferait que passer, un passé rempli d'oublis, d'anonymat, d'oubliettes, de néant, un simple passé fait de jours empilés et perdus à jamais, comme tous ces passés qui existent quelque part, pour rien ni personne, dans une galaxie perdue, et qui est la somme de passé, le bloc de passé, la somme de tous les passés qui ont été vécus par les hommes et dont personne ne se souvient, ne se souviendra plus. Il existe, très loin de nous, une galaxie spéciale remplie des passés que les hommes qui nous ont précédés ont vécus. Ce sont des passés perdus à jamais ; des passés partis en fumée ; évaporés.

Passés

Des passés qui ne seront plus jamais dans le présent, des passés définitivement perdus. Le passé des hommes qui restent, des personnages historiques, des grandes figures, artistes, hommes politiques, génies, sont des passés dont il reste des bribes, des éclats. Des morceaux. Des parcelles, des parpaings. Dans l'espace. Ils habitent encore en coin de présent, un coin du présent, un coin dans le présent, un coin au présent : François Mitterrand a failli n'avoir jamais de passé, mais le 10 mai 1981, son passé comprit, en quelques minutes, qu'il n'était pas passé pour rien, qu'il allait avoir une place dans le présent et dans le futur, car entrer dans l'histoire, ce n'est pas entrer dans le passé (où le passé se trouve déjà) mais dans l'avenir.

L'histoire fait de la place au passé dans le futur : le passé de François Mitterrand, d'un coup, s'est senti tendu vers demain, et il s'est revisité lui-même, d'un seul élan, comme quelque chose qui a bien failli mourir, se perdre à jamais dans l'ether, et qui soudain a revécu pour toujours.

Il n'y aurait donc plus jamais de journée inutile dans la vie antérieure, dans la vie antéprésidentielle de François Mitterrand : son élection était enfin à même de pouvoir justifier, d'un seul geste et un seul regard rétrospectif, amusé et serein, tranquille, chaque heure du passé, chaque moment du passé passé à ne rien faire, car ce rien faire n'était pas n'importe quel rien faire, c'était un rien faire nécessaire, un rien faire utile, un rien faire décisif, sans doute, pour devenir un jour président de la République française.

Et peut-être que si, ce jour-là, un mardi, François Mitterrand, dans sa bergerie de Latché, avait fait quelque chose plutôt que rien, avait fait autre chose que de ne rien faire, eh bien peut-être, par une sorte de mikado téléologique mental qui voudrait que chaque pièce, chaque bribe, chaque baguette de passé déplacée modifie l'avenir d'un individu, son destin, peut-être que François Mitterrand n'eût pas eu de succès à l'élection de 1981 s'il avait fait quelque chose, plutôt que rien. « Déterminisme », c'est le mot que je cherchais ; je viens de le retrouver – les mots nous échappent, et, au lieu de les attendre, passif, assis à mon bureau, je préfère parler du déterminisme quand même, autrement, sans employer le mot, mais sans renoncer pour autant à l'idée qu'il exprime, et c'est ce que François Mitterrand a fait, lui aussi, avec le mot « socialisme ».

6
La gauche

La gauche

La gauche, c'est une montée. C'est une ascension. C'est un processus. La droite, c'est un donné. C'est un acquis. La gauche, c'est la désacquisition progressive de la droite, des fragments de droite, des morceaux de droite qui sont en chacun. La gauche est la désintégration graduelle en nous de toute forme de droite. La gauche est une perpétuelle rectification de droite dans notre corps, et dans notre pensée.

La gauche est une droite nettoyée, la gauche c'est la droite après l'averse. C'est le bitume clair et net et mouillé, qui sent la lavure, de la droite qui était là avant, faite d'un soleil sous lequel les choses pourrissaient. La droite s'éternise sous la canicule, la droite est une canicule, quand la gauche pleut, car elle est une averse.

La gauche est averse : il pleuvait le 10 mai 1981. La gauche est trempée. La droite est sèche. La gauche est détrempée. La droite est aride. La gauche lave et nettoie et donne la vie, c'est de l'eau et c'est l'eau. La droite assèche, rochers, la droite est canicule comme dans un désert, comme le désert traversé par la gauche, cette pluie tardive et qui délave tout, détrempe tout : orage, place de la Bastille, victoire de la pluie, victoire de l'eau, Mitterrand, dans l'humidité (féconde), dans la liquidité, dans la fluvialité, dans les flaques, la gauche tombe partout, la pluie. Il pleut. Il gauche. Dans les mares et les étangs, ça fait des ondes, concentriques, il pleut, contre les carreaux, les vitres fouettées par la gauche.

Eté, pas été

Il a été de droite par conformation et de gauche par émancipation.

Il n'a pas été de droite par réflexion et de gauche par effraction.

Il n'a pas été de droite par adhésion et de gauche par compromission.

Il n'a pas été de droite par collaboration et de gauche par punition.

Il n'a pas été de droite par passion et de gauche par résurrection.

Il n'a pas été de droite par multiplication et de gauche par division.

Il n'a pas été de droite par conviction et de gauche par rétractation.

Il n'a pas été de droite par adéquation et de gauche par procuration.

Il a été de droite par infantilisation et de gauche par révolution.

Il a été de droite par procréation et de gauche par libération.

Il n'a pas été de droite par vénération et de gauche par hésitation.

Il n'a pas été de droite par radicalisation et de gauche par substitution.

Il a été de droite par agitation et de gauche par action.

Il a été de droite par transfusion et de gauche par transmutation.

Il n'a pas été de droite par soumission et de gauche par imitation.

Il n'a pas été de droite par trahison et de gauche par rédemption.

Il a été de droite par transmission et de gauche par évolution.

7
Un accident

Le jour de l'élection de Jacques Chirac, le dimanche 10 mai 1995, j'ai tué ma petite amie du moment (1969-1995). J'ai pas fait exprès. C'est un accident. Je venais d'avoir mon permis de conduire, nous sommes partis en vacances. Ses parents étaient pas très chauds. J'ai regardé une carte, l'Italie n'était pas très compliquée. C'était une géographie qui coulait de source : des routes bien marquées, des autoroutes répertoriées, dessinées, indiquées, connues.

J'ai voulu lui montrer un truc au loin, je me suis réveillé les cheveux en bataille, mais elle était morte. Elle s'appelait Anne, je ne suis jamais allé sur sa tombe, à cause des remords. Ça a brisé ma vie en deux : avant elle (l'enfance), après elle (la vie qui reste).

Il y avait des pompiers sur le bord de l'autoroute, du bruit, des gens. Ses parents ne m'ont jamais pardonné : sa mère est morte avec dans la bouche des mots de haine à mon égard. Son père (un con) va sans doute crever bientôt. Restera sa sœur (1976-...), pour me haïr encore, à travers les jours, les années, et les enfants de sa sœur, et les enfants des enfants de sa sœur, et je mourrai à mon tour, et ce sera bien fait.

8

Le grand secret

La passion offensée de l'enfant a résolu le problème du mystère d'une manière plus pure, plus vaste, plus étendue, à l'infini, où tout est changé par la grâce de l'intuition. Le nihiliste enfant fait place au créateur plus enfant encore. C'est alors qu'il sera aux prises avec Dieu lui-même. Car il faut toujours en venir là : le Dieu qui crée est un Enfant.

— Frappe-moi ce con !

Le grand nègre

[illegible]

— [illegible]

Quand ils ne sont pas de moi, les mots sortant de la bouche de François Mitterrand sont extraits de :

Ma part de vérité, Fayard, 1969.
La Paille et le Grain, Flammarion, 1975.
Politique I, Fayard, 1977.
L'Abeille et l'Architecte, Flammarion, 1978.
Ici et maintenant, Fayard, 1980.
Politique II, Fayard, 1982.
Mémoire à deux voix, Odile Jacob, 1995.
Mémoires interrompus, Odile Jacob, 1996.

Je tiens à remercier l'Institut François Mitterrand et particulièrement Stéphane Chomant.

Table

PREMIÈRE PARTIE – 10 Mai 81™

1. *Ian Moaks* 15
Biologie – A la sortie – Le macaque

2. *Maman salope* 20
La capitale des poissons – QI – L'éternité

3. *François Mitterrand* 24
Pas Zorro – Tuer le père : fastoche – Dalipicassodalibraque

4. *Saint François d'Assise* 31
Naissance de mon héros – Ysengrin – Jésus

5. *23 572 jours* 36
10 Mai 1981™ – André Gide – Interrogation présidentielle

6. *Apostrophe* 41
Jeanne d'Arc – Rachmaninov

7. *Ceux qu'on emmène (1) : Sacha Guitry* 47
Pantoufles et pyjama – A Orléans – Taille

8. *Rose poussière* 56
Pluie de roses – Panthéon

9. *Jaune rire* 59
Bleu hématome – Une méthode parmi d'autres – Rouge sang

10. Rose bonbon 64
Glucoseland – Eternité, suite – Les petits Mitterrands morts

11. Panthéon (1) : Voltaire 69
Dans la crypte – Zimbabwe – NASA

12. Jeannot Moulin 74
Résistance – Bien reçu

13. Imprésidence 79
« Le président de la République » – Mitrand – Foule de femmes

14. Panthéon (2) : Emile Zola 92
Zézaiement

15. Bleu horizon 94
Houx – Les mots en « isme » – Précieux vs Précis

16. L'amour du droit 100
Univers réel – Culpabilité – Administration

17. Panthéon (3) : André Malraux 104
Filtre – Adultisme – Dring ! Dring !

18. Rose au poing 110
Tout à l'heure, il y a six mois – Au mariage de BHL – Présidentialisationéitésation

19. Suite de coups, suite 114
Interstices – Anesthésie

20. Le paradis 117
Définition du paradis – Le frère de Zouzou – Napoléyon

21. Rose PS 121
Le sommet du crâne – 10 Mai™ – « L'histoire en train de se faire »

22. *Panthéon (4) : Jean Moulin* 124
Jeanmoulinland – Malraux fayot – Passion de Jean Moulin

23. *Nazisme parental* 135
Arithmétique – Témoignage – En une seule fois

24. *Liberté, égalité, fascisme* 139
Ministre des tuyaux d'arrosage – Rose brun – Le mot magnifique de « fasciste »

25. *Par magie* 157
A neuf – Mise au poing

26. *Ceux qu'on emmène (2) : Edith Stein* 161
Zondy – Zondy, suite

27. *Ludwig van Beethoven* 172
Son corps de 1981 – Consensus

28. *Panthéon (5) : Victor Hugo* 177
1885 – Calculs

29. *Les hommes de cour* 180
Hydrométrie et socialisme – Dans la pratique sexuelle – Toujours malheureux

30. *Patermaternité* 187
Hala Basha, le retour – Paternité – Maternité

31. *Rose monde* 190
Rose Marie – Naissancification – La notion même de mère (NMM)

32. *Allons z'enfants* 198
Rouge garance – « Maman ! »

33. *Tableau noir* 201
« O mathématiques sévères ! » – Polytechnikourien – Cette belle Loire

34. *Mitterranland* 210
Blancs draps – Au restaurant – Dubuffet

DEUXIÈME PARTIE – Révolution

1. *Elysée* 217
Les aventures de Tintin – Extraordinaire culot – Déficit budgétaire

2. *Gadvô* 225
Verdun – Pierre Michon – FAMAS – Orientation – AD

3. *S'échapper* 237
Son Zou – Evasion – Couture

4. *Corps d'Etat* 249
Les corps biologiques – Le vendredi 14 juin 1940 – ADN – La petite Thérèse

5. *Chapitre religieux* 261
Pour l'humour de Dieu – Religion chrétienne

6. *L'Express* 266
Dieu est amour – Thym

7. *Mitterrands* 276
Station t(h)erm(in)ale – Regarde – Transmutation ?

8. *Collaboration* 284
« Collabo » à *L'Express* – Christine

9. *Return of the Son of the Revenge of Marie-Louise Terrasse* 287
Catherine Langeais – Revoyure

10. *Georges Méliès* 290
Montreuil-sous-Bois – Diablédémons – « Entre ici, Georges Méliès ! »

11. Panthéon (6) : Jean-Paul Marat 295
L'impostérité – Flic à l'envers

12. La Galerie des glaces 300
Le sommet de Versailles – Reagan et fiches

TROISIÈME PARTIE – La mort

1. Le cancer 307
Der französische Gaullistenführer – « Je suis foutu » – Bulletin

2. Thérèse de Lisieux 312
Extasaison – Trouville ou rien – Ecailles

3. Carmel 317
Tourisme – Les rat(é)s

4. Un pédé au Panthéon 321
Marcel Proust – Freaks – Alexandre Dumas

5. Le Général et le particulier 326
Fiction cacochyme – L'insocialiste – Passés

6. La gauche 332
La gauche – Eté, pas été

7. Un accident 335

8. Le grand secret 337

Du même auteur :

JUBILATIONS VERS LE CIEL, *roman*, Goncourt du premier roman, Grasset, 1996.

LES CIMETIÈRES SONT DES CHAMPS DE FLEURS, *roman*, Grasset, 1997.

ANISSA CORTO, *roman*, Grasset, 2000.

PODIUM, *roman*, Grasset, 2002.

PARTOUZ, *roman*, Grasset, 2004.

TRANSFUSION, *poèmes*, Grasset, 2004.

MORT ET VIE D'EDITH STEIN, Grasset, 2007.

Films

Grand Oral, court métrage, 2000.

Podium, long métrage, 2004.

Pour m'écrire : yannmoix@wanadoo.fr